金魂界限

阿 米◎著

北方文艺出版社

图书在版编目（CIP）数据

金魂界限 / 阿米著. -- 哈尔滨：北方文艺出版社，2022.7
ISBN 978-7-5317-5651-4

Ⅰ.①金… Ⅱ.①阿… Ⅲ.①长篇小说 – 中国 – 当代
Ⅳ.①I247.5

中国版本图书馆CIP数据核字（2022）第110419号

金 魂 界 限
JINHUN JIEXIAN

作　者／阿　米
责任编辑／富翔强　　　　　　　　　装帧设计／川石品牌

出版发行／北方文艺出版社　　　　　邮　编／150008
发行电话／（0451）86825533　　　　经　销／新华书店
地　址／哈尔滨市南岗区宣庆小区1号楼　网　址／www.bfwy.com

印　刷／北京军迪印刷有限责任公司　　开　本／880×1230　1/32
字　数／208千　　　　　　　　　　　印　张／8
版　次／2022年7月第1版　　　　　　印　次／2022年7月第1次印刷

书　号／ISBN 978-7-5317-5651-4　　　定　价／48.00元

目 录
CONTENTS

第一章
塔河镇酒馆

"嗝……再来一杯。"

"鲁铁，这已经是第九杯了。"

"嘿，张永福，你是在怀疑我的酒量，还是担心我的身体？你要知道……我可是这个镇子最强壮的男人，身板硬朗得很，你瞧瞧这结实的肌肉。"一个双鬓蓄着浓密胡须的红脸醉汉亮出粗壮的臂膀说。

"一旦酒劲上来，就连神仙也撑不了几秒。与健康相比，其实我更担心的是你的钱袋。"叫张永福的酒保直率地说。

鲁铁露出神秘的微笑说："张永福，我给你看样东西，你就不会觉得我是个穷鬼了。"

鲁铁将手伸进大氅内兜摸索了几下，然后慢慢掏出一颗蚕豆那么大的泛着亮光的金子。他故作自然，将其随手丢到酒台上，金子在光滑的松木桌面上滚动几下后，停在了离张永福视线不远的地方。鲁铁对自己这般流畅的动作颇为满意，不禁流露出既慷慨又傲慢的神情。他本以为这个举动能镇住对方，可是张永福仅仅瞥了一眼，便将目光又移回手中正在

1

擦拭的酒杯上，表情平淡。

"怎么，嫌不够？"瞅着对方令人恼羞的神色，鲁铁神情不悦，"你不要贪得无厌，这颗金子足够我喝上二十杯松子酒，你可赚大发了。"

张永福缄默不语，依然擦拭着手中的酒杯，仿佛那里有无穷的乐趣。

鲁铁困惑地望着对方那张说不出什么内容的脸，不由得怀疑起眼前这颗豆大的金子能否换来二十杯酒。

张永福擦完了手中的酒杯后调过身，从身后的酒柜上又拿出另一个沾有酒渍的空杯继续擦拭。不过，他总算是开口了："鲁铁，你已经四十三了，早该找个正经活干了，不能整天这么浑浑噩噩的。"

鲁铁咧开大嘴蠢笑地纠正："错，是四十二。"

面对这个没心没肺，生活在底层，整日游手好闲，浑身沾满恶臭酒气的家伙，张永福并不奇怪。他总能对酒店里往来穿梭的客人进行细致的观察。这些人大都慵懒、颓废、消沉，这种状态倒是屡见不鲜。不过，像鲁铁这类身体壮硕却不务正事的人，倒是少见，他不能不觉得难以理喻。

张永福没去理睬鲁铁这无关紧要而又令人反感的纠正，他讥讽道："你活了四十几年，无妻无室，没有固定工作，整天净做些不切实际的白日梦。难道一辈子都像那些没头脑的人一样幻想淘金致富吗？这可不是什么明智的想法啊。"

鲁铁脸上又露出厚颜无耻的笑意。就像他并不在意别人赞赏自己身躯魁梧、力壮如牛一样，他也不在意别人的挖苦。他仗着自己那钢铁般的身躯没少惹是生非，走到哪里都能让人畏惧，他才懒得和一个酒保计较呢。

"嘿嘿，你又何必嘲笑我。你老婆去世后你不一样孤苦无告吗？身边连个陪伴的人都没有，整天窝在这小酒馆给人端瓶倒酒。"鲁铁狡黠地笑着说。

鲁铁这番话倒是没说错。

张永福，年过六旬，在这座小镇的酒馆里担任酒保，已经忙碌了四十年光景。他五十岁时，长期不孕的妻子由于肺病提早离世，从此，他孤身一人，默默地干着无趣的工作，过着平淡的生活。但这种无趣和平淡只是外人的感觉，对他本人而言，谁也无法猜透他看待人生的态度。这样的情况往往会出现在一些志存高远的风发少年和精明世故的老者身上。在酒客们的眼中，张永福是上天派到人间专供众生酒水的仆人，只不过这酒水是收费的，毕生为小镇的酒鬼们服务，无论生前或死后全身都沾染着浓郁的酒气。虽然他本人无嗜酒癖好，但他仿佛与酒有着难以割舍的孽缘。

张永福虽然身为鳏夫，但他那张平静的脸庞上从未显露过孤寂和抑郁。而人们对他的调侃之言，好像也解释了他生活的全部意义。

瞧着额头上布有几道皱纹的老酒保毫无争辩之意，鲁铁略感失望，打消了斗嘴皮子的想法。然而，还没过一分钟，他又露出了傻笑："嘿嘿，我明白你是在嫉妒，你嫉妒那些发了横财的人，这个心情我能理解。不过，岁月不饶人，即便你有和别人同样的热情，但体力和年纪已经不允许你去追逐梦想了，你只好安于现状，不得不放弃一夜暴富的幻想。唉，张永福，要怪也只能怪你生得太早了。"

鲁铁慨叹地说了一番后，怜悯地看着对方。当他看出张永福压根就不想再回应他任何话，就肆无忌惮地继续讲："我总来你这里喝酒，虽然我们不是什么至交，但彼此之间太过熟悉，所以我对你说了些直言不讳的话，希望你能谅解我。不过我说的都是实话。你也知道，这个镇子的人不比从前了，我指的是人情和道义方面，当然，事实上也从来没好过。这些年大家都忙于淘金，不论有无生计，富裕还是贫穷，在淘金这件事上每个人都是拼尽全力。嘿，你这是什么眼神？我知道你想说暴富是每个人的心愿，嗯，这个我懂。穷人想变富，有钱人想变得更加富有，这些都是人之常情。不过，就连你也明白，并不是每个人都能实现自己的发财梦。我曾经也想过，趁我还能搬动三百斤重物的时候，可不能输给那些年富力强的混球儿……嗬，所有人都清楚，马岐山脉一带有着丰富的黄金资源，堪称大自然的宝库，只要从那淘到大量的金子就可以过上挥金如土、荣华富贵的日子了。唉，说到这儿，我不是想抱怨，那些金子可能真与我毫无缘分，在淘金道路上我从没获得过自己想要的财富。你说，难道上天就如此狠心吗，对一个如此痴狂、热忱的淘金者就没有半点恩惠吗？"

想起近年来的淘金经历，鲁铁不禁悲从中来，脸上流露出一个失败者徒劳无获后的苦涩和愁闷。

"鲁铁，那是因为你没找对地方。"一个尖细的声音突然从鲁铁右侧冒出来。鲁铁循声望去，在晦暗的酒馆中，他认出了那个熟悉而又令人憎恶的身影。

"李德才。"鲁铁冷冰冰地说。

李德才俨然是个不知趣的人，面对鲁铁的一脸嫌恶，他竟毫无察觉，甚至马上炫耀起自己那笔小小的财富。他向对方露出友善而得意的笑容，同时故意张大嘴巴亮出两颗金光闪闪的门牙。

对于鲁铁来说，这么大胆的炫耀几乎是他无法容忍的，他顿时火冒三丈，一拳擂向酒台，酒杯跳了一下险些被震倒。他怒视着李德才，恶狠狠地说："瘦子，信不信我把你那两颗门牙掰掉。"

这番恫吓让李德才立即收敛笑容，闭上嘴巴，不过他倒是看出鲁铁只是一时恼怒，便心有余悸地说："别生气嘛，其实我有这点玩意不算什么，几年来全镇的人疯了一样去淘金，很多人都变富了。你听说过胡四家的事吧。半年前，胡四老婆在河边洗衣服，发现河底的沙子中掺了不下两斤的金块。嘿，那个贱妇，当时就把木桶里所有的衣服都扔了出去，把金子放到桶底，又把那些没来得及洗和洗完的衣服盖在上面，避人眼目。这个狡猾的女人，就这么偷偷摸摸地把金子带回了家。胡四真是娶了个走狗屎运的女人，一周内他们换了座大房子，还雇了用人，这一家子现在正过着舒服的日子呢。相比之下，我这两颗金牙算得了什么。"

说最后一句的时候，李德才表现出唯唯诺诺的姿态，试图用卑微的态度打消鲁铁的怒气。在提及胡四家一夜暴富的事情时，李德才满眼嫉妒和愤怒，仿佛那两斤的金子是从他那偷走的。

此时，外面依然飘着鹅毛大雪，凛冽的寒风不停地呼啸着，酒馆的木门和窗户被风摇晃着发出咯吱咯吱的响声。过一会儿，包裹着厚毡的木门猛然被推开，一个身穿黑色大氅的中年男人带着浓浓的寒气快速走进来，又转身顶着外面的狂风用力将门关上。他环视四周后朝酒台走去，坐在左侧的圆形木凳上。鲁铁侧头瞟一眼，来人戴着短檐帽子，髭鬓刮得干干净净，年龄约莫在四十岁，生有一副英俊的外表，但那张面孔却显得冰冷傲慢，令人不舒服。

"这雪连下几天了，风还是那么大。"张永福对新来的客人打了一声招呼。

"嗯。"那人应了一声。

"你来点什么？"张永福问道。

"一杯松子酒。"那人回应了一句。

张永福为新来的客人取杯斟酒时，鲁铁又瞥了几眼陌生人后，端起酒杯大口喝着酒。这里的冬季异常寒冷，他早已习惯以酒暖身了，随着一股热浪传遍全身，他那张红脸立刻浮现出一抹快意。

"瘦子，接着说吧。"鲁铁转向李德才大声嚷嚷了一句。

见鲁铁急于听自己讲黄金的事，李德才露出笑脸："鲁铁，你又高又大，要是挖土凿石的话，在同样的时间里，你能比别人淘到更多的金子。不过，就像我刚才说的，你若是找错了地方，那可就完蛋了。"

听到后半句，鲁铁的神情变得更加专注了，以此表示他愿意认真听李德才接下来的每一句话。

"恕我直言，你那颗金子不是亲手淘来的吧，从形状、大小上看，多半是在淘金的途中捡的。我知道很多挖到宝贝的人在返回的路上总会掉些金子。不瞒你说，其实我也走过这种狗屎运。"李德才显然是看到了鲁铁付酒钱的一幕，只是鲁铁一直没注意到他的存在。

鲁铁不禁一怔，他没想到这个看似蠢笨的家伙竟猜中了他那颗金子的来路，这简直是羞辱自己。他一下子怒火中烧，一脸愠怒。如若按自己的火爆脾性，他马上该大发雷霆了，然而想到李德才后面的话可能更重要，他便及时地忍住了。

有那么一瞬间，李德才以为这个刚安静下来的家伙又要一拳擂向松木酒台，甚至直接冲过来把他按在粗糙笨重的凳子底下狠狠揍一顿，但对方努力压制冲动的样子还是让他放了心。

"你，你去马岐山脉寻找金子是没错的，不过，真正的宝藏并不在土壤和岩石下面，而是在……"李德才凑到鲁铁身边耳语一番。

"山洞？"鲁铁瞪大眼睛喊了一声。

"嘘，小声点。"李德才没料到这个蠢货竟如此大声地说出了他小心翼翼告知的宝藏地点。

此时，除了坐在酒台前的三人及张永福外，在这间不够宽敞的晦暗酒馆里，还散坐着十来位客人。他们正在边喝酒边热热闹闹地说话，没人留意酒台前两人说什么。

鲁铁倒是知道自己有些冒失，随即将声音压得比李德才还低："告诉我山洞在哪里。你知道我身板过人，重活累活对我来说轻而易举。咱们合作，你负责领路，我负责搬运，到时候你我各分一半。"

李德才倒是露出无所谓的表情，这令鲁铁感到意外，他连忙贴过身去："怎么，一半的金子还不够吗？瘦子，事情可没这么办的。你指定方位，我出力，咱们各分一半，怎么想这都是公平的。"

"不是分多少的事儿……"李德才犹豫不决地说。

鲁铁一下急了，低声威胁道："什么意思？把话说清楚点。"

"其实，那些宝藏早就没了。"李德才无奈地说。

"没了？"鲁铁咳嗽一下，脑门上青筋暴跳，"我可是没有耐心了，你不把事情讲清楚，这回我可就真揍你了。"

看着阴冷无比的鲁铁，李德才不禁打了个寒战，马上说："鲁，鲁铁，你别急，我跟你说的是实话，不过确实应该先跟你说明实情。马岐山脉的确有过一处堆满金子的山洞，当初我和一个兄弟发现那地方时都惊傻啦。你是想不到的，那山洞里足足存放了十吨金子，十吨啊！够一个人花几百辈子了。可是，我们俩身体瘦弱，根本搬不动那么多金子，当时我们只有巴掌这么大的口袋，即便是硬塞也塞不了多少……"

听到这里，鲁铁威胁地追问："你俩带走了多少金子？"

从鲁铁凶狠的目光中，李德才感到了对方杀气腾腾，开始懊悔自己喝多了没搂住嘴。言多必失，何况是容易招致杀身之祸的事，但说出的话覆水难收，这次鲁铁是不会放过他的。此刻，他再清楚不过地意识到，现在他要是闭嘴了，对面的鲁莽之徒说不定能做出什么极端的举动。

"十斤。"李德才胆战心惊地说，"我俩各拿了十斤的金子，剩下那堆积如山的金子我们没能再取走一块。我俩商量过，先回镇子找一辆马车和一些麻袋，第二天再去运回金子。可是，第二天我俩过去后却发现，那堆积如山的金子连渣滓都没剩，就隔了一天，全都长翅膀飞了。"

瞧着李德才紧张得脸色苍白，鲁铁相信了他，转而心平气和地想："两人一共二十斤……"

事实上，李德才兄弟俩至少拿走了三十斤的金子。他们那小口袋虽说不大，但硬塞满装的话还是可以多带走一些。

李德才惊恐地望着鲁铁，生怕那张脸重新浮出凶煞的气焰。

鲁铁琢磨了一会儿后，嘲笑地说："李德才，这就得怪你的父母了，把你生得如此瘦弱。如果换成了我，我至少能带走一百斤的金子。"

李德才嗫嚅道："口袋的容量有限嘛。"

鲁铁继续嘲笑："口袋？蠢货，你干吗不把衣服脱下来装金子？"

"我们当初都以为金子会安安稳稳地堆放在那里，谁知……"李德才懊悔地解释道。

对于金子莫名消失一事，鲁铁没再进行揣测。没有线索，他没法搞明白这件离奇事情的来龙去脉。他挖苦道："上天给了你一次恩惠，你却错过了改变命运的机会，好在那些金子也够你快乐一阵了。"

李德才咧嘴勉强一笑，以表释然。

鲁铁倒是相信李德才没有扯谎，在他铁硬的拳头下还没人敢胡说八道，拿自己的命开玩笑。

然而，李德才勉强一笑露出金牙的光芒，还是让鲁铁心脏狠命地跳一下。但是想到小镇颁布的法律，他认为那些金子不值得自己冒险。

"二十斤金子，虽是一笔不小的财富……如果是五十斤嘛……"鲁铁沉浸在邪恶的计算中。

"十吨？那可真是个庞大的数目。"一直在听两人谈话的张永福此时突然插言道，"足够买下十个塔河镇了。"

虽说他俩在谈论那藏匿的宝藏时都是压低了声音，但是张永福还是捕捉到了几句关键的话。李德才一下醒了酒，开始惶恐不安起来，觉得整个酒馆死一般沉寂，所有人的目光都集中在自己身上。他环顾四周后又安慰自己：酒台和他身后的餐桌距离很远，酒台前的人只要不大声吵嚷，后面的酒客压根不会注意你在干什么，何况酒客之间觥筹交错、自说自话，早已搅浑了他和鲁铁的谈话声。然而，鲁铁又捶酒台，又喊"山洞"的，倒是容易惹人注目。但是说不定他们会以为这家伙大吵大闹地宣泄情绪呢。镇里的人谁都知道鲁铁脾气暴躁，与人讲话动辄大声吼叫都是寻常事，可是，谁敢保证没人偷听他们的秘密呢。

忐忑不安的李德才思前想后，迅速喝光酒水，付完钱便慌慌张张地走了，那瘦削的身影很快淹没在白茫茫的暴风雪中。

第二章 两个小偷

翌日，清朗的早上。

昨日的暴雪一直持续到清晨才停息。塔河镇家家户户的房顶、院子里、树上都覆盖着厚厚的积雪。这大概是冬末下的最后一场大雪了。到了中午，随着温度上升，积雪会慢慢融化，几天后每条大街就会脱去裹了一冬的银色外衣，露出原本的模样。

那条通向外界的大街上，一些行人蹚着没膝的积雪奋力前行。为了赶时间上工，他们匆忙吃过早饭就走出了家门，堆积着厚雪的道路，让他们原本不宽裕的时间显得尤为紧迫，不时有人因赶路摔倒在雪地里。当他们爬起来想加快脚步，还是有人又在另一个地方摔倒。住在路边的人家透过窗户看到这一幕幕，保不准要哑然失笑，倒觉得这是雪天里的一件趣事。

一大早，无所事事的流浪汉开始在各家商店门口东张西望、晃来晃去，仿佛能从匆匆的行人身上窥视到什么财富。空洞而冰冷的目光出卖了他们，长期饥寒交迫、缺衣少食的生活，让他们像怪物般令人厌恶和惧怕。当然了，任何人都可以歧视和淡漠这些来自社会底层的废物。

"陶善义，昨晚有收获吗？"一个破旧的路灯下，一个瘦弱的年轻人在寒风中打着哆嗦问另一个年龄相仿者。

"赵友，你知道，在这个缺少食物的冬季，每家店都像城堡般森严，想要潜进去拿食物比登天还难。"陶善义即使穿着浅黄色狍皮大衣，也难以抵御凛冽的寒气，他同样打着哆嗦回答道。

赵友知道对方会反问他，于是说："唉，谁不是呢，我也难死了。现在的食物店为了防小偷，就连一条漏风的口子都被封得严严实实的。就这样，有的店主还不放心，居然整晚睡在店里，就为了看守那些该死的食物。"

赵友的语气里充满了愤怒和哀怨。陶善义不难猜测，他如此激动，肯定是昨晚遇到了糟糕的事情。而赵友愤怒和哀怨后，脸上又闪过一丝惊魂未定的表情，陶善义捕捉到了这一点，推测他昨晚遇见倒霉的事情了。

未等陶善义开口，赵友主动说起昨晚的遭遇："昨晚我可是倒了大霉。昨天从傍晚起我一直盯着一家面包店，女店主晚上十点钟关了店里的灯，锁上门后就回家了。我知道这些家伙很可能会在某个时辰折回来查看店有没有被盗，我就留了心眼，不过凌晨十二点绝不动手。等到凌晨十二点一刻，我确定女店主没回来过，就开始动手了。起初，我试着不发出太大声音把店门撬开，可那该死的门好像被加固过一百次，怎么弄也弄不开，后来，我只能考虑从窗户进去……"

"那会引起很大响声的。"陶善义打断道。

"我知道，我知道会弄出很大声音，但昨晚我饿得要命，前胸都快贴后背了，我只能冒险从窗户进去。"赵友有些激动了，"这些混蛋，真是越来越狡猾了……"

"发生什么事了？"陶善义着急地问。

"我找来一块这么大的石头，抹去上面的雪，然后这样用力抛了出去。"赵友边比画边说，"你知道，平时我是不会这么干的，但昨晚风雪交加，后半夜就算你一直打着左轮手枪都不会被人听见。那块石头确实可靠，直接把面包店的窗户砸出了这么大一个窟窿。我轻松地溜了进去，然后在漆黑的屋子里凭着记忆找到了离我最近的架子……"

"如果你真进去了，那应该带很多面包回来啊。"陶善义急切地说。

"你听我说完，"赵友有些不耐烦，"我不会讲那些漂亮话。换成是你在成功进入店里，也要先填饱自己的肚子，然后才会能拿多少就拿多少面包。"

陶善义极想问他究竟吃了多少面包，为何没带回来战利品。但赵友已经一脸不满，以示他说话时，尤其是在说重要的事时不应被打扰。

"我当时真是饿疯了，一下子吃了半条面包。"赵友努力地演示着，"可最后那一口还未咽下去，我就觉出一个身影立在了身后，没等我反应过来，一根这么粗的木棍就砸在我右肩上，我扔下手里的面包就往窗户方向跑。虽说那高大的家伙没朝我乱喊乱骂，但他鼻孔里喷出的热气直往我脖领里钻，我当时吓得魂都快丢了，顺着来的路线我找到了窗户缺口，最后总算逃了出去……"

说完这些，赵友用左手抹了一下额头上的几滴汗珠，仿佛此时此刻他正经历着昨晚的恐怖遭遇。赵友稍微缓和下来后，脸色变得有些阴沉，然后，他开始怒骂道："那个女店主绝对是个恶魔，竟然让她丈夫在店里守了一夜……"

赵友陷入了极度的愤怒，一时间不知该继续往下说什么。借着这个空当，陶善义开口道："别难受了，你至少吃了半条面包填一下肚子了。"

仍然处于饥饿中的陶善义羡慕对方吃了面包，而深感蒙羞受辱的赵友还没完全从愤怒中缓过神，两人由于不同的想法陷入了短暂的沉默。过了一会儿，赵友压制着情绪说："我敢说那个大块头是朝我头抢下去的，当时没有灯光，他判断错了位置。这个疯子，他是想杀了我。"

听了这番悲惨的遭遇，陶善义大感失望，朋友没能给他带回来战利品，自己还险些丢掉性命。唯一能安慰人的也只有那被赵友吞掉的食物。但对于陶善义来说，那毕竟是别人的肚子，而自己的肚子还在咕噜咕噜地叫着呢，到了第二天早晨，饥饿会如约而至，此时的陶善义比赵友还要饥饿难耐。但朋友的遭遇仿佛在告诉他，只有冒生命危险的人才有资格吃到食物，哪怕是半条面包。

"你能不能帮我个忙？"赵友指着右臂，面色痛苦地说，"我这里好像脱臼了，你得帮我弄一下。"

陶善义从未给人做过接骨，所以当赵友提出这个请求时，他有些紧张。

"喂，别发愣，快帮我弄一下。"赵友见对方有些迟钝，不免催促道。

"哦，好，好的。"陶善义被这么一催，马上回了神。

"你，你可要对准了。"在准备接骨时，赵友倒是害怕起来。

"你可别乱动啊，我试试吧。"陶善义战战兢兢地抓住赵友的胳膊，找准位置后，遽然用力，只听"咔"的一声，骨头复位了。

这一下，让赵友冒了满头大汗，疼得他脸色煞白。几分钟后，他恢复了平静，转而开始关心地问："你昨晚怎么样？"

陶善义叹着气说："你看我两手空空，明显是徒劳无获喽！我比你还惨呢，我连一口东西都没吃到，我盯的那家火腿店开了一晚灯。"

"开了一晚灯？"赵友瞪着眼睛奇怪地问，"店主不睡觉吗？"

陶善义唉声叹气地说："那家店雇了个伙计。店主白天经营，从晚上十点钟开始由那伙计负责通宵守夜，直到清晨再和店主换班。"

"你盯了一宿？"赵友惊讶地问。

"一宿，整整一宿，徒劳无获。"陶善义耷拉着疲倦的眼皮说。

如果不是寒冷刺激着神经，想必陶善义会立刻在街上的任何角落睡上一天。

听过陶善义的遭遇，赵友顿时觉得自己右肩的伤痛都算是小代价了。况且他还没被逮到，又吃了半条面包，稍微填了些肚子，而朋友却一直忍着饥饿熬到了早晨。

一时间，两人又陷入了沉默。

如果说吃上一口食物算是胜利的话，那么陶善义输得很惨。不过话又说回来了，两个可怜人没一个算得上走运，反倒是一起感受着世间的残酷。

讲述完各自的惨遇后，陶善义感到更加饥饿和寒冷，他发出一声哀叹："上天为什么要制造出冬天，如果世上没有冬天该多好。"

赵友眯着眼睛嘲笑道:"嗬,你在想什么,世上怎么可能没有冬天?就算冬天彻底消失了,你也不会好受到哪去,你接着还要遭受潮湿、酷暑和干燥的煎熬。哦,我知道你那表情是想说这些至少比寒冷强。是的,没错,但从生存的角度讲,你依然要过穷困潦倒、忍饥挨饿的生活,这个事实是永远无法改变的……"

"我说你能不能仁慈点?"陶善义痛苦地说。

"嗬,我说的可都是实话。"赵友笑了笑。

这时,一个穿着整洁、仪态端庄的政府职员正从两个可怜鬼面前经过。年轻职员低头看了一下腕上的手表,神情突然焦虑起来,他意识到必须加快步伐才不至于迟到,便蹚着积雪奋力前行,原本沉稳的姿态从后面看上去很是狼狈。然而,他越匆忙情况越糟糕,他在一处厚厚的积雪那里趔趄一下,接着猝不及防地扑倒在雪地里。这一下让他感到很难堪,迅速用双臂撑地起身,动作倒是很利落。他连忙拍打身上的雪花,心里抱怨这糟糕的道路让自己吃了苦头,还下意识地向四周张望一下,发现附近破旧路灯下有两个衣衫褴褛的穷人注视着他。出人意料,这个貌似十分注意自身形象的年轻职员并没羞愧脸红,却想到即便自己出了洋相,也比两个穷困潦倒的饿鬼体面得多。这样一来,他昂头挺胸,傲慢地迈开步子继续前行,倒是注意了脚下的路面,以防再次摔倒。

"你看那蠢货,一口下去啃了不少雪。"赵友讥笑道,"他刚刚那是什么眼神,一副瞧不起人的样子,那身漂亮的制服给他增添了多少底气?确实,谁能穿上那身制服都会趾高气扬的。这类人往往将秉公守则那套东西外显在自己的举止上,但私下里是什么货色就不得而知了。"

"那身制服要比咱们身上的衣服暖和，而且政府还月月发薪水，让他像模像样地过日子。你就别嫉妒人家了。"陶善义垂头丧气地说。

瞧着陶善义一脸羡慕，赵友咽了一口唾沫，也没心情继续挖苦下去，转回原来的话题："虽说谁也不能让冬天彻底消失，但这个冬天就要过去了。上天总会给受苦受难的人一点活路吧，我们要好好利用这个时间干点什么。"

陶善义毫无希望地苦笑一声："嗬，干点什么，我倒想知道干什么才能让咱们活得好一点。"

赵友梗着脖子，一脸硬气："不管怎么说，对生活还是要抱希望的。"

陶善义缩着脖子一言不发。

"嘿，你提到怎样能活好一点，我倒是想到了一个出路。"赵友说，"它能让咱们获得巨大的财富。"

"巨大的财富，"陶善义哈哈大笑，"你饿疯了吧？咱们现在是穷光蛋，连充饥的食物和保暖的衣服都没有，房东还整天追着要房租。昨晚你是在哪个垃圾堆里度过的后半夜吧。"

赵友不高兴了："你可没资格取笑我，至少昨晚我吃了点东西，现在你还饿肚子呢。"

见陶善义一副无言以对的样子，赵友自感在对话中获得了小小的胜利，有点得意地说："这些年来全镇的人都在热衷于一件事，你是知道的吧。"

"你是说淘金？"陶善义反问道。

"对，淘金。"赵友肯定地说。

陶善义转过身，从对方热切的眼神中觑出了意图，迫不及待地问："你该不会是想靠挖金子发财吧？"

"准确地说不是挖金子……"赵友卖个关子，慢腾腾地说。

"不靠挖金子？"陶善义不知赵友打什么鬼主意，百思不得其解地问，"镇子里很多人都用这法子试图致富。如果不靠挖金子，又能有什么其他方法得到财富？"

面对陶善义的疑问，赵友仅仅哼了一声，没说话。

"你别绕弯子了，我可没心情陪你挨冻了。"陶善义扭头看着来往的行人有些恼火。

赵友讪笑道："别生气了。我最近听到一个传闻，据说离咱们镇北约三十里地的马岐山脉有一处山洞，那里藏匿着数不完的金子。我们这些年偷偷摸摸地混日子，总不能一辈子这样活下去吧，总有一天被逮到，就玩完了。我可不想吃狱饭，人一旦进了监狱，人生的性质就变了。之前我们从未考虑过淘金的事，现在有了机会就要把握住，对不对？"

"镇子里可流传着一个说法，只有品行端正的人才能得到上天的眷顾，才能幸运地淘到金子。"陶善义泄气地回道，"瞧瞧咱俩干啥了。"

"你能相信这话吗，都是自欺欺人的想法。你拿什么来证明那些淘到金子的人都是品行端正的？我倒是知道那帮品德败坏、伤风败俗的家伙淘到了许多宝贝。"赵友的口气不容置疑。

"上天会有所筛选的。"陶善义固执地说。

"筛选什么，好人和坏人？谁该得到金子，谁不该得到金子？谁该富有，谁该贫穷？"赵友满腔怒火地说。

陶善义知道一旦打开这类话题，他是辩不过赵友的，马上转移话题："咱们不谈论别的，还是接着说金子的事吧。你知道金子藏在哪个山洞里吗？"

陶善义问的也是赵友想知道的，他紧皱眉头说："要想办法知道金子藏在哪个山洞。"

"嗬，那你说该怎么找那些金子，说话一套一套的不管用。"陶善义失望了。

"既然是在马岐山脉，只要有耐心，就应该能找到藏金子的地方。"赵友搞不清楚是给自己还是给对方打气，滔滔不绝说道，"偷窃是违法的，但淘金是没有任何限制的。只要咱们能得到一笔巨大的财富，就能名正言顺地住豪宅、吃美食、穿漂亮的衣服，过上荣华富贵的日子。"

赵友的幻想感染了陶善义，不过他马上想起一个关键问题："真像传闻说的山洞里藏着大量金子，你怎么确定不是有人辛辛苦苦挖出来藏在里头的？"

赵友连忙表示："这个我也想过，金子有主人。"

"这传闻若是真的就危险了。谁也不知道那些数额巨大的金子的主人是谁，凭什么本事获得的。一个人的力量根本做不到拥有这么多财富。"

"别管金子的主人是谁，有多少人掺和进去了，我们明白一点就行，他们不过是大自然的偷窃者。金子属于大自然的，谁得到都理所应当。"赵友认真地说，"你听我说，好多人在打金子的主意呢。如果金子的数量实在庞大，可能一时半会儿不会被转移，那我们就要尽快找到那个山洞，神不知鬼不觉地弄到手。到时候，金子的主人回到山洞也只能干瞪眼，他们没法子查到金子的去向，只能为没能早点转移那笔财富懊恼了。"

望着赵友那兴奋的样子，陶善义也来劲了，他两眼放光地说："但愿这不是传说，我很想看到金子的主人失去财富后的表情。"

　　"嗬，你骨子里是个坏胚。"赵友笑道。

　　陶善义一本正经地说："好了好了，该商量一下什么时候动手了。"

　　"别人会选择好天气干好事，可我们要反过来，趁着雪还没彻底融化之前找到那处山洞。"赵友顺手抹了一下脸，语速很快地说，"我们需要先找些大袋子用来装金子，但愿过不了几天满载而归。"

　　陶善义频频点头。

　　赵友随即又眯起眼睛说："知道这事的人可能不只你和我。但就像我刚才说的，只要咱们捷足先登，比别人快，那么不论是金子的主人还是听闻消息过去淘金的人都会徒劳无获。"

　　陶善义听得频频点头，似乎他们马上要大获全胜了。

　　"咱们到底什么时候出发？"陶善义满心激动地问。

　　"事不宜迟，明天就出发。"赵友坚决地说。

　　"好，明天出发。"陶善义站稳了冻僵的身子，向天空举一下细长的胳膊欢呼一声。

第三章 黄金少年

时钟回拨。

清晨，一座木刻楞房子，一间寝室里，一个少年用忧郁的目光望着卧在病榻上的母亲。母亲面容憔悴，脸色苍白，呼吸微弱，她昏昏沉沉地熬过了狂风大作的夜晚，在晨光熹微时，意识才稍微清醒些。

少年叫王凯文，母亲叫刘秀兰。

刘秀兰由于过度劳累而导致心脏衰弱，再加上常年抑郁，身体每况愈下。有时病情严重，她会整天整宿处在虚弱乏力的痛苦状态中。

王凯文几乎一夜未眠，一直到早晨六点钟，他还陪伴着母亲。他望着母亲痛苦的面容，听着窗外喧噪的风声，内心惶恐而担忧。刘秀兰曾说，如果自己能在睡梦中死去，那无疑是告别人世最好的方式，显然她对病痛的折磨已到了无法忍受的程度。然而，正是这句在痛苦中道出的真话，却让王凯文整日提心吊胆，生怕在某个平静的夜晚母亲悄然离世。小镇里唯一的于立信医生来过几次，他嘱咐刘秀兰想要恢复身体，必须避免过度劳累和精神压力。因此，十七岁的王凯文和十五岁的王小燕便肩负起了生活的重担。王小燕平日负责洗衣、做饭、打理房间。王凯文在外打零工，以维持家中的生活开销。两年来，王凯文一直在一家鞋铺做工，负责给顾客清洗并擦拭修好的鞋，经过一番处理，最后展现在客人面前的是一双崭新如初的鞋子。这种讨巧的营生手段能够延续鞋铺的生意，一些并不富裕但又想在上流社会混迹的人往往会以这种廉价的方法保持体面。

"凯文，你在我这儿待一宿了吧。"刘秀兰虽然一直处在昏沉恍惚的状态中，但儿子的身影时时闪现在那一张一合的眼前。

"妈，你感觉怎么样了？"见母亲稍微恢复了些神志，忧悒的神情顿时从王凯文脸上消去一半。

"我能跟你说话就表明没事了。"刘秀兰露出了微笑。

王凯文有些将信将疑，但在看到母亲真实自然的笑靥后，便相信了她的话，露出了喜悦的神色。

"凯文，时候不早了，吃完早饭就去上工吧。"刘秀兰看到窗外的天光已微微泛亮。

"杜俊叔叔为人善良，他了解你的情况，曾和我说如果你身体不好就让我多陪陪你。"王凯文安慰母亲说。

"杜俊确实是好人，记得上个月，你上工迟到，他知道你是因我生病耽延了时间，就让你回来照顾我一整天。想到这些，我打心底里感激他。"刘秀兰感动地说。

此时，房间的门被轻轻推开，王小燕端着盛有小米粥和煮鸡蛋的木盘子走进来，那张俏丽的面庞留着两道泪痕。王小燕神情有些低沉，她在夜里哭过，她曾想来陪伴母亲，但却被哥哥阻止了。

"小燕，把盘子放那儿，到我这儿来。"刘秀兰一眼看见女儿脸上的泪痕，便唤她过来。

王小燕将木盘放在门口靠墙的矮柜上，快步走过去。

刘秀兰一只手搂住女儿，另一只手擦拭几下她脸上的泪痕。

"昨晚哭得不轻啊。"刘秀兰开玩笑似的说。

王小燕撇了一下嘴，差点又哭了。

看到妹妹娇气的样子，王凯文厉声说道："小燕，以后别老哭哭啼啼的，我们男人很反感流眼泪。"

听了刺耳的训斥，王小燕更加伤心。柔弱的女孩难以懂得一个坚强男孩的内心。对于男孩来说，轻易流泪是一种极大的耻辱，即便是遭难的时候，他们也不随便放纵自己的泪腺。

刘秀兰马上插话道："小燕是你妹妹，不要训斥她，你俩今后还要相依为命呢。"

母亲的袒护让王小燕终于没有忍住，哭了起来，一滴滴眼泪顺着脸颊滑落下来。

看到妹妹这样，王凯文内疚了，他不知所措地望着潸然泪下的王小燕。

"好了，别哭了，当哥的说你几句，你不能放心里。"刘秀兰安慰道。

"小燕，是我不对，我不该……"王凯文有点心疼地道了歉。

实际上，不论是王小燕伤心地抽噎还是王凯文激动易怒的脾气，都是由于家庭的变故和母亲的病情引发的。王凯文在道歉后陷入了沉默，而刘秀兰则劝慰着泪流不止的女儿。

过了一会儿，这个泪人仿佛流干了最后一滴眼泪，只是那俏丽的脸上又添了几道新的泪痕。

"小燕，这样的脸蛋可不讨人喜欢啊，去洗洗脸吧。"待女儿停止哭泣后，刘秀兰温和地说。

王小燕低着头，用手背抹着眼睛说："哥，饭在一楼的桌子上，快去吃吧。"

一时间，王凯文意识到自己刚刚的言辞有些过激，面对柔弱而宽容的妹妹，他感到自己过分了。

"我是一个想要保持理智的人，但同时又是一个缺乏怜爱的人。"王凯文暗暗自责。

王小燕离开母亲的寝室。待脚步声消失后，刘秀兰对王凯文说："你有一个多好的妹妹，你要好好对待她。"

"妈，我知道了。"王凯文压制着糟糕的情绪。

"妈，我爸去世后，家里变得和以前不一样了。"王凯文忧郁地说，"于立信医生一直叮嘱我要关照你的身体，不让你受累，这样的话才能延长生命……"

望着忧郁的王凯文，刘秀兰温和地说："我知道你始终惦念着你爸，小燕也是一样。不过你要明白，天命难违，有些事情是无法改变和挽回的。"

提起父亲，王凯文便激动起来："怎么能说天命难违呢？我爸三年前莫名其妙地失踪了，此后我们再也没见过他。这件事我无法接受，我想知道他到底在哪里，即便他发生了不幸，我也要知道是什么原因造成的。世间的一些道理只能起到安抚人心的作用，但并不能从根本上排解人的苦痛。事情已经发生了，我们只能顺应现实继续生活，但要寻找真相。"

王怀礼，王凯文的父亲，三年前和四个朋友一同前往马岐山脉淘金。事情发生在当年的八月，五个大活人神秘地消失在淘金的道路上，至今无人知晓他们是生是死。当时，警察局对此案进行了详细调查，但最后的结果却无法令人满意。镇民们质疑他们的办案能力。然而，就警察局给出的答复可以看出，他们已竭尽全力进行了搜寻，却始终没能找到五个人，也没有任何线索表明五个人发生了意外，因为至今没有发现他们的尸体。

在离奇的失踪案发生之前，王怀礼积极投身于淘金的热潮中。仅仅半年的时间里，他就积攒了一笔可观的财富，足够买起像样的房子，王凯文一家现在的房子就是用那笔钱购置的。在尝到金钱给家人带来的富裕生活后，王怀礼彻底投身于淘金事业，甚至辞掉了银行职员的职务。但世事难料，就在三年前的一天，他跟妻子说要出门几天，和家人告别后，他再也没有回来。刘秀兰和两个孩子清晰地记得王怀礼临走时那般兴奋的样子，可那张亲切的面孔却成了王怀礼留给他们的最后一抹记忆。积攒下来的金子维持了家庭三年的开销，随着财产一点点消耗，王凯文一家的境况也逐渐变得大不如从前，现在面临着窘困的处境。刘秀兰久病卧床毫无劳动能力，王小燕娇嫩羸弱不可能担起重任，只能干些家务活，王凯文虽然跟随一个善良的人干活，但洗鞋擦鞋的收入并不能让他们生活富足。这个家庭依然过着节衣缩食的日子。

以前的王凯文从未幻想过要一夜暴富，享受醉生梦死、荣华富贵的生活。但家中的变故令他改变了想法，尤其是母亲的病情让他看到金钱的重要性。一个人在安稳平淡的生活里不会过多考虑金钱，即便有所贪念，现实也会让他根据自身能力理性思考。但一个人在面对极大困境，又无外界帮助时，他可能会变得消沉、抑郁、浮躁、易怒。在没有绝望之前，他会浮想联翩，滋生野心，沉溺于不切实际的幻梦中。现在的王凯文已然濒临这种状态，只需精神和意识上的一个推力，他就会做出非同寻常的抉择。

瞧着悲愤异常的王凯文，刘秀兰缄默而又焦虑。

短暂的沉默后，王凯文说："于立信是个好医生，但是在咱们小镇子里，不会有医术更高超的医生了。如果有足够的钱，我们可以去大地方看好医生，得到良好的治疗，那时你的病……"

王凯文知道自己在说废话。首先，他们没有足够的钱，其次，刘秀兰的病是身心过度劳累导致的，对于后一点，并非良医良药所能解决。要想根除这种精神压力导致的疾病，只有疏解忧患，才谈得上慢慢恢复健康。

穷则思变，王凯文过早地意识到，只有金钱才能从根本上解决家庭的困境。但是一想到自己如何能获得金钱，他便陷入了焦虑和抑郁之中。世间所有人都在穷其毕生绞尽脑汁寻找致富方法和途径，然而有限的资源不可能公平分配给每个人。

刘秀兰看出儿子对金钱的痴迷程度，十分忧虑和惶恐。她从王凯文的身上看到了丈夫的身影，担忧父子先后以同样的方式走上一条危险的道路。

刘秀兰神经质般的敏感不无理由，在王怀礼失踪的三年中，她何曾不去猜想丈夫究竟发生了什么。如果是由于自然原因导致王怀礼不幸死亡，那么事情一定会在报纸上公布，失踪是一种无法找出真相的说法。三年前，报纸也曾登载过关于王怀礼一行人失踪的报道，其后的结果是至今下落不明、无迹可寻，那次事件便被称为不明真相的奇闻怪事。然而，仿佛要印证什么一样，近些年报纸陆续报道了一些淘金路上的不幸事件，淘金者曝尸荒野、金子被攫夺，这些消息已是屡见不鲜。读过几年学的刘秀兰经常细读王凯文带回来的每一份报纸，似乎能从中寻找到丈夫失踪的答案。自从上次刊载之后，报纸上再未出现过关于王怀礼淘金小队的新消息，仿佛他们石沉大海。联系到陆续出现的不幸事件，她的潜意识里萌生出不祥的猜测，丈夫可能早就死于非命，只是尸体一直没被找到。既然每份报纸都是由王凯文带回来，那么说明儿子即使不去过多关注上面的内容，但多少也会了解一些消息，只是忧郁和恐惧使他不愿意将那些不幸事件与父亲的失踪联系在一起，他刻意地不让妹妹去看那些新闻，甚至不让她接触任何报纸、刊物。至于母亲，王凯文实在没办法，刘秀兰要求他每天都要把当日的报纸带回家。她终归有个充分的理由，那就是久病卧床，极少出门，不能因此与外界隔绝，她要通过报纸了解外面的事情。

王凯文说话的过程中，几乎是低垂着头，很少和母亲有目光上的交流，因此也就没有观察到母亲惶恐的神色。

王凯文毫无察觉地说："妈，要想改变糟糕的家境，我只能去淘金。"

刘秀兰的内心瞬间从惶恐变成了忧虑，她忧心忡忡地说："我知道，我就知道你要说这个……"

刘秀兰预感到，如果她贸然开口谈及王怀礼失踪的事情，以此来告诫儿子不要一意孤行、重蹈覆辙，那么以儿子的性格肯定会激动地反驳："难道你的意思是爸爸由于淘金而不幸罹难的吗，难道你有确凿的证据来阻止我的决定吗？"

对于这样碰触心灵创伤的话题，刘秀兰深知不说为妙，但这样一来又无法起到劝导作用，她一时不知所措。

王凯文抬起头，望着欲言又止的母亲，感觉到她极想说些不赞同的话，但他不明白是什么原因让母亲缄默不语。

王凯文从椅子上站起来，将木盘端过来，交到刘秀兰手里："妈，吃完饭，你好好休息吧。"

王凯文怀着复杂的心情走出了房间。他沿着狭窄的楼梯走到一楼时，王小燕正在吃饭。盘子里的黑面包所剩不多，旁边大碗里的萝卜汤还微微冒着热气。

"再不吃汤就凉了。"王小燕面无表情地说。

王凯文坐在板凳上，才感到饿极了。他大口吃着黏牙的黑面包，喝着味道有点咸的菜汤，抬头瞥了一眼妹妹。看得出来她洗干净了脸上的泪痕，那张标致的脸蛋虽然阴郁，但不乏美丽。

王凯文想了想，还是说道："小燕，如果我离家一段时间，你会照顾好咱妈吧？"

听了这话，王小燕一脸惊讶，不安地问："你要去哪儿啊？"

望着担忧的妹妹，王凯文不免结巴起来："我，我只是这么说说。不过，我真要离家一段时间的话，相信你一定会照顾好妈妈。"

"那当然了。"王小燕说。

王小燕以为哥哥问她这么一句傻里傻气的话，不过是想来试探她的担当能力，这多少让她不高兴了。家中发生了如此大的变故，她内心都快要崩溃了，哥哥却毫无顾忌地问了这么残忍的一句，真是太欠妥当了。

几分钟后，王凯文吃完了早饭。他穿好上衣走出家门，

28

拖动着破旧的棉鞋走在积雪厚重的道路上，步履沉重。此时的阳光开始明媚起来，空气也变得更加清爽。不过，这并未让他心情好起来，想起刚刚在家中的经历，不免思绪烦乱。

四处茫茫的白雪分散了他的注意力，他既像是沉思默想又像是恍惚迷离地向前走。若是前面有个障碍物，保不准他会撞个头破血流。

"卖报，卖报，塔河镇发生了骇人听闻的凶杀案……"

身后传来熟悉的叫卖声，王凯文顿时打起了精神，扭头望去，他的好友郭洪生右手举着报纸正在当街叫卖。一位中年男子递过去一枚铜币要了一份报纸，郭洪生脸上露出笑意，又从左腋夹的报纸中抽出一份，然后向四周张望。兴奋的他相信全镇人都想了解昨晚发生的重大事件。他很快看到了王凯文，一路小跑过去，脚下扬起了阵阵雪花。

"嘿，凯文，今天怎么这么晚才去上工，杜俊不会扣你工钱吗？"郭洪生跑到王凯文身边站下来。

"别人我不清楚，他不会扣我工钱的。"王凯文蛮有把握地回答。

"杜俊待你不薄，几乎把你当作亲人看待。但你也要知道人的善心是有限的，不要滥用别人的善良啊。"郭洪生笑嘻嘻地转而又说，"嘿，跟你开玩笑呢，我了解你的为人。"

王凯文对此话心存感谢，也开玩笑道："你还和报童抢生意呢？"

郭洪生有点尴尬："现在的孩童不也在和大人抢生意嘛。胡守财十二岁的儿子都出来修自行车了，帮助他爸给贫穷的家多少挣点钱。"

"相比于成年人，人们会觉得孩子修车是件新鲜事儿。"

王凯文理解地说。

"所以说那孩子才能挣到钱，他的修车技术怎么着也不如大人。"郭洪生表示赞同。

"大家还是有同情心的。"王凯文补充道。

"这么小的孩子出来修车，家里肯定是有难言之隐吧。"郭洪生猜测道。

"这么做还是令人赞赏的。有的人家的孩子就不像他靠本事挣钱，而是偷盗什么的。"王凯文说。

"偷盗。"王凯文平淡地重复了一句。

郭洪生认为自己需要解释一番："我是说不是一两个孩子学会了干坏事，现在就连没有温饱之苦的孩子竟然也染上了偷东西的坏习惯，想不劳而获地生活。"

王凯文不想再说下去了。

"凯文，拿一份回去看吧，我知道婶婶喜欢看报。也没剩几份了，这个不收你钱。"郭洪生将手中的一份报纸递过去。

想到早晨的那一幕，王凯文决定不把今天的报纸带回家，以免扰乱母亲的心情。

"哦，不了。"王凯文说，"你发现没有，近两年的报纸总是刊登一些琐屑无聊的消息。哪个富豪出轨了，哪个小偷被抓了，谁又通过淘金在短时间内成了名门望族。"

"喂，你刚才没听见我在喊什么吗？"郭洪生奇怪地问。

经这一提醒，王凯文恍然想起，刚才郭洪生确实在喊什么凶杀案。他心事重重的时候没太在意周围的声音，有时候会遭人误解。

"哦，我隐约记得你在喊什么凶杀案。"王凯文皱着眉头似乎想起来了。

"对，凶杀案，就在昨晚发生的。"一提这话题，郭洪生又兴奋地提高了声音。

本想尽快去鞋铺上工的王凯文放慢了脚步，等着身后的郭洪生夹着报纸一起向前走。

"凶杀案这种事已经很长时间没发生了。"王凯文随口说。

郭洪生明白王凯文所说的很长时间是什么意思。半年前，马岐山脉经常发生淘金者被抢掠的事件，当事者大多没能幸免于难，尤其是那些收获极大的人更是被抢掠的目标。后来，就连那些收获无几的人被攫夺后也很难幸存。犯罪嫌疑人不想让任何人知道自己的真实身份，所以即使是找错了下手的对象，也不会放任何人一条生路。而这次报纸上提到的凶杀案与以往有所不同，受害者并非死在马岐山脉，他的尸体是在镇子一处离排水渠很近的拱桥下面发现的。

"至少半年没发生这种事了。那可怜的家伙死在了拱桥底下，你看这上面的照片。"郭洪生展开王凯文没有收下的那份报纸，示意对方注意插在文字间的图片。

王凯文停下脚步，眼睛盯着文字间的插图：一个瘦削的人形出现在画面中，面容很是凄惨。他眼球凸出，半张着嘴，口中血肉模糊，脸颊两侧染满了血渍，而且整个身体是扭曲的。想来受害时经受了难以想象的痛苦和恐惧。

王凯文迅速收回目光，这个恐怖的画面让他有些恶心。

王凯文的反应让郭洪生立刻收回报纸，归拢到腋下的那沓报纸中。

"我当时是吃着面包看这条新闻的，险些把肚子里的东西倒出来。"郭洪生颇有同感。

王凯文深深吸了一口清新的空气，继续往前走。郭洪生紧随其后，犹豫一会儿还是决定说出来："你，你刚刚看得不够仔细，你知道我发现了什么吗？"

王凯文没有回应，显然是不想再谈论这个事件。

郭洪生坚持地说："死者的两颗门牙没了。"

这个令人意外的发现震动了王凯文，他惊愕道："你说什么，牙没了？"

"用不用我再给你看一眼。"郭洪生连忙问道。

"不必了。"王凯文不想将胃中的食物真倒出来。

见朋友又有了好奇心，郭洪生凑上去贴着王凯文耳朵说："死者名叫李德才，这个人咱们虽不熟悉，但你应该是听说过的。"

"李德才。"这个名字隐隐约约地浮出脑子，但王凯文还是想不起此人的具体身份。

望着苦思冥想的王凯文，郭洪生提醒道："李德才，就是咱们镇子里那个用金牙替换门牙的蠢蛋。"

王凯文猛然想起的确有这么个人。最近一年，有个怪人逢人便龇牙咧嘴地笑。他没有工作，实际上是个流浪汉。王凯文清晰地记得这个流浪汉换金牙之前的模样，那时他的两颗门牙还有，只是由于长期缺乏营养，整口牙长得又黄又歪。几个月前王凯文给他擦过一双精致的皮鞋，留下了特殊印象。王凯文从未见过一个衣履褴褛的人能给自己买得起价格昂贵的皮鞋。如果是暴发户，一般要给自己换全套行装，但这人倒是怪了，只给自己换了一双漂亮鞋子。当时王凯文奇怪他这一点，但也只能这样理解：对方或许得到了一小笔钱，还不足以购买奢侈品，所以就挑了一双皮鞋换下快露出脚趾头的鞋。就如同那些有点钱就会买自己最喜爱东西的人，比如说女人喜欢买项链，老人喜欢买手表。

"这么说罪犯是奔着他那两颗金牙行凶的。"王凯文恍然大悟。

"很明显嘛，肯定是为了抢走金牙。"郭洪生连连点头。

"报纸上没有细说吗？"王凯文问。

"报纸只是说拱桥下发现了一名受害者，具体细节没有透露，倒是说了警方对这个案子将展开调查。"郭洪生补充道。

"你听没听说过传闻中的那个人？"郭洪生问。

"你指的是……"王凯文跺了跺脚上的雪，拿不定怎么回答。

"据说马岐山脉之前的那些死者出自一人之手。"郭洪生有些迟疑地说。

"黄金猎手？"那个阴气十足的外号猛然从王凯文脑中闪出来，他低声说，"莫非你觉得这个案件和那个黄金猎手脱不了关系？"

"要是从夺金的角度看，很可能跟黄金猎手有关。"郭洪生猜测道。

"金子人人都想得到，那么行凶者就不在少数了。"王凯文迟疑不定地说。

"嗯，道理是这样的，只不过黄金猎手更引人注目，他神出鬼没、威震四方。"郭洪生被弄得有点摸不着头脑，"这种事情不是咱们操心的。不知道警察什么时候会将案子查清楚，让凶手伏法。"

"我要赶时间了，找时间再聊。"王凯文心思回到上班的事情上，急于告辞。

"好的，我卖完剩下的报纸就收工。"郭洪生说，"回见。"

结束对话后，郭洪生跑到附近继续卖报。王凯文踏着积雪朝鞋铺方向走去。他反复揣测那则消息，脑子里突然闪出一个念头：如果真的存在黄金猎手，专门杀人掠金，那父亲的失踪是否和他有关系？王凯文没有勇气再想下去了。

到了鞋铺，已是上午九点钟，王凯文迟到了一个小时。他走进铺子时，杜俊正在修补一双长筒靴子。

杜俊年约五十，满脸络腮胡子，身体浑圆壮实，个头很高。微红的脸庞表明他早起时喝了少许烧酒，这是他的爱好和习惯。

"叔叔，我来晚了。"王凯文抱愧地说。

"你妈的身体怎么样了？"杜俊不用问便知道王凯文来晚的原因。

"还是很糟，熬了一宿，今天早晨好多了。"王凯文说。

"嗯，好好照顾你妈。像我之前说的，如果她出了什么状况，你不必匆匆忙忙赶来上工。"杜俊仁慈地说，"我们虽然不是医生，没什么灵丹妙药，但至少能在精神上对她有所宽慰，这样也会对身体有帮助。"

"嗯，谢谢。"王凯文感激地说。

在感情上，王凯文已然把杜俊当成了家人，所以有些心里话他倒是很想跟对方谈谈。不过，王凯文开口前，杜俊先说道："凯文，我和你父亲是至交，你有什么困难就跟我说。如果需要钱就直接开口，如果是其他的事，我也会尽全力帮助你。"

王凯文的眼睛湿润了："叔叔，你仁慈善良，对我已经非常不错了，我不敢有更多的奢求。在别的地方干活，我一天最多能挣一个银币，而你却给我两个，这个恩情我终生不会忘记的。"

杜俊红着脸露出了微笑。

在这样融洽温馨的场合，王凯文觉得一时难以说出心里话，然而考虑到生存的艰难，他还是控制感情鼓足勇气开口："叔叔，对于你的恩德，我们一家感激不尽，也难以回报。但是，有个事情我还是得跟你说。我现在的薪水非常可观，却无法从根本上改变家庭的状况，也无法拯救我妈的健康。我，我已经做好了打算，这一年我要去马岐山脉淘金。如果像其他人那样获得了财富，我就可以带我妈去比塔河镇更大的地方治病，那时，我们家的状况也会好转起来。"

杜俊认真地听了王凯文的话，眉头微锁。

过一会儿，杜俊平静地说："凯文，我知道你家发生了如此大的变故。你父亲的去世对我来说也是件极其悲伤的事情，因为我失去了一位挚友。可是我想提醒你，当你准备做一件事的时候要考虑清楚，尤其像淘金这样的事情，确实很诱人，但实施起来并不容易。我知道全镇的人过了这个冬天就会蜂拥般前往马岐山脉一带淘金，确实会有人捞到财富。可是你也要想到，大多数人要空手而归，真正幸运的人寥寥无几。"

王凯文一言不发。

从王凯文不甘心的表情上，杜俊看出了他的执拗，还是继续说下去："我知道你被境况所迫，但要考虑性命重过金钱。前些年，马岐山脉一带经常发生杀人越货的事情……"

杜俊闭住嘴，生怕触碰到王凯文内心的隐痛。

王凯文激动了，眼睛又一次湿润起来："道理人人皆知，但世事不遂人意。我知道成功的可能不大，因为我要和那些经验丰富的大人竞争，也知道难免遇到危险，说不定会丢了性命。但如果什么也不干维持现在的日子，家庭的痛苦就会像魔鬼一样纠缠着我。我不能眼睁睁地看着无法改变命运，这个家早晚陷入深渊。你想想我该怎么选择，难道要因为躲避危险而选择继续过苦日子吗？"

这番肺腑之言让杜俊无话可说，一切经世致用的道理在现实面前不堪一击。

"凯文……"杜俊发出了颤抖的声音，他知道此时说什么都无用了。

"如果你真有此愿，我祈祷你平安事成。"几秒后，杜俊彻底软了下来，刚毅的形象也荡然无存。

王凯文一动不动。

"我知道你做完决定后一定会尽快实施……我只能说，如果你改变了主意，记得回来。少了你，我的工作可就变多了。"杜俊温和地说。

瞧着杜俊那无奈的笑容，王凯文也只能报以一记忧伤的微笑。

第四章
凶犯的真面目

简陋的木刻楞公寓里，一盏煤油灯散发着昏黄的光线。

鲁铁昨晚在酒馆里一直待到午夜十二点钟，那时酒馆里只剩下他和张永福。自从听了李德才关于藏匿黄金一事后，他变得沉默了，不停地喝酒，借以消解心中的愁闷。想到大好的机遇就这么荡然无存了，一时间难以接受。随后他便开始考虑自己接下来的人生，浑浑噩噩的生活着实也令他感到了厌倦。

午夜十二点多，鲁铁醉醺醺地返回了公寓。说来滑稽，他当时慷慨地丢给张永福足够喝二十杯松子酒的酒钱，也就是那颗不大的金子，但他酒兴大发又连续狂饮了七杯，他那短暂的慷慨也因此融化在了酒中。

第二天早上，鲁铁醒来。他嚼了几口干巴巴的黑面包，喝了几口凉水，便一屁股坐在粗糙的松木椅子上，茫然地望着面前的小圆桌。一只蟑螂从桌子背面冒出脑袋，爬上桌面，停在脏兮兮的面包盘子旁。它刚想吃盘子周围的面包渣，一个巨大的手掌猛然拍下，将它碎尸万段。蟑螂身体里流出的黏液发出一股刺鼻的臭味。

鲁铁将掌心朝向自己，瞅了瞅上面肮脏的黏液，然后又将目光投注到那只该死的蟑螂身上。他冷漠而嫌弃地曲起一根手指，将死蟑螂弹落到了地面。

这一系列动作结束后，鲁铁脑袋有点清醒了。他将粗大的右手伸进一夜未脱的大氅，在内兜里摸索了一阵，这才意识到昨晚用来付酒钱的那块金子可能是他的最后一点财产。他有些不甘，将粗手又伸向其他口袋，但结果一样，每个口袋都是空荡荡的，就像新衣服那样，里面空无一物。他失望地抽回了手，脸上露出了痛苦的表情。

此时，鲁铁不由得想起昨晚喝酒时的场景，和那块亮闪闪的金子，接着就算计起来所付的酒钱。

"十六杯松子酒，每杯净赚一个铜币，也就是十六个铜币。另外还有那没喝的四杯，四杯是八个铜币，共计二十四个铜币，相当于两枚银币零四个铜币。嘿，张永福，我对你实在是太好了。"鲁铁钦佩自己的慷慨，也深感损失颇大。

"早该找个正经活干了。"在回忆完酒钱后，鲁铁又想起张永福当时说的话。

鲁铁猛地大笑一声："是啊，是该找个活干了。"

鲁铁将大氅的扣子扣紧，神情严肃地站起身，摘下摇摇欲坠的挂衣架上的黑色呢绒帽，戴在头上走出公寓。

听着脚下的厚雪发出嘎吱嘎吱的响声，鲁铁彷徨而迷惘，他很长时间没有工作，不知道还能不能找到一份说得过去的活计。他曾经出过力气，干过重活，但是由于脾气火爆，都没能干长久。在一次争吵中他打伤了同事，破口辱骂了雇主，他的名声在塔河镇像地沟的污水一样恶臭，自那次起就再没有一家店敢雇用这么个声名狼藉的货色。然而，在如此寒冷、行动不便的冬季，很少有人愿意为几个铜币出卖自己的劳动力，任由他人使唤。鲁铁打定主意，要利用好这个时机为自己讨个活计。他愿意相信大多数雇主，尤其是那些急需重体力员工的人，能够不计过往地接纳他。

想到这里，鲁铁心态变得平和起来，他放慢脚步环顾四周，猜想有哪家店可能会接受他。在一个肉店门前，他驻足而立，朝窗户里面望了望。本来他很想进去询问，但透过光亮的玻璃，他看到店主正是曾和他争吵过的同事。

"哼，真是可笑，现在什么人都能当店主了，真是可笑。"鲁铁转回头，不禁嗤笑道。

鲁铁迈步继续向前走，依然满怀希望。他走到第二家和第三家门店之间时，右侧的巷子中忽然有人呼唤他："喂，鲁铁。"

鲁铁陡然间觉得自己在哪儿听过这个声音，但又不是熟人的，他循声望去，一个人站在巷子深处正朝他招手。那人有些鬼祟，光天之下，竟这么躲躲闪闪地朝他打招呼，令人不快。因为距离有些远，他只能过去看看是谁，没有过多顾虑，他憨直地走了过去。

"这人是谁，我不认识他，他怎么知道我的名字？"鲁铁边走边想。

走到离陌生人不到五米的地方，那人开口说："这里不太清静，你跟我往里走走。"

"你是谁，我为什么要听你的。"鲁铁生气了，"在这儿不能说话吗？"

"你不跟我走，你怎么知道我要说什么。"那人不慌不忙地说。

鲁铁困惑地望着陌生人，有些疑虑，但好奇心却促使他还是跟着对方往里面走了一段路。那人并没走多远，只是离巷口远一点而已，仿佛这样一来就能达到他想要的清静。鲁铁回头瞅了瞅，发现自己依旧可以看见街道的景物，便放下了警惕心。

鲁铁回过头后看清楚了来人，惊讶地说："嗬，真是稀奇，我们只有一面之缘，没想到你竟然主动向我打招呼……你是昨晚在酒馆里坐在我身旁的那个人吧。"

那人一脸笑意，谦逊地说："鄙人肖朗，有幸认识这个镇子里最强壮的男人。"

鲁铁说："你进酒馆后，就坐在了我左面的位置。你像是外乡人，你若是本镇的人，即便我不认识也总该打过照面。"

肖朗谦恭地鞠了一躬。

鲁铁郑重地问："我们并不认识，你把我叫到这儿有事情吗？"

显然，鲁铁肚子里闷着一股莫名其妙的火气。肖朗马上进入话题："你还记得在酒馆时你右边的那个人吧。"

"瘦子李德才？"鲁铁诧异地说，他不明白对方为什么提起不起眼的李德才。

瞧着鲁铁狐疑地盯着自己，肖朗从大衣里掏出一片剪下来的报纸，上面的新闻正是关于李德才死亡的消息。鲁铁犹疑地接过那张纸，又谨慎地退后一步。看完了上面的内容，他脸色大变，那幅血腥的画面清晰地映入了眼中。

"李，李德才死了？"鲁铁惊愕道，"这，这是谁干的？"

"警方正在调查呢。"肖朗回答道。

鲁铁瞪着肖朗问："你，你让我看这个是什么意思？"

肖朗不怀好意地露出一丝浅笑。

一瞬间，鲁铁猜到了什么，但他需要确认一下。就在他惶恐不安时，肖朗将戴着皮手套的手又伸进大衣内兜，摸索了两下掏出一样东西，扔在他脚下。

鲁铁低头看过去，发现是两颗泛着微光的金牙。他陡然想起昨晚在酒馆里李德才朝自己微笑时露出的金牙，联想到刚刚看到报纸上的杀人事件，便彻底明白了自己是第一个知晓凶手真面目的人。

"是，是你杀的李德才！"鲁铁惊恐地嚷嚷一句。

"不，是你杀的。"肖朗镇定地说。

这令人恐怖的话让鲁铁打了一个寒战，他怒目而视，声音颤抖："你胡说，明明是你杀了李德才，怎么说是我杀的！"

肖朗阴鸷地说："昨晚在酒馆里，你和李德才谈兴浓厚，这个场面不止酒保看到了吧。警方正在寻找线索，只要到酒馆询问酒保，跟你同一时间段的酒客，他们会证明当时你和李德才在一起谈话。再有，你威胁过李德才，说他如果不把金子的事情讲清楚就要揍他。我注意到他非常怕你，恐怕在我来酒馆之前你已经恫吓过他了，所以他才一直提防你。鲁铁，我说的没错吧。"

鲁铁清楚地记得，自己曾说过要掰掉李德才的两颗门牙，幸亏当时肖朗还没进酒馆，如果连这句话也被对方听到，那自己的处境就会变得更糟。想到昨晚在酒馆里的种种鲁莽，鲁铁懊悔不迭。

面前这个两颊和颏下刮得精光的文雅男人令鲁铁胆战心惊，他甚至相信对方已经掌握了他和李德才谈话中秘而不宣的那一部分。想到这里，他有一种如临深渊的眩晕，哼了一声：
"你杀了李德才，还要栽赃到我头上！你到底是什么人，有
什么目的？"

肖朗嘴角浮起一丝笑意："别猜了，咱俩有一个共同目的。"

鲁铁干笑道："哈，仅凭两颗金牙就想把罪行推到我身上，
真是荒唐。小样的，你给我听好了，我和那家酒馆的酒保关
系非常好，他会为我作证的。"

"酒保？"肖朗拉长了声音说，"嗬，你可不要犯糊涂。
除了你最亲近的人，比方说你的父母兄长能够为你保守秘密，
其他人即便是你最亲密的朋友也很难确保不出卖你。你长得
虽然高大威猛，但脖子上面的脑袋可不太灵光。你确信那个
老头会为你做清白的证词吗？"

鲁铁被这番讥讽的话惹怒到了极点，他紧攥着拳头骂道：
"混账，我鲁铁至今还从未受过任何人威胁，你胆子真是不小，
竟敢成为第一个冒犯我的人。信不信我能把你打得头破血流，
让你把刚才说的话全部吞回肚子里去，不，我要把你按在雪
地里，让你窒息而亡！"

一般而言，当看到比自己强壮的人如此大发雷霆，多数
人会退缩回去，可肖朗没有一丝畏惧，显得无动于衷。

"鲁铁，愚蠢要有个限度，若是这样你就身负两命了。"
肖朗假意提醒道。

"混账，你在说什么鬼话，好像就是我杀了李德才。"
愤怒的鲁铁对这险恶的栽赃忍无可忍，第一次动了杀心。这
个在任何场合都显得淡定、端庄的家伙其实是个魔鬼，让他
深恶痛绝。他遇到过不少穿着雅致、风度翩翩的人干着不为
人知的丑恶勾当，只因未昭然于世，法律是无法制裁的。此刻，

鲁铁坚定地认为，若是自己一时冲动杀了这个恶棍，也不应该受到上天的惩罚，因为他是在为世间铲除魔鬼，当然是正义之举。

"我希望你能冷静地把我的话听完。"肖朗冷冰冰地说。

"狗东西，我凭什么非要听完你的话。你这个恶魔，已经把事情弄成这样了，我杀你是为瘦子报仇，为世间除恶！"鲁铁杀气腾腾地要扑过去。

肖朗露出一副无奈的表情，从大衣中掏出一把锋利的匕首。

瞧着银光闪闪的匕首，鲁铁后退一步怒吼道："来吧，你栽赃不成，还想杀人灭口！"

"我本来不想这样，但你始终不让我把话说完。你缺乏耐心、狂躁易怒，偏偏要使用蛮力，那我也只好选择自卫了。"肖朗显得很镇定。

鲁铁盯着匕首，想着如何避开凶器一次击倒这该死的家伙。虽然他没有多大把握，不过凭着多年打架斗殴的经验，自己毛发无损击败对方的次数也不少。就拿刚才看到的肉店老板说吧，七年前他俩在同一家木材工厂干活，曾因口角发生过一次斗殴。这个后来成为肉店老板的人比他矮两头，当时因为身单力薄打不过，就找来三个同伴帮忙。他们四个人各持一把两米长的木棍，紧紧围住鲁铁，然后一起冲上去，鲁铁的前胸和后背挨了几下重棍，但身壮如牛的他忍着剧痛转眼间就放倒了四个人。因此事他被工厂辞退，往后就再难找到工作了，只能靠短时的出卖劳动，例如钟点工之类的零活勉强维持生计。

这次不一样了，即使打架从来不计后果的莽夫鲁铁也会在此情形下心惊胆战，对方手中那把亮闪闪的匕首构成极大的威胁。在棍棒相加的械斗经历中，他还从未跟一个持刀凶手对峙过。肖朗身高虽然不及他，但他若是鲁莽地扑上去，恐怕会被对面显然有着杀人经历的凶犯反制，那时他可就会惨死在雪地里，成为下一个案件的主角。

开始冷静下来的鲁铁终于想起来，对面的魔鬼一直坚持他听完自己的话。与其同这个恶人拼个你死我活，不如先听完对方要说什么，如果情况依然对他不利，再动手也不迟。

鲁铁松开了拳头，压制着怒气说："你有什么事让我必须听完？"

见对方态度大变，肖朗将匕首收回大衣里。"你终于肯听我说话了。"他讥诮道，"我并不是要栽赃你，将你送入暗无天日的监狱等待死亡，而是想和你一起做件事。"

肖朗接着说："李德才和你说过马岐山脉有一处堆满黄金的山洞，并说那里的金子早就没了，其实事情没那么简单……"

听到这些，鲁铁勃然大怒："李德才在骗我吗？"

"不，他并没撒谎，十吨黄金确实从山洞里消失了。不过，我看到了消失的过程。"肖朗停了一下，看着鲁铁贪婪的神情冷笑一声，"那些黄金被人转移走了。"

鲁铁满脸不屑："当然不是金子长翅膀飞了，不过肯定不是瘦子干的，他没那么大本事。"

"不是他。"肖朗点一下头。

"那是谁？"鲁铁忘了刚才匕首挥来挥去的险象。

"一个团伙。"肖朗回答简洁。

"团伙？"鲁铁奇怪地问。

"这个团伙应该有六个人。"肖朗盯着对方疑惑的眼睛说，"我来告诉你，为什么我这么估计人数。知道那个山洞的可不只有李德才，我在淘金路上无意间也发现了那个山洞，同时，我还亲眼看见有两个人驾着一辆马车进了山洞。他们把金子装进一个个麻袋里，又将快撑破的麻袋一个一个放进车篷里。干完后，一个人负责驱马，另一个则坐进车篷离开了山洞。过了不到半刻钟的时间，第二辆马车又出现了，这次来了两个新人，他们以同样的方式装上金子后也离开了山洞。又过了不到五分钟，洞口前竟出现了第三辆马车，这是令我意想不到的，同样是两个新人……接下来你应该知道他们都做了什么吧。嗬，恐怕你无法想象，前前后后来的这三辆马车在几个小时内运走了所有黄金，十吨黄金就是这样消失的。"

鲁铁听得瞠目结舌，怀疑地问道："他们去哪儿了？再说了，山洞里又深又暗，你怎么知道他们装的是黄金？"

"山洞没你想象得那么深，与其说是山洞，不如说是一个巨大的窟窿。虽然山洞里光线暗淡，就看你能不能找到合适的位置，借助外面的光，还是能看清楚里面的情况。至于他们将十吨黄金运到哪里去了，目前我只知道那些马车去了马岐山脉西北方向的挪伊森林。当时他们行速极快，我很快就跟丢了，但我相信会找到那些金子的。"肖朗说。

肖朗所说的挪伊森林，那里荒凉无人，由于离镇子太远，塔河镇的人几乎不会涉足那个地方。

整桩离奇的故事让鲁铁放松了警惕，他有些惋惜地想："这么说来，李德才那家伙讲的是实话。可怜的瘦子，如果早几天发现那里藏金……眼前这个杀了李德才的家伙，虽说发现了最初的藏金地点，最后他也不过是个两手空空的倒霉蛋。"

"哈，仪表堂堂的犯人可是费足了脚力跟踪金子的去处，真是辛苦你了。"鲁铁想象着肖朗狼狈跟踪的画面，不禁取笑起来。

"肖朗，你想拉我入伙，莫非是要盗走那些黄金？"鲁铁直呼其名，仿佛已经化解了两人之间的冲突。

"警方很快就会锁定你犯罪嫌疑人的身份，你只能这样做才能逃生，难道还有其他选择吗？"肖朗反唇相讥。

一股怒火涌到了脸上。说起这个，鲁铁可还没忘记被对方栽赃的事，不过黄金的诱惑最终还是让他压下火气："我可以和你一起干，但托你的福，我得离开这个镇子了。"

"世上又不止塔河镇这么一个地方，等你有了花不完的金子，你可以到任何想去的地方。"肖朗躲闪着鲁铁愤怒的眼神，轻松地说。

被这种恶毒的方式要挟，鲁铁内心极其不舒服。然而他还是心想，事已至此先放下仇恨，和这个恶魔搭档干完大事后再报复也不晚。

"那个团伙真有六个人的话，凭你我的力量怎么能成功？"鲁铁问道。

"你是塔河镇最强壮的男人，而我……想必很多人都听说过我的名号。"肖朗笑一下。

鲁铁讶异地揣测道："你莫非是那个恶名昭著的黄金猎手？"

肖朗不屑回答，一脸默认。

"嘀，你倒是够大胆的，竟然把自己的名字告诉了我。"鲁铁嘲弄地说。

"名字？谁告诉你肖朗就是我的真名？"肖朗轻蔑地说。

鲁铁的喉咙被什么东西噎住了。

"忘了告诉你，那个李德才和他的朋友从山洞里带走的可不止二十斤金子，他们每人至少能拿走十五斤。"肖朗说。

对于已死之人的微小欺骗，鲁铁不想去计较，接下来他可是有大事要做。"既然已经死了，就不要再谈他了。"他冷冷地表态。

肖朗笑一下，走到鲁铁跟前，将藏在大衣中的那把匕首递过去："拿着，以备不时之需。"

看得出肖朗想打消自己的怀疑，鲁铁接过了匕首。随后肖朗又从大衣兜里掏出一小袋银币递给他。一瞬间，鲁铁再次感到这个杀人凶手谋划得非常周密，这袋银币是他早已准备好的馈礼，说明肖朗早就预计他终将会被驯服。

鲁铁恼羞成怒："刚才我可说了，拜你所赐，我遭受了如此境地。这段时间，哦，不，可能我永远都无法在塔河镇生活了，你要有所保证……"

肖朗立刻回答："得到黄金后，我们五五分。"

"嗯，这是个公平的合作。"鲁铁满意了。

"鲁铁，你拿着这些钱暂时住到离这儿四十里外的西林镇。这段时间我要仔细寻找藏金地点，行动前我会去找你。"肖朗嘱咐道，"记住，在此期间，不要花天酒地，等我们得到那笔巨大的财富，随便你挥霍。那天在酒馆我看出你嗜酒如命，我好心提醒你，少酗酒，随时保持清醒的头脑。"

对于一个栽赃陷害自己的杀人凶手，鲁铁懒得去听这些说教，他颇不耐烦地打断了对方："说正事，我们到底什么时候出发。"

"我刚说过行动前我会去西林镇找你。我敢跟你打包票，等地面的雪全部融化时我肯定能找到藏金地点。"肖朗说。

"看来要等很长时间。"鲁铁显得急不可耐。

"你要有耐心。"肖朗倒是很冷静。

在时间上如此安排，鲁铁只能悉听尊便。随后，他试探地问："你就不怕我出卖你？"

肖朗没有表情："你不会出卖我，咱们有共同的目的，是最可靠的搭档。"

第五章　泡影

上午十点钟，两个瘦削的身影出现在马岐山脉中。

赵友和陶善义背上分别系着一个宽大的麻袋。两人裹着呢子大衣，戴着盖耳的毡帽，穿着鹿皮长靴，一步一步踏着积雪蹒跚前行。昨天下午，两人在一个垃圾场翻出了阔绰人家丢弃的东西，包括两套沾满污渍、破旧不堪的行装，将自己全副武装起来。

"赵友，你一直没法告诉我山洞的具体方位，这样跟你一通乱找，可是相当费体力的。"长途跋涉让陶善义十分疲累，他开始抱怨起来。

"嘿，我现在大概知道那山洞的位置了。"赵友喘着粗气说，"出门时，我想起了一件事……还记得十年前吧，咱们可是去过那个地方。"

"是，是来过马岐山脉，但这跟山洞有什么关系？"陶善义气喘吁吁地问。

"你给我好好回忆一下，当时咱们是不是在某座山上发现了一个高宽相当的洞口……"赵友提示道。

"哦，我想起来了。的确有个洞口，非常大，但不是很深，咱们进去过，可是里面空荡荡的。"陶善义想起了赵友所说的山洞，"那里确实可以存放大量黄金。"

"你还记不记得，那次咱们从马岐山脉回来后，不知谁向院长告了密，她训斥我们一个多钟头，最后还关了咱们禁闭……"陶善义皱起眉头继续回忆。

"当然记得。你可不要再往下说了，那个漆黑的小屋我真是受够了。那个疯婆子，真是个坏人。"想起这件不愉快的事，赵友气得咬牙切齿。

"院长可不是坏人，她是担心咱们的安全。你要知道那时候有很多人在山里出过事故，有不幸坠落谷底的，还有被野兽咬死的。"陶善义辩护道。

"可是你也得知道她把咱们关进那该死的小黑屋，一关就是整整三天。"赵友仍然气愤不已。

"那是为了让咱们深刻地记住教训，况且每餐也没落下啊，咱们也没被饿死吧。"陶善义继续辩护。

"蠢货，难道她没饿死你，你就要感激她吗？嗬，愚昧的人承受能力往往都很强，因为他们天生就是奴隶，顺从得像只绵羊一样……"赵友听着越发气恼。

"你这样说很过分，忘记别人对你的好就是忘恩负义。"在这一点上，陶善义丝毫不让。

"嗬，我现在知道人与人之间的差别了，不在于体型和外貌，那些都是天生的，而是父母和上天给的这个东西。"赵友指了指自己的脑袋。

"你倒像个智者一样教导别人，却不知道自己的局限。孰是孰非不是那么容易断定的。"陶善义反驳道。

"好了，好了，对你这种人我无话可说。还是别提院长了，多想想金子的事吧。"赵友彻底打住话题。

两人步履艰难地在雪地里又走了一个钟头。此时，将近午时的阳光普照在白茫茫的大地上，银色耀眼的光辉四处闪烁，寒冷的空气略微变暖了一些。

"陶善义，你快看，如果没记错的话，前面那个山洞应该就是咱们曾经来过的。"走到一座山的山腰时，赵友指着前方数百米远的一个像野兽张口的黑黢黢的山洞说。

"就是那儿，就是那儿，错不了。"陶善义彻底回忆起来，随即兴奋地喊道。

"快，跟上我。"赵友加快了步伐。

两人心情无比激越，踏着难行的小路，迫不及待地朝那里走去。

距离山洞五十米的时候，赵友猛地被什么东西绊了一下，整个人扑跌在雪地上，如他之前嘲讽的那个吃了满口雪的人。

陶善义忍不住笑道："哈哈，你这姿势和那人一模一样。"

赵友用双掌撑地迅速爬起，满面羞红地骂道："谁跟那个人一样？这该死的雪天，真是让人不顺心。"

赵友扑打掉身上的雪花，觉得一股凉气渗透了全身，直往骨头缝里钻。"你这家伙别傻站着了，帮我拍拍后背。"他有点生气了。

陶善义笑着走过去帮赵友拍打后背的雪。当他的目光沿着赵友的脊背往下移动时，一脸惊讶，结结巴巴地说："赵，赵友……"

"哼唧什么？"赵友还为刚摔的一跤烦着。

"你脚下有个亮闪闪的东西……"陶善义的声音变得古

怪起来，好像被无形的针扎了一下。

赵友顺着陶善义所指的方向看着脚下，一块卵石大小的金子嵌在雪地里。刚刚就是它绊倒了赵友，上面的积雪已被抹去了一部分，这才显露出那颗金灿灿的"脑袋"。

"金子！"赵友感到不可思议地大喊。

赵友马上俯下身，用双手握住金块的两边，没费力气将它从雪地里拔了出来。随后他拍掉上面的雪，欣喜地看着那块足有拳头大的宝贝。

"哈哈，我说什么来的。"赵友不胜惊喜地叫道，"这个山洞果真是藏匿黄金的地方。"

"为什么金块会在山洞外面？"陶善义脑子里闪过一个疑问。

惊喜的赵友猛然被这句话问得清醒起来，一下收敛起笑容。

"难道说已经有人来过了？"赵友由喜转忧。

此刻，赵友和陶善义都不敢去想那糟糕的可能。

"我们进去看看吧。"赵友按了按前胸，此刻他的心脏正在发出前所未有的狂跳。

"好吧。"陶善义忐忑不安地应道。

两人将要探察一件他们不愿意想但又不得不去确认的事情。他们缓慢地走向近在眼前的山洞。走到距离洞口二十米的地方，赵友有点胆怯了："你进去看看吧。"

显然，赵友预感到了什么，只是自己不想亲眼看见那个可能。

洞口下面的积雪隆得很高，而上面的冰凌又像一扇晶莹的帘子一样垂吊下来，他们的视线多少被挡住了些。另外，冬季的光线不如夏天那般明亮，所以，只有进去才能看清楚里面的状况。

陶善义察觉到赵友不可言状的胆怯，但两人中总得有人先行一步，他便率先向洞口走去。过一会儿，他进了洞口，在阴暗的环境中环顾四周后并未发现什么，便继续往里走。

洞内的地面湿漉漉的，平坦得几乎连一块石子都没有。陶善义有些失望，走了几步后，他转回身对外面那张担惊受怕的面孔摇了摇头。

看到陶善义摇着头，赵友明白了什么，不过还是抱着一线希望问："怎么，没有金子吗？"

陶善义像个石像般立在原地，忧愁地问："我们是不是来错地方了？"

"不，不可能，就是这个地方。"赵友烦躁起来，声音也跟着尖锐刺耳，"刚刚那块金子就是很好的证明。陶善义，我现在还能看见你，就说明你根本没有走到头……得了，用不着你，我进去看看，真是莫名其妙，我就不信……"

赵友正在嚷嚷时，意外发生了，这让他俩的寻金旅程变得雪上加霜。

赵友和陶善义的对话声惊醒了洞里的一头大型动物。他俩沉浸在失望和疑惑之际，殊不知这里早已成了野兽的巢穴。

几秒后，陶善义听到身后传来粗重浑浊的喘息声，他立即回头，惊骇地看到一个庞大的黑影正在蠕动，顿时吓得脸色煞白、腿脚发麻。

"陶善义，那是什么东西？"快要走到洞口的赵友察觉到了里面的异常，瞪大眼睛连忙问。

陶善义还没来得及回应，洞中就传出一声巨大的咆哮，一只身长两米的棕熊彻底苏醒过来，震荡四周的吼声让两人魂飞魄散，离得最近的陶善义立刻跑出山洞，而赵友慌张得摔了一跤跌在地上。那棕熊起身后，双眼凶厉，直接窜出洞口，在天光之下，两人清楚地看到那壮硕瘆人的身姿。

"陶善义，快跑。"赵友边从地上爬起来边喊。

吓呆的陶善义被喊醒了，立刻跟着赵友向来时的方向狂奔。棕熊被这两个突如其来的造访者激怒，开始凶猛地追逐。

"赵友，它就在后面不远。"陶善义发着颤音叫道，他感觉身后的恐怖气息不断地向自己逼近。

赵友撒开两腿极力奔跑，扯着嗓子大喊："别往后看，别停下来，记得来时的那段冰道吗？"

"记，记得，当时咱们绕开那里改道上来的。"陶善义比赵友更慌，因为他离穷追不舍的棕熊最近。

"跟紧我，快到那儿的时候，我往左跳，你往右跳。"赵友声音发抖地喊道。

"好。"陶善义立即回应道。

仅过十秒，陶善义几乎哭着叫道："赵友，它快追上我了。"

"别怕，那儿离咱们很近，很快就会到了。"赵友注意着前方，回忆着大致位置。

"不行，我，我快被它逮到了。"眨眼工夫，陶善义已经涕泪横流，魂飞魄散了。

"陶善义，到了，快闪。"赵友大喊。

在赵友猛地跳向左侧的一瞬间，陶善义使出浑身力气向右一跃，那冰道就在两人中间朝前的三四米处，尾随的棕熊毫无觉察地冲到冰道后，由于惯性没刹住身体，向前一直滑了下去。

两人眼睁睁地看着棕熊滑行几十米后，扑通一下倒在冰面上，然后像个滚圆的球一般滑到了目力不可及的远处，棕熊在两人视野里彻底消失了。

两人惊魂未定，喘着粗气坐在地上，直到屁股发冷才站起身。

"离那冰道远一点，不然你会像那笨熊一样滑下去，到时候你可就自己送上门了。"赵友看着起身后的陶善义打了个趔趄，有往冰道方向跌倒的趋势。

"熊已经没影了，我们用不用再回去看看？"两分钟后，陶善义试图平复紧张的心情说。

"去看什么？"赵友问。

"看洞里还有没有黄金。"陶善义回答。

"你当时不是已经看过了吗？"赵友又问。

"再往里我没看清，所以……"陶善义哼唧道。

"嗬，你意思是那熊整天抱着金子睡觉喽？蠢货，你就不怕它回来，把咱们堵在里面？"赵友意识到自己有些激动，冷静一下继续说，"那里面不可能有金子了，有人已经把它们全部挪走了。否则不是棕熊把想带走黄金的人干掉，就是想带走黄金的人把棕熊干掉，总之会留些血迹的。咱们并没有看到这些，就说明有人安全地运走了黄金。至于刚才捡到的那块，应该是转移时掉落的，那个山洞现在已经成熊窝了。"

"那怎么办，难道就这样空手回去吗？"陶善义失望极了。

"回去，当然要回去，但咱们还会再来。"赵友并不善罢甘休，"一定要找到被转移的黄金。"

"怎么找？一点线索都没有。"陶善义泄气地说。

"一定会有线索的。"赵友拿出那块绊倒自己的金块，内心重新燃起希望，"咱们并不是两手空空。只要有耐心，继续找下去，肯定会成功。"

中午时分，两人拖着疲惫和饥饿的身躯绕路返回了塔河镇。

第六章 少年淘金队

中午十二点，明媚的阳光照在大街上，路面的积雪闪射着耀眼的光芒，一滴滴水珠沿着透亮明净的冰凌滑落地面。

王凯文在鞋铺待了整整一个上午。这段时间里，他依旧做着为顾客洗鞋、擦鞋的活计，而拥有修鞋技艺的杜俊则在里屋补修摆放在眼前的一堆鞋子。在王凯文说了肺腑之言后，两人就变得沉默了。虽然在现实和道理上杜俊看似默认了，但对于王凯文来讲，并没有达到自己想要的认同效果，这让他感到些许不安。

刚过十二点，王凯文拖着沉重的脚步回家了。

街道上的行人逐渐多起来，有的下班回家，有的出来购物，来往的人流增添了热闹的气氛。

王凯文此刻的心情有些复杂。与杜俊一番谈话后，他不愿再次向母亲倾吐所思所想。杜俊是叔叔，刘秀兰是母亲，虽然两者的亲情差了许多，不过有些话他宁愿和外人倾诉。而对于心智还未成熟的妹妹，王凯文知道要耐心安抚她的不安。

"凯文，下工了？"王凯文低头走路时，郭洪生不知打哪儿冒出来，面带笑容地跑向他。

"嘿，还以为你回家了呢。怎么，报纸都卖完了？"王凯文望着两手空空的郭洪生说。

"嗯，卖完了。今天收入不菲，有时间的话我请你喝点茶。"郭洪生喜笑颜开地拍拍衣兜。

"你还是省着点吧，没有稳定的工作，现在挣钱不容易。"王凯文善意地拒绝。

"嘿，别想那么多，人要是整天忧虑是会生病的。看得出你比别人想法多，这可能跟你的……呃，不管怎么说，我们还是应该享受美好生活的。"郭洪生差点说出那句"这可能跟你的处境有关"的话，但一想有失妥当，便立刻收住了。

郭洪生想了想又说："呃，你说的话有道理，不过作为朋友，我还是应该请个客，就赏个脸吧。"

瞧着郭洪生笑嘻嘻的天真面容，仿佛一瞬间所有的阴霾全部从王凯文头顶飘散而去。这个乐天达观的朋友让他感受到了生活该有的滋味，随之他心情稍微舒畅了些。

"好，我接受。"王凯文露出微笑说。

"嘿，看样子老板对我很满意，不仅是今天，估计他会长期雇用我。"郭洪生高兴地说，"那就今天下午吧。"

"能否往后推迟一下？我妈昨晚大病一场，险些出事，恐怕我得回去多陪陪她，直到她身体恢复些……可能，可能明天她就会好起来……"王凯文显得忧心忡忡。

"好，我理解，换个时间吧。"郭洪生爽快地回复。

如同早上郭洪生给王凯文看报纸时那样，两人朝着相同的方向走去。

"有件事我想跟你说。"走了十几步后，王凯文忽然想起了什么。

望着欲言又止的王凯文，郭洪生拍了他肩膀一下："咱们是最好的朋友，有什么就说吧。"

"要是我找你做一件比卖报还大百倍的事情，你会答应我一起去做吗？"王凯文小心翼翼地问。

"比卖报还大？比卖报还大的事情多了。"郭洪生说。

"呃，我就直说了，如果我去淘金，你会和我一起去吗？"王凯文直截了当地问。

郭洪生怔了一下，倒不是因为他觉得淘金有多么惊奇，而是他从未见王凯文这么郑重地请求过他。当然，全镇有很多人在参与这事，但对于过于年轻的他们来讲，它确实属于成年人的梦想。

"淘金？呃，如果你真有这想法，我会和你一起干的。若说真要淘到了宝贝，你可以改变家中的境况，我也可以享受清福，这种诱惑我怎么会拒绝。"郭洪生笑盈盈地表态，"嘿，之前我们可是谁都没想过。"

这一刻，王凯文感到无比欢喜，朋友的回答给了他极大的信心和鼓舞。在得到杜俊和郭洪生有所差别的支持后，接下来他就要说服家人了，也就是妹妹。

"那，凯文，我们可以喝茶的时候再细聊这些。"郭洪生看出王凯文想要尽快回家，知趣地说。

"好，如果我妈身体无大碍，明天下午我就能抽出时间见面。"王凯文感激地说。

"好，一言为定，祝福伯母早点恢复健康。"郭洪生挥手告别。

两人分手后，王凯文放慢了脚步，想利用快到家的几分钟时间整理一下乱糟糟的思绪，考虑怎样说服妹妹不要担忧和恐惧。一个人陷入深思时，往往会感到时间过得很快，他觉得还没走几步就到了家门口。他犹豫了一下，然后叹口气掏出钥匙开了门。房门被轻轻推开，他走进去将外衣脱下，挂在离门不远的深棕色的松木衣架上。当他拐进一楼厨房，看见母亲和妹妹正坐在饭桌前吃饭，才意识到自己在路上耽搁了很长时间，早已过了饭点。

"哥，你回来晚了，妈都饿坏了。早上的饭她没动几口，现在身体恢复了些，这才有了点胃口。"王小燕抱怨道。

"路上碰到了郭洪生，我们闲聊了一会儿。"王凯文回答道。

"哦，原来是这样。"王小燕低下头继续吃荞麦饼，而默不作声的刘秀兰则用勺子啜饮着土豆汤。

王凯文坐到自己的位置上看了母亲一眼。母亲的气色显然好了一些，脸上有了淡淡的血色，他顿时感到一股喜悦驱散了心中的雾霾，便低头大口吃饭。不过，他并不能真正快乐起来，因为母亲现在的状态并不表明她恢复了健康，那种阵发性的、折磨人的心瘿随时都可能再次发生。有时，王凯文不想再去面对这么令人痛苦和阴郁的现状，在同一屋檐下，他已经忍耐和压抑了很久，甚至出现过有违道德的逃避心理。

"孩子，这一晚可没少折腾你，饿坏了吧，多吃点……但别着急。"刘秀兰望着狼吞虎咽的儿子，心疼地说。

听了这话，放慢了吃饭速度的王凯文显得有些忧郁。

"咦？哥，你怎么像女孩似的小口吃饭呢，刚刚不还是一口吞下半张饼吗？"王小燕感觉王凯文有点古怪。

"呃，早饭吃太多了，有点没胃口。"王凯文敷衍道。

王小燕信以为真。刘秀兰则察觉到儿子喜忧参半的神情和自己有关。虽然她很想安慰儿子，她嗫嚅几下又沉默了。

吃完饭，王小燕搀扶着母亲回到寝室，刘秀兰的头刚挨在枕头上就酣然入睡。王小燕照顾完母亲后下楼要收拾碗碟，却看见王凯文仍然坐在座位上。

"你怎么不回屋休息呢，下午两点钟你不是还要上工吗？"王小燕有些惊异，这不像王凯文的行为，他一贯守时的。

"妈睡了吗？"王凯文问。

"睡了，她还是很虚弱。"王小燕回答道。

"你坐下来，我有话要跟你说。"王凯文说。

王小燕坐下来，困惑地看着一脸严肃的哥哥。

"有件事我要和你谈一下，你可要替我保密。"王凯文说。

王小燕有点紧张，她感觉哥哥要和她说的事似乎不同寻常。联想到早晨他说过离开家的傻话，她有些生气，立刻要求："你不把事情说出来，我没法知道要不要听你的。"

见妹妹罕见地发脾气，王凯文忐忑地说："我是应该先说事。我想去淘金……你，你会支持我吧。"

听了这话，王小燕想了一会儿，不安地回答："妈是不会同意的。"

"我现在问的是你，我要征求你同意，而不是咱妈怎么想。"王凯文突然焦虑起来，在地上走来走去。

王小燕紧紧闭住嘴巴。父亲的失踪在她心里打下了深深的烙印，在她看来，淘金意味着面临巨大的危险。

王凯文清楚妹妹为何如此恐惧，但是他不允许她犹豫："你只需答复我就行。"

"哥,我知道你为了支撑这个家费尽了心力,我能理解你,但……"王小燕难以抉择地说。

"好了,我明白你的意思了,我需要你给我精神上的支持……"王凯文高兴起来,劝说妹妹确实没有想象得那么难。

王小燕皱着淡淡的眉头,很无奈:"就算我同意了,妈也不会同意。"

"这么说你是同意的,哈,还是妹妹懂我。"王凯文高兴起来。他眼下在意的是妹妹的态度,而不是母亲的,只要提起淘金,他想都不用想就知道母亲会怎么说。

王凯文没想到说服妹妹如此顺利。他顾不上妹妹还没成熟到拥有慎重的头脑,总之她同意了,下面的事情就好办多了。

"小燕,我已经计划好了,冬天一过我就去淘金。你放心,我和郭洪生一起去。况且马岐山脉离咱们镇子很近,去的话需要三个小时,忙完一白天,我会按照下午下工的时间准时回家。"王凯文说得井井有条。

"那中午怎么办?你不回来妈会到处问的。"王小燕提醒道。

"这就靠你周旋了。你跟妈说中午我在杜俊叔那里吃饭,理由是近来鞋铺的客人多,杜俊叔一个人忙不过来,需要我帮忙。小燕,我只是事先和你交代这些,行动的话还要等一段时间。你看,这个理由很充分,冬季快结束了,过几天雪融化后,客人们自然会去洗鞋、擦鞋,清理积攒一冬的污垢。你知道,冬天做这些意义不大,因为再下一场雪,鞋还会弄脏。这么想来其实我也没说假话。"王凯文说。

"你有时候那么聪明,有时候那么傻。时间长了,妈能不起疑心吗,她准会去鞋铺找你。"王小燕拿过针线缝补起来,她很骄傲自己什么家务活都会做。

王凯文被说得有点垂头丧气："计划没有天衣无缝的。咱妈细心，早晚会戳穿我的假话，但我没有更好的办法了。我保证如果两个月内没有收获，一定停下不干了，那时候，妈也能原谅我短时期的蒙蔽。"

"只能这样了，不过你要躲开危险，爸爸……"王小燕欲言又止。

妹妹的担惊受怕让王凯文心酸，她本来是在无忧无虑的年龄，却被家里的变故折磨成小大人。王凯文说："不要再提爸了，这样会让咱俩都难过。你要相信我，我一定记住你的忠告，淘金道路危险重重，我会当心的。"

望着稳重的哥哥，王小燕郑重地点点头。

一时间，王凯文如释重负，他长舒了口气。在着手这件大事之前，他还需要在杜俊的鞋铺干上一阵子，度过难熬的冬天。

这天晚上，刘秀兰没有异样，处于安稳的睡眠中。半夜一点多钟，王凯文又像往常那样醒来，睁开眼睛望着漆黑的墙壁，忧惧使他提心吊胆。隔着过道，他隐隐听见母亲轻微的呼吸声，从而判断她是否在睡梦中忍受病痛的折磨。现在他感觉不到有危险的迹象，由于疲惫不堪，他合上沉重的眼皮又睡了过去。

第二天早上，王凯文在上工的途中遇到了正在街头卖报的郭洪生，两人约定下午五点钟在四猫茶馆里见面。

下午五点钟，王凯文如约来到四猫茶馆。这间茶馆门面虽然不大，但里面的设计精巧别致，环境也很优雅，店内四周的墙壁上到处贴着主人爱猫的照片。这家店主曾养过两只猫，一公一母，不到半个月的时间，母猫便怀孕了。两只幼崽灰白相间的毛发和它们的父母毫无差别。店主开茶馆时，就以四猫为店名。经常光顾的客人进店时，总会留意有没有大猫或小猫在脚下乱窜，生怕踩伤它们。

王凯文头一次来这家茶馆，进门的时候，两只已经长得挺大的幼猫突然窜了出来，如绒毛般贴在他的脚边。

"木兰，把猫带走，别挡住了客人。"老板娘是一个上了岁数的老妇人，矮墩墩的身材容易让人联想起滚圆的气球。

"好的。"叫木兰的服务员马上跑到王凯文面前，将两只小猫抱进怀里。

木兰露出微笑，表示歉意。瞧着那副清纯、和善、俏丽的面容，王凯文回以一记羞涩的微笑。

"凯文，别看人家姑娘了，快到这儿来。"王凯文进屋后没注意到郭洪生早就坐在左侧靠窗的一个座位上。

王凯文循声望去，见郭洪生伸着脖子向他打招呼，而他对面坐着一个陌生的男孩。那男孩头上戴着一顶棕色皮帽，从背影上看顶多十四五岁的样子。

王凯文不紧不慢地走过去。

郭洪生热情地说："坐到我这边来。"

郭洪生往里挪了挪，给王凯文腾出位置。王凯文坐下后显得不大自然，对面坐着陌生少年，他不知该如何跟郭洪生谈论淘金的事情。

郭洪生看出了王凯文的窘态，随即介绍道："凯文，他叫吉瑞。吉瑞，他就是我之前跟你提到的朋友。我们都比你大，所以你要叫他凯文哥，你们认识一下。"

"哦，吉瑞，你好。"王凯文说。

"凯文哥，你好。"吉瑞说。

两人起身握了手后又落座，吉瑞激动得脸色通红。

"三位客人，来点什么？"那个叫木兰的服务员来到桌边，微笑地问。

郭洪生摆出成年人的架势说："给我来三杯红茶、三份奶酪。"

奶酪是胖胖的老板娘制作的拿手食品，成了这家茶店的招牌。相比之下，其他茶馆就没有那么多茶客了。

"给我加点糖。"吉瑞要求道。

"好的，两杯红茶、一杯加糖红茶、三份奶酪。"木兰确定过客人点的东西，向三人绽放微笑走开了。王凯文总觉得那个微笑是投给自己的，不由得望了一下那美丽而纤细的背影。

"凯文，你是不是喜欢那姑娘？"郭洪生有所发现。

"没，没有，不要乱猜。"王凯文有些生气了。

郭洪生默不作声地笑了，然后当作没事似的说："吉瑞，十四岁也算个大人了，喝茶怎么还怕苦呢？"

"这，这跟年龄没关系，这只是我个人习惯。"吉瑞满脸通红地辩解，事实上他喝红茶的次数不超过两次。

"嘿，等你到了十七岁，也就是我和凯文这个年龄，或许能够接受苦味了。"郭洪生像成年人那样说教。

吉瑞小声嘀咕道："都说了这跟年龄无关。"

王凯文一直好奇郭洪生为何突然叫来一个他素不相识的男孩，他想问却又止住了。

郭洪生看出王凯文的心思，说道："凯文，我忘了介绍这位朋友。吉瑞七岁时失去了父母，然后在孤儿院待了六年，去年被一户人家看中收养，他终于有了归宿。"

郭洪生转而对吉瑞说，"吉瑞，你的命比那些孤儿要好。被善良的人家收养，会幸福一生的。"

郭洪生接着说："凯文，他是我特地叫来的。因为这小子总是跟我说淘金的事情，我看得出他也想改变自己的命运……我是在和你谈完事情后找到他，希望你能接纳他，这样的话我们也会壮大淘金的力量。"

"凯文哥，希望你能让我加入，我虽然身材瘦弱，但会尽自己的力量帮助你们。"吉瑞诚恳地说完，想了一下又笑道，"嘿嘿，其实也是在帮自己。"

"这件事我做得有点冒失了……"郭洪生担心王凯文心里责怪他。

"没什么，就像你说的，人多力量大。何况致富之心人皆有之，这没过错。"王凯文温和地安慰。

郭洪生和吉瑞同时露出了开心的微笑。

这时，服务员木兰端来一个托盘，里面盛有三杯红茶和三份奶酪。她将其分置到三人面前，然后笑意盈盈地走开了。

"我觉得她并不是朝咱们三个微笑，准是笑给凯文的。"郭洪生似乎看出了端倪。

"嘿嘿，我也这么觉得。"吉瑞附和道。

"你们不要乱讲。"王凯文羞红了脸，"这，这只是初次见面……我又不认识她。"

"你要知道，一面之交就足以生出好感……"兴致勃勃的郭洪生想要开启这个话题。

"咱们还是言归正传，谈谈淘金的事吧。"王凯文打断道。

郭洪生讪笑道："好，不再谈你这桃花运了。"

"吉瑞，你的'婴儿甜品'怎么样？"郭洪生转而打趣着吉瑞。

吉瑞的脸上立刻染上一层红晕，他有些气恼："你不要嘲笑我，当你发现我能帮上大忙时，才明白我是顶天立地的男子汉。"

"哦，我要拭目以待了。"郭洪生怪腔怪调地调侃道。

闻到食物散发的诱人香气，他们谁也不说话了，边喝茶边吃奶酪。

看着吉瑞大口吞咽奶酪，王凯文感觉这个瘦弱的男孩并不像郭洪生所说的那样，在新家得到了幸福，这让他脑子里产生了关于现实和命运的种种想法。好在他控制住信马由缰的思绪，将注意力转移到淘金话题上。

"吉瑞，我倒是奇怪，你生活优越，怎么还整天琢磨黄金的事情，兴趣还比谁都浓厚？"郭洪生嚼着奶酪，朝吉瑞探过身去。

王凯文不明白郭洪生明明看到吉瑞很瘦弱，却为何还认定对方生活优越？或者说，过去的困苦生活导致吉瑞身体羸弱，即便环境改变，还是无法改变过去留下的惨状吗？

"嘿，人怎么会嫌钱多。"吉瑞机智地回答。

"倒也是。"郭洪生满嘴塞着奶酪咕哝一声。

郭洪生咕咚一声咽下嘴里那一大勺奶酪说："凯文，实在抱歉，这回咱们言归正传吧。"

终于谈到了正题，王凯文马上来了精神："我准备在春天出发。有你和吉瑞参加，咱们能够挖到很多金子。"

"金子万岁。"郭洪生压住嗓音欢呼一声。

"凯文哥，别看我身材瘦小，但真干起活来耐力是很强的。"吉瑞打包票似的说。

"这好像是最后一场雪了。等雪化完，再过一个月，咱们就可以动身了。"王凯文朝嘴里送进一口奶酪。

"凯文，我冒昧地问一下，这件事你都跟谁提过？"郭洪生想起了什么。

"你、杜俊，还有我妹妹。"王凯文答道。

"这么说，你没和你妈谈过。"郭洪生说。

"嗯，没有，你知道她是不会同意的。"王凯文解释说，"我妹妹已经答应我了，要对妈妈保守秘密，而你……"

郭洪生马上说："你放心，我决不会和任何人泄露这事。"

"我也不会和任何人说。"吉瑞紧接着保证。

"凯文，你来茶馆前我和吉瑞谈过了，你可以信任他。"郭洪生显得非常诚恳，生怕王凯文对吉瑞持有怀疑之心。

"嗯。"王凯文说，"其实，这不算什么大事，不过咱们要躲避麻烦，况且咱们也不像对淘金轻车熟路的那些人。"

"如果交了好运，咱们就是最年轻的暴富者啦。"吉瑞浮想联翩，好像那一天就在眼前，只需跨出一步。

"是的，运气，运气很重要。"郭洪生声音又高了，"那些淘到金子的人除了努力和坚持，最重要的就是碰上了运气。比如说一块岩石中，一片褐土下都可能藏着宝贝，只要幸运地发现那个地方，咱们就能在短时间内找到金子。"

三个少年在茶馆里喝着茶吃着奶酪，兴致盎然地谈论着发财的梦想。

外面大量的积雪已经融化了。

空气沁心，早春将至。

第七章
躲避追捕

　　凶杀案发生后的第三天，塔河镇警察局大楼里挤满了人。最近几日连续发生了多起盗窃案，大多是食物店，其次是服装店，而珠宝类的商店却很少被人光顾。因为昂贵的物品即便被偷走，若不是团伙作案的话，单凭个人能力是很难处理并贩卖出去的。

　　至于损失相对较轻的服装店，也容易找到原因。在冬季的深夜里，那些流落街头，身着单薄，无处可居的流浪汉会冒险去偷一两件暖和的衣服，以抵御彻骨寒冷。等到天亮后他们会找一家信得过的成衣铺，经过一番修改，将衣服款式弄得连原店主都认不出，此后，盗窃者便可以堂堂正正地一直穿着改造过的衣服。相比于食物，衣服的消耗程度不值一提。一件衣服可以穿很久，但人每天都要摄入定量的食物，这是恒定的生存规律。

　　诸多店主一大早就前来报案，不停地诅咒，哭诉自己损失有多惨重。

　　警察局二楼，一位年轻的警探穿过人来人往的走廊，拐进了探长办公室。

"高建明，快把门关上，外面实在是太吵了。"坐在办公桌前的徐峰探长抬头吩咐道。

高建明右腋紧紧夹着一沓文件，用空闲的左手将门关上，顿时，外面的噪音小了许多。

"探长，前两天那起凶杀案的材料全部在这儿。"高建明把材料呈交给办公桌那一头的徐峰探长。

徐峰接过材料，认真地翻看了一会儿。几分钟后，他将那沓材料放到桌子上问："你去过烈日酒馆了？"

"是的，探长，咱们前往凶杀案现场的当天下午我就去了李德才前一天待过的烈日酒馆。"高建明一字一句地回答。

"嗯，很好。这份报告中你提到了在酒馆时询问的一些细节……不过，我还是想听你亲口说说当时的情况。"徐峰说。

"是，探长。"高建明加快了语速，"那天下午我去烈日酒馆询问过酒保。据酒保说死者李德才曾于前一天下午在酒台前喝过酒，他旁边坐的是鲁铁和另外一个人，当时李德才和鲁铁离得很近，两人一直在交谈。我问酒保他们在谈论什么，他只是说对方声音很小，没听清楚。不过，在调查的时候，我恰巧碰到了两个和被害者在同一时段待在酒馆的客人，之后我又询问了那两个人。两人声称确实看见过李德才和鲁铁一同坐在酒台前，好像期间还发生了争执。"

"争执，什么争执？这个并没在你报告中提到。"徐峰问。

"探长，关于这个我也问过他们。不过两人只是说隐隐听见李德才和鲁铁像是发生了争执，但具体情况就不得而知了。"高建明答道。

"这个问题你问过酒保吗？"徐峰细心地问。

"问过，酒保说当时他忙着招待客人，根本没空去听两人的谈话。"高建明说。

徐峰琢磨了一会儿："你相信那个酒保吗？"

"不好说。按理来说他离李德才和鲁铁最近，真若发生了争执，吵得很凶的话，怎么可能听不到……但是，如果他当时确实很忙，是有可能注意不到两人在争执。探长，您也知道，烈日酒馆是咱们镇里唯一的酒馆，常常人满为患，客人太多的话，光靠那老酒保确实忙不过来。"高建明说。

"嗯，你的分析有合理性。李德才和鲁铁坐在酒台前，离他们最近的酒保是不可能注意不到两人的争执……但我们也无法确定他是否一直待在酒台前……"徐峰若有所思地说。

"探长，您是不是觉得酒保隐瞒了什么？"高建明问。

徐峰不想回答这个问题，转而问道："你相信凶手是鲁铁吗？"

"以我的经验来说，凶手应该就是鲁铁。"高建明自信地说。

"说说理由。"徐峰说。

"肯定是因为李德才的那两颗金牙，报纸上已经提到过。鲁铁在镇里声名狼藉，是个出名的恶棍，早些时候打架斗殴，有暴力倾向，一向以暴力解决问题。不难想到他会以极端的手段杀死对方，然后把那两颗金牙据为己有。听说他为人悭吝、锱铢必较，这样的人在穷困的时候难免会产生仇富心理。"高建明说。

"嗯，你调查得很详细。鲁铁的确是个怒形于色的人，不善伪装自己，这些缺陷会被镇里人诟病。"徐峰说，"不过，这些也顶多算是推测，不能构成判案的证据。"

　　徐峰继续说："我很了解鲁铁，十几年来我经常处理他的案件。他年轻的时候就不安分，和别人打架的事情时有发生。七年前因为和工厂的同事斗殴，被厂主开除，此后就沦落成了一个无业游民，到现在他还没找到工作。"

　　"既然这样，那他杀李德才的可能性就更大了。"高建明断定道。

　　徐峰随手点上一根香烟，轻薄的烟雾飘浮在眼前。他眯缝着眼睛挥了挥手："你跟我一起去过凶杀现场，还记得那作案手法吧。"

　　"记得，李德才的脖子上有一道明显的勒痕，喉咙是被锋利的凶器割破的。"高建明回忆道，"当时我们还有一个非常重要的判断，李德才是先被粗绳勒死，然后又被割喉放了血。"

　　徐峰弹了弹腿上的烟灰："十几年来，鲁铁虽然惹出过很多麻烦，但从未用利器伤过人。他通常是用拳脚恐吓别人，真恼了，最多将对方打个鼻青脸肿。"

　　"那金牙该怎么解释？"高建明反问道。

　　"嗯，你是想说鲁铁一时财迷心窍，可能会因为那两颗金牙起了杀心。"徐峰说，"这也有可能，但你有十足的把握确信鲁铁会为这点小钱干这种蠢事吗？"

　　"那个蠢货，谁知道他会不会干得出。"高建明一脸鄙夷。

　　徐峰沉默了一会儿，开口吩咐道："下午我亲自去趟烈日酒馆。你带上伊勒在街上搜索一下，它鼻子灵得很，嗅过死者的气味后，说不定会在某个地方找到些证据。"

　　伊勒是警犬，警队从一个猎人手里讨来的。

　　"是，探长。"高建明应道。

　　高建明快离开探长办公室时，转过头说："对了，探长，忘了报告，这两天在全镇都找不到鲁铁的人影。"

　　"他得知了李德才的死讯，无非是怕背负罪名，至于是不是他杀的人，暂时还不能确定。要继续找，这个人不可能从世上消失。"徐峰说。

　　高建明颔首后，走出了办公室。

　　下午两点，徐峰来到烈日酒馆。这时的酒馆里，零零星星的客人分散在各处饮酒聊天，所有人都注意到这个髭须浓黑、两颊上的胡子有些稀薄的探长走了进来。徐峰不知道自己坐的凳子正是鲁铁那晚坐过的，他向过来招待的张永福要了杯松子酒。

　　"探长，有段时间没见到您了。"张永福寒暄道。

　　"嗯，我的工作性质决定我平时不能多喝酒，所以很少来了。"徐峰说，然后用右手食指点了点自己的脑袋，"否则这里会混乱的，不利于破案。"

　　"您要的松子酒一向是度数最低的。"张永福微笑道。

　　"嗯，无须我强调，你每次都会给我同样度数的酒。"徐峰回笑了一下。

　　此后，张永福从徐峰的脸上察觉到，他来的目的并不是喝个酒那么简单。

　　"高建明警探前天来过了。"张永福试探地说。

　　"是的。"徐峰说。

　　"您今天来也是为那件凶杀案吧。"张永福用抹布擦着酒台，尽管台面很干净了。

　　"是的。"徐峰说。

　　"高建明警探前天下午已经问了很多问题。"张永福话

71

里有话。

"嗯，我知道……有个问题你要如实回答我。"徐峰突然严肃地说。

"什么问题？"张永福并不奇怪。

"凶杀案发生的前一天下午，李德才和鲁铁究竟谈论了什么？"徐峰的眼神变得犀利无比。

"关于黄金的事。"张永福如实地说，手中停止了擦拭的动作。

"又是黄金。"徐峰的声音让人猜不出他的态度，"据客人说，那天晚上他俩似乎发生了争执，有这回事吗？"

"准确地说，不是争执，而是鲁铁单方面发脾气。"张永福纠正道。

徐峰相信张永福此话属实，因为通常情况下，没人敢和鲁铁对峙。

"鲁铁为什么发脾气？"徐峰问道。

"第一次是因为李德才炫耀了嘴里的两颗金牙，第二次可能是李德才谈论黄金一事时有些遮遮掩掩。太多的细节我没听见。"

徐峰吩咐道："那就把你听到的全说出来。"

"我当时只是听他们谈到了什么山洞和十吨黄金，剩下的我就不知道了，因为之后他们说话的声音非常小。"张永福说。

望着张永福机敏的眼神，徐峰心里清楚他知道的比所说的要多。

"山洞，十吨黄金。"徐峰联想两者之间的关系，猜测道，"很可能是他们中某个人发现了一处山洞，而那里藏匿着十吨黄金……"

张永福一言不发。

徐峰转而说："鲁铁这人嗜酒如命，算是这间酒馆里的老顾客了，你应该非常熟悉他……"

张永福听得出，探长用"熟悉"一词有探问的意味。

"是的，我们都很熟悉他。"张永福巧妙地说，"探长，我知道您想表达什么，但我不认为凶杀案和鲁铁有关。"

看着张永福确信不疑的表情，徐峰问："你是说杀死李德才的并不是鲁铁，有什么证据吗？"

"探长，您是有头脑的人，您知道有些事情无须证据。"张永福的话意味深长。

这样的回答并不能令人完全信服，但徐峰倒是觉得合情合理。他和高建明谈话时，已经流露了自己的思考和判断，现在，他需要的是确凿无疑的证据。

"我在搜集证据，我的手下也正在寻找鲁铁，若能找到些证物就更好了。哦，可能你不知道，鲁铁已经逃跑了，不过，即便这样，相信你仍然认为他无罪。"徐峰注视着张永福说。

确实，尽管张永福知道鲁铁逃跑了，却还是流露出坚持自己判断的表情。他当然明白，任何人在被牵涉进一件莫名其妙的案件时，首先选择的是躲避，虽然他并不知道鲁铁的躲藏和那个叫肖朗的人有关系。

"你再好好想想，还有什么细节能告诉我，毕竟当时你离他们两人最近，了解最多的也只能是你。"徐峰恳切地说。

说到"最近"两字，张永福忽然想起了一个人。这个人高建明起初向徐峰汇报时已经提到过，不过当时徐峰和高建明的注意力都放在了鲁铁身上。

"我想起来一个人。"张永福说。

徐峰全神贯注地凝视着张永福。

"在鲁铁和李德才之后进来一个客人,那人就坐在您现在位置的左侧。探长,您现在坐的正是案发前鲁铁坐过的凳子。"张永福说。

徐峰的脸色立刻阴沉下来,他想起高建明跟自己汇报时,可是提过有一个陌生人也坐在李德才附近。对于这个疏忽,他冒了身冷汗:"那人是谁你知道吗?"

"不认识,一张生面孔,应该不是本镇的居民。"张永福摇摇头。

张永福的工作性质告诉徐峰,他的判断不会出错。

"那人长什么样?"徐峰继续问道,希望得到更多的线索。

"样子倒是显得很年轻,脸刮得很干净,个头中等偏上,有点瘦,戴一顶矮筒短檐帽,年纪估计和鲁铁相仿。"张永福一点点地回忆道。

徐峰记录下来,脸上的疑云消退一些。

"探长,恕我冒昧,您好像不相信凶犯是鲁铁。"张永福观察徐峰有新发现的惊喜表情,不由问道。

"你刚刚认为不是鲁铁干的嘛。"徐峰巧妙地回答了一句。

"至少我们都不会轻易相信。整个小镇的人都知道鲁铁虽然性格暴烈,却生着一副有所忌惮的骨头,以他真实的胆量是很难想象会做出这种事的。"张永福说。

徐峰笑道:"什么可能都会有,还须调查。"

徐峰走出酒馆回到警察局二楼的办公室,抬头看墙上挂着的钟表已是下午四点钟。他苦思冥想案情时,高建明牵着一条高大的棕色警犬敲门进来了。

"探长，伊勒立了大功。"高建明兴奋地将装有两颗金牙的物证袋展示给徐峰。

"哈哈，干得漂亮，在哪儿找到的？"徐峰走过去摸一下警犬的脑袋，欣喜地问。

"在一个深巷的雪地上。"高建明说，"可能是凶犯在那儿无意间丢失的。"

徐峰暗暗寻思："犯人竟如此粗疏？"

"好好犒劳一下伊勒。"徐峰又摸了摸警犬的脑袋吩咐。

"伊勒会帮助我们很快找到凶犯。"高建明确信不疑。

"不要太乐观了。明天带伊勒在全镇再搜索一圈，看能否找到犯罪嫌疑人。"徐峰提醒道。

"探长，酒馆那边的情况怎么样了？"高建明问。

"嗬，对于你这样的年轻人，对方说几句假话或者隐瞒不说，你是根本觉察不出来的。即便是我，那个酒保也是选择性地说了部分事实。不过，我了解张永福的性格，在关键的事情上他还是会老老实实交代的。"徐峰说话的节奏表明他有些懊恼，"你上午向我报告时提到的那个陌生人，当时我们都忽略了他。如果不是鲁铁所为，那很可能是他行凶的，这家伙一定听到了什么。现在一切都不明朗，还要进一步调查。传达我的指令，让你手下去你说的那个巷子附近问问，有没有目击者。"

"是，探长。"高建明应道，然后带着警犬离开了探长办公室。

与肖朗分手后，鲁铁退了公寓，带上装着衣物的行囊只身前往西林镇。走了半个多钟头，他拦住一辆同方向赶货的马车，给了车夫两枚银币，搭坐上去，两个钟头后到了西林镇。他在一家小饭馆简单吃了点饭，随后寻找了一家简陋而便宜的公寓安顿下来。

几缕暗淡的光线透过灰蒙蒙的窗户，照进布满灰尘的阴暗房间。鲁铁将捎在肩上的包裹扔在粗陋的旧椅子上，便一头栽到潮湿的床上躺下。他瞪着眼睛，望着斑驳肮脏的天花板，不消一会儿睡了过去。一个钟头后，他猛然醒来，看到的仍是睡前瞧过的天花板、乌黑的墙面。他发了会儿呆，回过神后，起身洗了把脸，喝了几口凉水，整理好衣服便下了楼。

鲁铁慢慢地走在陌生的大街上，瞧着一张张生疏的面孔，内心凄凉无助。

"那个混蛋，不会用一袋银币把我打发到这儿就不管了吧。"鲁铁想起肖朗，不禁狐疑丛生，"如果是这样，我会回去杀了他，杀了这个栽赃陷害我的家伙。"

"嗬，我在想什么，这家伙可是需要我的帮助，否则，他完全可以不必现身，这样对他岂不是更安全？"鲁铁转念一想自己有些愚蠢，"这家伙搬不动那么多金子，所以来找我，让我出大力……一半的黄金……五吨。嘿，人不可以贪得无厌，这个交易当真划算。"他的目光刚追逐一个少女的背影，又放弃了，现在的他不能想入非非了，即使看一眼也显得多余。

"黄金猎手，多年来警方一直寻找的犯人居然出现在了我的面前……"想起那一幕，鲁铁还是抵挡不住内心的恐惧。虽然他一次次为自己辩解，如果当时对方手里没有那把匕首，他凭自己的力气完全能够撂倒那该死的家伙，而不至于受到威胁和羞辱。

"混账东西，真能想得出来，竟然用两颗金牙要挟我。"

鲁铁越想越恼怒，顺势踢了脚下的东西。

"两颗金牙，对了，那两颗金牙现在既不在肖朗身上，也不在我这里，如果被警方找到的话……"鲁铁突然想起来那两颗还静静躺在雪地上的灿亮金牙，脸上骤然蒙上了一层阴云。

"蠢货，蠢货，都够蠢的！为什么不把那两颗金牙捡起来，扔到一个谁也找不到的地方？现在雪已经融化得差不多了，那东西会暴露在地面上的。"鲁铁极度紧张地想着这件要命的事情。

"我是不可能去捡那个证物的，我怎么可能带着那东西乱窜。都是他的问题，都是他的问题，我要找这个蠢货说说，让他知道自己干了一件多么愚蠢的事情！"鲁铁咣咣捶着胸脯，那里面有股怒气上蹿下跳。

为了这件失慎而危险的事情，鲁铁当即决定重新返回塔河镇。哪怕是冒着被警方抓住的风险，也要让肖朗知道他做了一件多么可怕的事情。

鲁铁迈着大步，急匆匆地朝公寓的方向走去，一路上他如红眼的疯牛呼啸疾行。看到他凶神恶煞的表情，周围的行人都躲得远远的，生怕惹上什么麻烦。

十几分钟后，鲁铁回到了公寓，重重地踏着阶梯上了二楼，来到自己房间门前。由于异常愤怒，那双粗手在掏钥匙时不禁打起了哆嗦，钥匙插入锁孔发出了不自然的叮叮当当声。当他如一头暴躁的野兽即将扑进自己的巢穴时，却发生了一件意料之外的事情，肖朗不期而至，竟坐在屋里那张破椅子上，正用奇怪的目光望着慌慌张张的他。令他十分诧异的是，还没到一天的时间，这家伙就来找他了。

极度的恼怒让鲁铁无心询问肖朗为何这么快就出现了。"来得好，我正要找你呢，你这家伙可把我害惨了。"他喘着粗气嚷嚷起来，"那两颗金牙，你当时把它们扔在雪地上就没再捡起来。为了胁迫我，你弄巧成拙，你这个蠢货，那两颗金牙可是证据，如果被警方找到的话……嗬，那两颗金牙现在肯定在警方手里，有了那两个东西，他们一定会找到这里……"

"鲁铁，你冷静一下。"肖朗无动于衷。

"你让我冷静，我怎么冷静？哦，对了，你是外乡人，你不知道塔河镇有一个资历颇深的老探长，名叫徐峰。我和他打过无数次交道，他在处理案件时总会带上那只嗅觉灵敏的警犬。如果他们来到这儿，不超过半天就能抓到我。真到了那步田地，我一定会供出你，你就等着瞧好吧。"看着肖朗还是那副德性，鲁铁气不打一处来。

"你听我说两句。"肖朗依然平静地说。

鲁铁抑制着怒气，勉强安静下来。

"首先，你已经成了犯罪嫌疑人，警方会想方设法抓你，然后定你的罪……"肖朗并不怕惹翻鲁铁。

"这不都是你干的好事？"鲁铁又要跳起来。

"其次，你要记得，当时我可没直接用手接触那两颗金牙，你也没用手接过那两颗金牙，而这之前我已经尽可能地清除了上面的气味。"肖朗继续描述那个过程。

"你当我是傻子吗？不管怎样处理，两颗金牙仍然会残留死者的气味。你可真不了解那条警犬，方圆十里，它可以轻易地闻出任何味道。我知道你会说，警方毕竟不知道我藏匿在这个地方，他们根本不会找到这里。但万事都有可能，一旦那警犬来到这个镇子，我插翅难逃。"由于恐惧和愤恨，鲁铁的思维居然变得异常清晰，"还有，你也跑不了。你杀了李德才，拔了他的金牙，即便你全程都戴着皮手套，但身上总会沾有罪恶的气味。嗬，我已经有好几次离你这么近了，我身上也会沾有那味道，早就被你牵连了，我迟早会被你害死。"

鲁铁气喘吁吁地说了一通，脸颊泛着怒意。

"我不能保证事情如你想得那样。"肖朗镇静地说，把一条腿架到另一条腿上。

"哈哈，我明白，你想要达到目的，必须先杀死李德才，然后不得不用手接触那两颗金牙，最后嫁祸于我。"鲁铁讥讽道，恨不得把对方高高架起的腿踢下来。

"不得不说，你的谨慎让我意外和欣慰。"肖朗倒是流露出欣赏的口吻。

"欣慰，还在这儿说蠢话，事情的严重性你难道不清楚吗？"鲁铁后悔不迭地继续叨叨，"现在说什么都没用了，木已成舟。我现在只希望得到那笔不菲的财富，然后远走高飞。"

肖朗心里明白，只要犯了罪，不论多么谨慎细致，最终都会留下证据。然而，正如鲁铁所言，若要拉拢他干极具风险的大事，肖朗也只能用这种手段，他是不会有什么懊悔的。几年来，他杀过很多人，抢夺了大量的金子，但最近两年他突然意识到，一劳永逸才是最好的致富办法。他当然比任何人都清楚，黄金猎手的传闻无人不晓，连婴儿都知晓马岐山脉一带潜藏着一个穷凶极恶的恶徒。他被发现是早晚的事，被逮捕也是迟早的事，届时，他将被当众执行死刑。所以，他下定决心要来一次大的行动，在力有不逮的情形下定要找到帮手。而鲁铁，这个刚要悔过自新去找工作的强壮男人就不幸地被拉入了深渊，成了肖朗的牺牲品。

静默了一会儿。

待鲁铁情绪稍微平稳一些后，肖朗说："你能否答应我，下决心干这一回，得到那十吨黄金后，你我都可以远走高飞……"

"事已至此，也只能这样了。"望着肖朗诚恳的面容，鲁铁郁闷地说。

"你知道我怎么进来的吗？"肖朗说，"你离开时，门没锁上。"

鲁铁苦笑道："看来我们要随时警惕对方的粗心大意。"

肖朗露出同意的表情，随后掏出一袋钱，扔在那张破旧的桌子上。

"这是什么意思，你不是已经给过我了吗？"鲁铁倒是困惑了。

"我考虑了一下，等待的时间可能需要长些。不够的话，我会给你再送来一些。"肖朗说。

鲁铁毫不留情地讽刺道："嘀，不愧是黄金猎手，这些年可没白干，我现在花的可都是死人的钱。"

肖朗解释道："里面是银币，不是金子。"

"还不一样？只不过变了个模样。"鲁铁不依不饶。

肖朗不想再纠缠这些没意义的事情。他将帽子往下按了一下站起来："行动前我会来找你。呃，即便在西林镇，也要谨慎行事。"

"这个不用你说。"鲁铁厌烦地回答，显然认为对方自己都没做到这一点，就无须教育他了。

"鲁铁，总之……还是感谢你的提醒。"临走时，肖朗诚心诚意地说。

第八章

淘
金
之
旅

一个月后。

塔河镇的街道仿佛被清水冲洗过一般，洁净敞亮。早春时节，鸟儿们落在家家户户的房檐上，鸣啭啁啾，嬉戏成对。

街上的行人明显比冬末的时候多了。在这个生气蓬勃的季节，所有生物都开始躁动起来，大自然重新焕发了生机。

王凯文一早醒来，洗漱完毕，吃过早饭，便出了家门。昨天傍晚，他和郭洪生及吉瑞再次聚首在四猫茶馆。三人点了三杯红茶和三盘奶油蛋糕，商量即将实施的淘金计划。这次，吉瑞为了顾及颜面，没在茶里加糖，喝的时候露出苦涩的表情。说实话，茶馆里的红茶确实过于浓酽了，吉瑞有胃病，喝浓茶胃不舒服。

郭洪生承诺第二天带三把镐头过来。而吉瑞为了表现自己的作用，主动请求搜集装金块的袋子。至于王凯文，只要出人出力即可。郭洪生深知挚友的处境，王凯文若偷偷摸摸去搞一些工具，准会引起母亲的怀疑和追问。

郭洪生的父亲很能干，自己盖房子、养马，家里的仓库堆放着各种工具，搞来三把镐头对郭洪生来讲不是难事。而麻袋是家家都有的东西，吉瑞寻找起来也并不费力。就这样，三人商量好如何行动后，相约第二天早上八点钟在四猫茶馆门前会面。

王凯文早早交代给妹妹一些事情，所以王小燕对哥哥何时出行并不感到意外。

第二天早上八点，王凯文到了约定见面的地点。此刻的郭洪生已在店门口等了五分钟。

看到王凯文后，郭洪生兴奋地招手喊道："凯文，快过来。"

王凯文一路小跑到郭洪生面前，打了个招呼。

"凯文，你看这镐头行不行？"郭洪生亮出三把锈迹斑斑的镐头。

"这，这有点旧了。"王凯文扫了一眼，不太肯定地说。

"唉，我爸不让我碰那些新工具，我只能从仓库拿来这些玩意。"郭洪生解释道，"不过，你放心，这些镐头不会出问题。我爸选的工具都是上乘的，即便用了很长时间，但质量我可以保证。"

王凯文仍是怀疑地瞥了一眼镐头。听过解释后，他也不便再说什么，只希望淘金时别出差错。

"你这眼神……看来还是有些不放心啊。"郭洪生还是受了影响，情绪有点低落。

这时，吉瑞一路跑过来，他的背上明显扛着东西。"不好意思，我来迟了。"他气喘吁吁地跑到两人面前。

"早就说好八点都到这儿的。凯文准时到的，我提前了五分钟，你呢，拖拖拉拉的。"郭洪生有点挂不住脸，斥责道。

"我在家里花了些时间，找了点食物。"吉瑞边说边放下一个鼓鼓囊囊的袋子。

吉瑞敏捷地解开系绳子的袋子。郭洪生和王凯文往里瞅了瞅，里面除了两个小袋子外，还装有黑面包、狍子肉干和三个空水壶。

"呀，吉瑞，实在抱歉，我不应该埋怨你，带吃的这事我倒是忘得一干二净。"郭洪生羞愧地说。

"也是，咱们光考虑工具了。"王凯文自责道。

"嗯，这一去就是一天的时间。中午要在野外吃东西，所以我就带了点食物。至于水呢，你们也知道塔河镇最不缺的就是水源，这一路上到处都有河流，所以我找了三个空水壶盛水用。"吉瑞说。

"嘿，吉瑞，考虑得真细致。空水壶在没盛水前不会增加我们的负担。"郭洪生有点佩服了，"好，我们出发吧。"

他们刚准备出发，一辆突如其来的马车从他们身边呼啸而过，而后像疯子一样往前直冲。本以为马车会一路狂奔而去，马车却在他们前面十几米处戛然而止。紧接着，竟倒了回来，直到离他们很近，车上坐的三个陌生人用怪异的目光打量他们。

"嘿，小家伙们。"驾车的人居高临下地打招呼。

"这是要干什么去呀？"坐在车上的一个人紧接着阴阳怪气地问。

坐在车上的另外一个人马上嘲笑地说："当然是去淘金喽。"

马车上的三人演完一出挖苦戏后，竟哄然一笑。

"你们是在嘲弄我们吗？"郭洪生有些生气地望着和他们毫无瓜葛的三个人说。

"嘿，一群没经验的雏鸟。"刚刚第二个讲话的人说，"马岐山脉虽说离镇子不远，但靠足力的话可是相当吃苦的。"

"等我们满载而归时，你们可能才到那儿。"第三个讲话的人附和道。

"祝你们好运。"驾车的人两指一挥，致意似的说，然后驱着马提起速度。一转眼，马车如箭矢般消失在三个少年的视线之外。

"混账，跑得真快，我的话还没说完呢。"郭洪生气愤不已。

"有辆马车就显摆，有什么了不起的。"吉瑞也表情不悦。

"倒是真的，有马车和没马车有着天壤之别。"王凯文承认道。

"可恶，虽然我不想听凯文你这么说，但不得不承认，他们的确要比我们轻松得多。"郭洪生无奈地说。

"我们又不像人人一样有那么多资产，根本弄不来马车的。"吉瑞叹了一口气。

"我父亲是不会给我一辆马车的。"郭洪生想起自己家的几匹马，怨气冲天。

"我们的准备就这么多，虽说费时耗力，但如果真找到金子，那也值了。"王凯文倒是很达观地安慰伙伴们。

"嗯，凯文说得没错。"郭洪生赞同地说，"即便有便捷的工具，如果交不上好运，也是白搭。"

三个少年相视一笑。

随后，王凯文提议将路上带的东西平分三份，每人分到手的是一把镐头和一个装有食物、空水壶的小袋子。分配完毕后，他们便离开塔河镇，一路前往马岐山脉。

就在当日，赵友和陶善义这两个忍饥挨饿了一冬的可怜人再次踏上寻金之旅，向马岐山脉行进。初春之际，正是人们劳动的美好时节，塔河镇很多居民都快马加鞭地开启了这次梦幻征程。刚才王凯文他们碰到的那些乘马车的人，就是提早准备好工具，第一时间前往天然宝库寻金的淘金者。

"赵友，我希望这次咱们不是在瞎找。"行进中，陶善义心有余悸地说。

"咱们从来都没瞎找，只不过黄金被人转移了，这是无法预料的。"赵友说。

"既然被转移了，那就很难找到那些黄金了。"陶善义说。

"我还是那句话，只要耐下心来，咱们会找到的。"赵友鼓劲道，"你想想十吨黄金意味着什么。"

"永远都花不完，享受不尽的财富。"陶善义憨直地说。

"不完全是这样。十吨黄金还意味着巨大的诱惑、无限的危险。"赵友严肃地说，"黄金的主人决不会将这么庞大的财富带到人多的地方。"

"那就无须麻烦，直接藏在山洞岂不是更合适。"陶善义一脸不解。

"嗬，你也够天真的。那山洞连你我都知道，别人迟早也会知道，所以，黄金一定要被转移到更隐秘的地点。"赵友不得不解释。

"那能是什么地方？"陶善义没头没脑地问。

赵友眯起眼睛猜想着。陶善义盯着赵友，以为这个比他聪明的朋友能想出什么高招可以找到消失的宝藏，可最后得到的回答却让他大失所望。

赵友琢磨了一会儿："嗯，至少不会在镇子里，可能会在更为隐幽的山中，或是茂密的森林深处。总之是人迹罕至的地方。"

"若找不到那些黄金，在岩石下面凿出点金子也是不错的。"陶善义有些泄气，退而求其次。

不过，赵友坚信不疑的眼神，还是让陶善义相信靠着某种神秘的机缘巧合，他俩一定能够找到那十吨黄金。他家族一位老者早就说过，每个人都和财富近在咫尺，能否获得，就看是否有机遇和缘分。当然，老者也说了后面一句话，不切实际的幻想会促使大胆的人铤而走险，结果往往是天遂人愿抑或是徒劳无获。陶善义对这位老者的话一直念念不忘。

前往马岐山脉的路途并不十分遥远，但对于缺少交通工具的人来说，会是一次体力和毅力的考验。王凯文、郭洪生、吉瑞三人从塔河镇一路步行。三个钟头后，他们终于来到了马岐山脉的边缘地带。

上午的阳光被层层薄云遮蔽，天空显得有些黯淡。不过，这样的天气倒会使大地变得凉爽舒适。

途中经过了几条缓缓流淌的河水。他们渴了就将空壶灌满水喝下去。看着马哈鱼游过来扑腾着鱼尾，水花溅在岸边的岩石上，王凯文说："抓鱼很容易，咱们饿不着了。"

走了很久后，他们都饿了，选择三处突起的大石上坐下，开始吃饭。

"唉，没有马可真是件糟心事。"郭洪生嚼着面包，想起那三个拥有马车的人不禁抱怨起来。

"还在想那三个人的事呢。"王凯文说，"没有马也是没办法的事，别抱怨了。"

吉瑞没心没肺地大口吞咽着黑面包和肉干，很是享受。从他狼吞虎咽的样子来看，显然是早上从家里出来匆忙，没吃好早饭。

"吉瑞，你偷偷摸摸把家里食物带出来，不会被养父母发现吗？"王凯文嚼着一块肉干，替吉瑞担心。镇里的一家肉店卖狍子肉干很便宜，手头宽裕的居民经常去买，想必吉瑞养父母也习惯用肉干配上黑面包当早餐。但是一旦发现少了很多肉干，他们也难免不高兴吧。

"不会的。"吉瑞若无其事地说。

"凯文，我发现，其实淘金并不是件容易的事。"郭洪生插话道。

"早就该想到啊，长途劳顿是我们从来没体验过的。"王凯文笑道，这个时候他不想看见郭洪生哭丧的脸。

"所有人都光想着暴富的事，却不懂得其中的艰辛。"郭洪生也笑了。

"当你真淘到了宝贝，就会觉得自己的付出是值得的。"王凯文鼓励的话说明他很有想法。

"对，对，而且是挖到可观的金子。"吉瑞附和道。

"我说吉瑞，你很想拥有一笔财富吧。"郭洪生问。

"当然，拥有了财富就可以实现梦想。"吉瑞边说边喝了几口水，咽下噎在嗓子眼里的食物。和那些能干的家庭主妇相比，他养母做的黑面包又硬又苦。

"梦想，还不是荣华富贵？"郭洪生不敢苟同地说，"很多人打着梦想的旗号，实际上就是想实现自己的欲望。吉瑞，你说我说得对不对？"

对于这样的问话，吉瑞没回答，脸上现出一抹羞红。

"很多人可是葬送在了这条路上。"郭洪生继续说，嘴里的黑面包也让他噎了一下。

王凯文在一旁沉默不语。此时，郭洪生并没有注意到他复杂的心情。

"你是不是害怕了？"吉瑞瞥了郭洪生一眼，猜测道。

"吉瑞，你知道一个月前的凶杀案吧。"郭洪生说。

"当然知道，当时可是引起了很大的轰动，全镇人都非常震惊。"想起那件事，吉瑞脊背不禁有些发凉，"两颗金牙，那两颗金牙竟然活生生地消失了。"

"你也注意到这个细节了？"郭洪生瞅着对方问。

"当然，不过奇怪的是警方为什么回避提金牙的事，他们本应该大做文章啊。"吉瑞困惑地问。

"我估计一旦扯上金牙的事，人们就会联想起那个杀人不眨眼的黄金猎手。"郭洪生蛮有把握地分析，"这会引起人们的恐慌。"

"警方真是一群无能之辈。几年来，他们连黄金猎手的影子都没见到。那凶徒隔了很长时间再出来作案，估计警方还是拿他没办法，根本寻不到他的踪迹。"吉瑞讥讽地说。

"那就得看警方能不能找到那两颗金牙了。"郭洪生说。

"犯人是不会失落那两个东西的。"吉瑞说。

"不过，那东西也没法处理。"郭洪生说。

"金块都可以处理，金牙有什么不能处理的？"吉瑞说。

就两颗金牙能不能处理，郭洪生和吉瑞各抒己见。郭洪生坚持金牙无法被处理，因为上面沾有血味。而吉瑞认为金牙上的血味可以被去除。

王凯文一直沉默地听着，父亲的遭遇让他不敢追想往事。郭洪生注意到了王凯文很难过，便及时地结束话题："好了，咱俩别争论了，歇够了就继续走吧。希望今天能交个好运。"

此时，马岐山脉西侧的一座大山矗立在他们视野可及的范围内。他们重新背上行囊，朝那座山走去。

按理说，想挖到数量可观的金子应该进入山脉深处。因为近几年，马岐山脉西侧的几座山几乎被淘金者们挖遍了，能寻到的金子早被人挖走了。王凯文他们不知道这些情况，所以无可避免地要走一段徒劳无获的弯路。在最初的五天里，他们几乎寻遍了西侧几座山的每个角落，却没发现一颗或大或小的金块，一次次失望地返回镇里。直到第六天，他们才算是开启了新的淘金旅程。

第六天上午的天气，像王凯文他们第一次来时那样，薄云笼罩天空，光线半明半暗。若乌云继续云集，一场大雨就势在必行了。这次，他们进入了马岐山脉更深的地方。一路上，他们遇到了一些淘金者，都是塔河镇的居民，想来这支隐形的淘金大队一直在向纵深推进。他们沿着一道山沟行进时，恰巧在一处山脚碰到了嘲弄过他们的马车三人组。起先，他们看到的是，那个驾车的人正躺在空荡荡的车板上注视着天空，一副懒洋洋的样子。

"喂，你们看，躺在车板上的人好像是第一天出发时嘲笑过咱们的那家伙。"郭洪生在稍远处就认出了那个人。

"是他，他竟然也来这儿了。"吉瑞瞅了一会儿也确定了，"这家伙和另外两个可是羞辱过咱们……咦，那两个人跑哪去了？"

王凯文看出这人负责看守马车，另外两人应该是去山里挖金子了，便说，"别管他们，继续干咱们的事。"

他们刚从马车旁经过，那匹棕红色的马仿佛被惊到了，蹬着蹄子，鼻子发出"噗噗"的声响。车上人听见后立刻坐起来，向前探望。他认出了三人后露出笑意："嘿，同道的小伙子们，又遇到你们了。"

三个少年没去搭理他的嘲讽，继续赶路。

"怎么不说话呢，难道还在记恨上次的事吗？"那人怪声怪气地说，"前几天没看到你们，莫非你们今天才到这儿？"

三个少年站下了，转过身看着洋洋得意的他。

"这已经是第六天了，你们在忙乎什么呢？难道一直在前面那几座山瞎逛？"那人猜中了情况，"哈哈，真是几只雏鸟。"

那人又说："小伙子们，抓点紧吧，要不然连这座山的金子也被挖空了。你们总不会连别人剩的都捡不到吧。"

郭洪生刚要开口反驳对方，一个声音从不远处传了过来。

"黄忠，今天可是收获满满啊。"马车三人组的另外两人突然从一个拐弯处冒了出来，朝驾车人嚷道。

两人分别扛着装了东西的麻袋。认出三个少年后，他们露出狡狯而轻蔑的笑容。其中一个人说："嘿，真巧，又遇到你们了。"

"小伙子们，让你们看看我们的收成。"叫黄忠的驾车人像领袖似的站在车板上，对着王凯文他们嚷嚷。

待那两个同伴来到马车旁时，黄忠一跃而下，走到两个同伴身边，打开撂下的麻袋，顿时大喜过望："嘿，我敢说这是咱们有史以来收获最多的一次。"

由于距离不远，王凯文他们很容易看见麻袋中金块的大体数量。

"我的天，那么两大坨。"吉瑞不敢相信地叫了一声。

"黄忠，你没想到有这么多收获吧。"那个叫陆石庄的炫耀道。

"陆石庄、潘二，今儿不用再忙了。上车，我们回去。"黄忠兴高采烈地说。

此时，三个人欢快地准备返回去。陆石庄坐上车高兴地大声嚷嚷："黄忠，加快速度，跑起来，让黄金猎手发现的话可就遭了。"

"有什么害怕的，我们有三个人，我倒是真想会会那家伙呢，说不定还能从他那儿抢点金子。"潘二紧接着亮开嗓门喊着。

"驾……"随着黄忠一声吆喝，那匹健壮的马扬起四蹄，卷着灰尘朝来时的方向奔去。

郭洪生曾说过，即使对方有便利的工具，也未必能交上好运，然而，眼前的情景却令他哑口无言。三个少年呆呆地望着远去的马车怅然若失。

"这帮气焰嚣张的混蛋……"郭洪生忍不住骂骂咧咧，"咱们赶快上山吧，说不定能淘到比他们还多的金子。"

"如果能挖到他们一半的金子，这几天咱们也就不白辛苦了。"吉瑞羡慕地说。

"看来镇子里的人会陆续来到这里。如果咱们总是落后的话，恐怕金子迟早被人挖完。"王凯文也有点着急了。

"对，金子若被挖空的话，就不用谈什么运气了。"郭洪生赞同道，"吉瑞，接下来是体力活。我和凯文身板还算可以，从小我们就攀山爬树，你若坚持不了，不要勉强，负责拿东西就行。"

"这是什么话，难道走路就不需要体力吗？都走了这么长路了，说明我的身板也是不错的，你就放心吧。"吉瑞马上表态，生怕两人担心他的单薄。

"呃，我只是怕你逞强，没别的意思。既然你对自己的体力有信心，那咱们就抓紧上山吧。"郭洪生解释说。

他们沿着刚才那两人返回的路线上了山。山脚处地形趋于平坦，而到了半山腰，山路明显陡峭起来。王凯文和郭洪生从小东跑西颠，经常到镇子附近的林子里和山涧玩耍，爬山对他们来说颇为轻松。而吉瑞不论在孤儿院或被收养，都没怎么出过远门，他十四岁前几乎没去过镇子十里以外的地方，这回，可是吉瑞走得最远的一次。在王凯文和郭洪生面前，他硬装成游历过八方的探险者，不过随着路程变长，他在体能上明显不如另外两人。他走在末尾，汗流浃背、气喘吁吁，一旦到某个地方开始干活，他就得先歇息一会儿。王凯文和郭洪生则是马不停蹄地抢着镐头凿击石头，一阵忙乎。吉瑞总是感到很不适应，所以还没等喘过气来，他就强迫自己跟随两个伙伴一起干活。

看吉瑞吃力的样子，王凯文关心地说："吉瑞，累了就在旁边休息吧，我俩干就可以了。"

"这样的话，我不就成累赘了吗！"吉瑞喘着气说。

"吉瑞，不要想太多。怎么，难道你还担心我们不分你一份？"郭洪生开起玩笑。

"那倒没有。"吉瑞说。

"不过，说句实话，前几天也没见你这么虚弱啊，到底是怎么回事？"郭洪生边挥舞镐头凿着石头边疑惑地问。

"前几天咱们走得没这么远，咱们这次脚下是松软的土，走起来累人。疲劳都是积攒出来的，这几天的路不能算没走过吧。"王凯文替吉瑞解释道。

"确实是这样。"郭洪生认同。

"吉瑞，以后你跟着我俩多出来走走，过不了半年，你就不会感到这么累了。"王凯文举起镐头砸向一块岩石。

吉瑞点了点头，脸上的疲倦仍然挥之不去。

三个少年爬上山后，已经过去了一个钟头。王凯文和郭洪生不断地凿着各处的石头，吉瑞休息后也加入了劳动。尽管他们干得汗流浃背，却没发现一块金子，他们开始灰心丧气、心性浮躁起来。正当郭洪生忍耐不住连连抱怨时，吉瑞猛然叫道："你俩快过来。"

王凯文和郭洪生拎着镐头跑过去，沿着吉瑞指的地方看去，一处刚凿过的岩石下面露出微弱的金线。

郭洪生挥手扇去眼前的灰土，两眼放光，欣喜若狂地闪出位置嚷嚷起来："凯文快看！"

王凯文凑上前，一抹金灿灿的光线映入了他的眼帘。

"金子，是金子！"王凯文兴高采烈地欢呼。

"哈，吉瑞，你可太棒了。"郭洪生拍着吉瑞的肩膀表示赞许。

吉瑞笑着用手蹭了蹭鼻子上的灰。

"金子的全貌咱们还没完全看到呢。"王凯文抑制住兴奋，开始冷静地观察。

"咱们三个我力气最大。"郭洪生来劲儿了，示意王凯文和吉瑞后退一下给他腾出位置，然后举起镐头狠狠砸向遮掩的岩石。仅过两分钟，那块掩藏在岩石后面的金块便露出了大部分容颜。

这是一块近似于小皮球那么大的金块。为了尽快把它取出，郭洪生撸起袖子，双手抱住还未完全脱落的金块，铆足劲儿突然发力，那看似很容易下来的金块却纹丝不动，倒是把他累得青筋暴跳，满脸通红。

"凯文，你得帮我一下。"郭洪生知道逞强没用了。

郭洪生和王凯文从两头合力，将那嵌在岩石中的金块硬生生地弄出来，周围散落了一些碎石。由于用力过猛，他俩没能收住脚，倒退几步跌坐在地上。

王凯文和郭洪生顾不得疼痛，眼见那金光闪烁的宝贝，欣喜若狂。

瞧着那有小皮球大的金块，吉瑞说话声哆嗦起来："凯文哥、郭洪生，咱们今天总算没白来。"

王凯文和郭洪生没有起身的意思，坐在地上欣赏了好一会儿。

"这家伙沉甸甸的。"郭洪生起身后，双手托着金块掂量着说。

"吉瑞，这个你能拿动吗？"郭洪生有点担心地问。

吉瑞明白，带上金块的任务应交给出力最少的他。他走上前去接过沉重的金块，表情显得有些苦涩。不过，他讨巧地将金块放在地上，推动它滚进自己的袋子里，随后系上了绳子。

"背上就不会感觉太重了。"吉瑞背起袋子说。

但吉瑞背上袋子时分明有沉甸甸的负重感。

郭洪生拍了拍手上的灰，然后用手背揩了揩额头上渗出的几滴汗珠。

"哈，总算交了好运，咱们还得继续挖下去。"郭洪生贪婪地说。

"还要继续挖吗？"心满意足的吉瑞想不到郭洪生并不甘心。

"凯文，你说还继续挖吗？"经吉瑞这么一问，郭洪生也意识到应该考虑一下伙伴们的体力了。

"我没事，如果能像这样挖到更多的金块当真是好事。"王凯文直率地说。

"我，我也没问题。"吉瑞不甘示弱。

"那好，现在估计还不到下午一点，咱们可以继续寻找金子。"郭洪生兴致勃勃地说。

王凯文早已盯上一个地方，就在极目远眺能看到的一座小山，目测估摸有一公里的距离。

"咱们脚下这座山到处坑坑洼洼的，看得出来已经被人挖得差不多了。据我观察，大多数人都是聚到一座大山上，然后抢着挖看似丰厚却很有限的金子。前面那座小山离咱们不远，估计那里目前不会有太多人去，可以去那里碰碰运气。"王凯文征求同伴的意见。

"我同意，如果咱们是第一批上去的，极有可能挖到还未被开采的金子，那样的话咱们可就发达了。"郭洪生高兴了，"吉瑞，你能行吧？"

"没问题。"吉瑞笑着回道。

"好，那就出发吧。"王凯文说。

三个少年从半山腰一路下山，然后沿着山坳又上了那座小山，前前后后用了不到半个钟头的时间。此时，天空逐渐布满了黑云，风流动的速度明显快了许多，预示着一场滂沱大雨即将来临。

"你们看，快下雨了。"吉瑞指着灰蒙蒙的天空，有点担心。

"别担心，顶多是场小雨。"郭洪生判断着天象，打趣地说，"吉瑞，淋点雨不是什么坏事，你也得经受一下大自然的洗礼。"

"淋雨可不是什么好事，我听说有人在雨中乱跑，到头来得了大病。"吉瑞认真地说。

"那些都是体质弱的人。"郭洪生轻蔑地说。

"人总是因疏忽大意而遭厄运。吉瑞说的没错，如果长时间受雨水冲打是容易生病的，轻则感冒发热，重则会得肺病、脑炎。"王凯文严肃地说。

"有那么严重？"郭洪生怀疑地问。

"这可能不是场小雨，咱们得尽快找个地方躲躲。"王凯文看着乱云飞渡的天空，吩咐道。

"还有，袋子里的食物让雨浇了，可就没法吃了。"吉瑞关心着食物。

"那先找个地方避雨。如果这场雨结束得快，兴许咱们还有时间去挖金子。要是下上一整天，咱们可就连家都回不去了。"受到两人的影响，郭洪生也担心起来。

乌云像是被什么驱赶一般，飞速地向西面涌动，笼罩在马岐山脉的上空，整个天空变得越来越黑暗，犹如人间黑洞。

"唉，我只注意刚才那几片云了，还以为会是场小雨呢。"望着黑黢黢的天穹，郭洪生慌乱起来。

"这荒郊野地，没地方躲雨啊。"吉瑞环顾着四周着急地说。

"找山洞或倾斜的岩石。"郭洪生说。

"并不是哪儿都有山洞和能够遮雨的岩石。"王凯文说。

"那怎么办？"吉瑞焦急地问。

此时，一颗颗米粒大的雨点落在他们头上，空气变得凉起来。

"刚交个好运，又要交个霉运。"郭洪生抱怨道。

"这个季节雨本来就多，没必要跟大自然较劲。"王凯文平静地说。

"千算万算，没算到这糟糕的天气，我准备雨披好了。"吉瑞后悔地说。

"咱们要加快速度往前跑了，这附近看来没地方可躲。"王凯文环视四周后说，并把装金块的袋子从吉瑞手里拿过来背在自己身上。

在雨即将变大前，他们加快速度朝山的深处跑去。

这座山比刚才的那座茂密，一棵棵高大粗壮的松树┐云霄，茵茵的青草仿佛动物的绒毛，美艳的花朵恰似婀娜少女。但在雨中奔跑的少年们却无暇欣赏这大自然的美景。

很快，米粒般的小雨滴变成了黄豆般的大雨点，哗哗地倾泻下来。

"凯文哥、郭洪生，咱们恐怕要被这雨浇个透心凉了。"吉瑞几乎是闭着眼睛在狂奔。

"该死的，我已经被灌透了。"郭洪生抹一把脸上的雨水诉苦。

王凯文跑在最前头，他不时抹去脸上的雨水察看周围，却没发现有避雨的地方。

很快，他们浑身被淋透，彻骨的寒气直往胸口里钻。

"不行的话，咱们找棵大树躲避吧。"吉瑞在大雨中跑得喘不上气，跌跌撞撞。

"你个蠢货，就不怕天公发怒，一个雷劈下来，连树带咱们一起烧成灰吗？"郭洪生大声地反对。

"咱们会得病的。"吉瑞担心地喊道。

"你会，我俩不会。"郭洪生气得大声说。

"别吵了，你们看前面。"王凯文突然高声说。

郭洪生和吉瑞透过模糊的视线看过去。

"木屋，"郭洪生惊异地喊，"这地方怎么会有木屋？"

"应该是猎人建造的。"王凯文猜测道。

他们朝着意外发现的木屋奋力奔去。

第九章 父亲的死因

　　三个少年跑到木屋前，木屋窗户上的玻璃被大雨浇得模糊不清，无法看清楚里面。王凯文伸出湿漉漉的手用力推一下木门，门却纹丝不动。他急迫地敲起门，在喧哗的大雨声中，木屋似乎隔绝了外面所有声音，他又重重地敲了几下，门依然紧紧关闭着。

　　三个少年被雨浇得十分难受，不免情绪急躁。郭洪生恼怒地喊："让我来。"

　　显然，郭洪生是要用蛮力破门。当他鲁莽地准备用身体撞木门时，门居然开了。木屋里原本是有人的，只是外面的雨声太大，里面的人一时难以听清楚敲门声。随着门被打开，里面出现一个穿着简单、身体消瘦、头发稀疏、蓄着淡淡络腮胡子的中年男人。

　　"大伯，能否让我们进去躲躲雨？"王凯文压着急躁，请求道。

　　木屋主人二话没说，将门彻底打开。三个少年眼神里流露出感激之情进了屋。

　　他们进去后，木屋主人又将门关上，然后引着他们到一张四周摆放着凳子的木桌前坐下。一路跑来，三个少年累得气喘吁吁，扑通一下坐在凳子上，身上的雨水顺着衣服和皮肤如溪流般往下淌。

　　木屋里散发着松香的气味，陈设简单。桌子中间摆着一盏破旧的煤油灯，左侧两米远的地方安置着一张单人木床，右侧角落光线暗淡，一处灶台旁边零乱地堆放着炊具。

　　"大伯，太感谢你了。若不是你，我们会让大雨浇出病的。"王凯文诚恳地表达着谢意。

　　"不必多谢。这种雨时常会下，尤其是在水汽较重的山林里。"木屋主人说，"我刚才泡茶没听见你们敲门，你们正好喝喝茶去寒。"

　　木屋主人起身走到灶台前，拿起一个短嘴水壶，壶嘴处飘出缕缕热气。他顺手取来三个木制杯子，回到桌子旁，为他们分别倒上茶。

　　在寒冷而阴湿的山林中难得喝上一杯热气腾腾的茶水。三个少年大口地喝着，感觉此时的红茶甚至比四猫茶馆的都好喝。

　　"你们是来这儿淘金的吧？"待他们放下杯子后，木屋主人开口问。

　　三个少年顿时露出惊疑的神情。从开门到请他们坐下喝热茶，在这短暂的接触中，他们感觉面前的中年男人温厚热情，但这突如其来的发问让他们警觉起来，因为他们始终没有忘记黄金猎手的残忍。虽然背上的镐头，以及身后的三个袋子出卖了他们，不过，在不确定此人身份之前，他们不敢贸然说出此行的目的。

见三个少年异常警觉，木屋主人笑道："哦，别担心，我也是淘金的，我已经在这里住两年多了。"

王凯文和郭洪生互视了一下，不知该不该对木屋主人坦露真言，隐隐的忌惮一直让他们不敢轻易开口。

"嘿，热茶真好喝，我现在感觉浑身舒坦多了。"吉瑞倒是没想太多，正沉浸在茶水芬芳的味道中。

"我往茶水里加了桦树汁，所以味道会更清香……不过，茶水毕竟不能去除你们身上的湿气，还是烤烤火吧。"木屋主人说。

桌子附近，有一个石头砌成的炉子，因为没烧火，里面黑乎乎的。木屋主人很快燃起了炉火，屋里顿时升起一股暖流。几分钟后，三个少年终于感觉身体暖和起来。

"哇，好暖和，身体没那么冷了。"吉瑞幸福地说。

"大伯，实在不知该怎样感谢你。"王凯文感激地说。

身体上的温暖带来心中的温暖，三个少年在这惬意舒适的环境中对木屋主人逐渐放下了警惕心。

"大伯，你一个人在这山中淘金，居住了两年多，难道不寂寞吗？"郭洪生问道。

"应该也淘到了不少宝贝吧？"吉瑞接口问。

"习惯后就不会感觉孤独了。嗯，在这里我的确淘到了不少宝贝。"木屋主人说。

"两年多你一直住这儿吗？这木屋看上去只是你淘金的基地，你没想过回家吗？"王凯文问。

木屋主人听了这些问话后，忧郁地垂下眼帘，一言不发。三个少年都察觉出对方似乎有难言之隐。

不知不觉，外面的大雨变成了小雨，看来雨很快会停下来。

吉瑞望着窗外说："嘿，你们看，雨变小了。"

透过湿漉漉的窗户，他们看到外面已是细雨绵绵。

"山中的天气变化就是这么奇特，雨说下就下，说停就停。"木屋主人望向窗外说。

"虽然不知道你的名字，但这次真的非常感谢你。我们过会儿就离开这里，给你添麻烦了。"王凯文客气地说。

"如果你们要走，还是等雨彻底停了吧。小雨淋在身上，也是不好受的。"木屋主人好意地说。

准备离开木屋前，王凯文陷入了思考。眼前这个人深居山中，以淘金为生，也就是说他可能几乎从未离开过这里，那他所挖来的金子应该就存放在屋子的某处。但王凯文扫视一圈后发现，屋内除了简单的陈设和角落里堆放的一些工具和食物外，根本没有金子存在的迹象。这种观察并不是觊觎他人的钱财，只是令王凯文有些不解的是，在这不大的屋子，按理应该能轻易判断到金子存放的位置。

"难道他把金子都给了家人，自己却长期居住在山中。如果真是这样，那么这个男人挺了不起的。"王凯文想。

然而，在接下来的半个钟头里，发生了一件意想不到的事情。三个少年听到了一件惊天的秘密，尤其是王凯文，对他来说将是一个永远无法忘却的噩梦。

等待雨彻底停止的这段时间里，他们渐渐地没什么可交谈的了。这次的出行看似也可以宣告结束了，王凯文他们等待着尽早回家。而木屋主人虽说独自住惯了，但在三个少年即将离开木屋时，油然产生了孤寂感，索性也不再多说什么。然而，刚过不到两三分钟，这种宁静就被打破了，木屋主人倏然如一头猎犬般竖起耳朵，仿佛在谛听着什么，随之，他的表情陡然变得无比惊恐。

看到这一幕，三个少年面面相觑，不知发生了什么。

木屋主人惶惶不安地说："那，那人来了，你，你们快藏起来。"

"谁来了？"吉瑞听得不知所云。

"那人是个恶魔，是个刽子手，想活命就听我的，藏起来，快藏起来。"木屋主人压低声音歇斯底里地说，"藏哪儿好呢，藏哪儿好呢？只能藏床下了。快，快，来不及了！"

从木屋主人突然变得神经兮兮、心惊胆战的样子看，王凯文他们感到有一种危险临近了。他们按照对方的央求，快速钻到主人的卧榻下面。由于这是一张单人床，三人勉强挤了进去，幸好又长又宽的床单铺得几乎接触到地面，只要再往下拽一拽，就能完全遮挡住床下的东西。这样的掩饰，很容易被人认为主人生活邋遢，而昏暗的光线会帮助他们很好地掩藏在床下。

三个少年藏好后，木屋主人竖起耳朵聆听外面的声音。这回，不仅木屋主人听到了，王凯文他们也听到屋外传来马蹄踏在泥泞湿地的声音。

他们躲藏时，木屋主人慌慌张张地将桌上的剩茶一并倒入盛放垃圾的木桶里，又匆忙地将水壶和三个木杯子放到灶台上，那里是屋子最暗的地方。

这时，急促的敲门声传入了屋内，声音巨大、毫无礼节。木屋主人丢了魂似的跑到门口开了门。

"杜，杜康，你来了。"打开门后，木屋主人战战兢兢地说。

"真是走了狗屎运，半路就遇上了大雨。我知道这儿天气变化无常，所以准备了雨衣，但还是不顶事。"门外，一个粗鲁的声音埋怨道。

"是的，今天的雨比往常大。"木屋主人小心翼翼地应和。

"还有我那心爱的马，让这该死的雨浇成了落汤鸡。"那人继续抱怨道。

"是，是，你还是先进屋吧。"木屋主人提醒说。

木屋主人让出道，引着杜康进了屋。杜康穿着长筒皮靴，重重地踏着木地板，同时将兜帽掀开，露出了长条形的脑袋。靠近床边的王凯文偷偷掀起床单一角，斜看着来者。不过，他能看到的也仅是留着淡淡络腮胡子和浓密胡须的半边脸。杜康有一米八，个头比木屋主人高一些，身材匀称，肌肉健硕有力。

杜康坐在了郭洪生坐过的凳子上。木屋主人自动自觉地去沏了一壶茶水，趁机洗了一下那三个杯子。

过一会儿，木屋主人将沏好的茶送到杜康面前。杜康啜饮了一口，发出舒畅的声音。

"你泡的茶还是这么好喝。"杜康赞叹道。

"涂长林，东西有吧？"杜康放下杯子后问。

"有。"木屋主人马上应答。

"拿来。"杜康吩咐道。

"好的，好的。"这个叫涂长林的木屋主人走到屋子暗处，拿出一个圆筒铁制盒子，回到杜康面前。他打开盒盖让对方看里面的东西。

"给我。"杜康皱着眉头说。

涂长林顺从地将那圆筒铁盒递到杜康手中。杜康则娴熟地掂量了下盒子的重量，然后又仔细瞅了瞅里面的东西，露出不悦的表情。

第九章 父亲的死因

103

“只有这些吗？”杜康极不满意地问。

“今天是三月二十日，还不到一个月你就来了……”涂长林害怕地说。

“我每次从你这儿至少能带走五个大铁盒的金子。”杜康根本不考虑对方所说的缘由，自顾自地说。

“想必你也是知道的，这附近的山差不多都被挖空了。”涂长林说。

“你是不是给自己藏了不少？”杜康仍是不回应对方的解释，怀疑地问。

“我，我怎么敢给自己藏金子呢，我可不会干这种傻事。”涂长林担惊受怕地说。

杜康显然没想听对方辩解，接着说：“涂长林，要不要我在这屋里搜搜，找到的话，你可就完蛋了。”

涂长林立刻想到床下还藏着三个少年，如果他们被杜康发现，后果不堪设想。而王凯文他们听到杜康想要在屋里搜查的话，也是紧张得要命。他们已然知道这个叫杜康的绝不是什么善茬，也明白方才这个叫涂长林的木屋主人为什么神经质般地让他们快点躲起来，所以现在他们都希望涂长林能够巧妙地避开威胁。

涂长林深知后果严重，立刻说：“杜康，我敢以性命保证这屋子里绝没藏金子。你想想看，如果我真像你说的那样为自己藏了些金子，我怎么可能会愚蠢地放在屋里。”

听过这番话，杜康微微一笑，说：“看把你紧张的。我知道你忠心耿耿，不会私吞金子。况且，你也了解老爹的脾性，他那句话你还记得吧，‘不论你跑到哪儿，我都能找到你’。当然了，老爹是指那些犯了错，却不愿意接受惩罚的人。你这样的老实人，怎么可能会犯错呢？"

"是的，是的，我不会犯错，永远也不会犯错。"涂长林吓出了一身冷汗。

"所以说，我是说如果，只是一种假设。你若真犯了错，是不会逃跑的，对吧，是会乖乖接受惩罚的，对吧。"杜康进行着残忍的威胁，同时脸上浮现出狡狯的笑容。

涂长林低下头，被如坠深渊般的恐惧所笼罩。

"涂长林，还记得当时你旁边的那个人吧，临死前一直念叨着家人的名字，执行枪决的时候我都快被他烦死了。不过，"砰"，这么一声，他就不会再烦人了。"杜康冰冷地说，"那人叫什么来的？"

"王，王怀礼。"涂长林恐惧地回道。

"哦，对，是叫王怀礼。我所枪毙的人，我一定要记住他们的名字，这是对死者的尊重……涂长林，你大可放心，老爹不会永远让你在这荒山中挖金子。你若是得到了他的信任，他会接纳你的，那时候，你就可以名正言顺地成为我的同伴。很多兄弟都是这样过来的，有些人甚至花了十年时间才得到老爹的认可。"杜康轻松地说。

杜康把铁盒中的金子倒进自己带的一个小袋子里，然后无可奈何地说："这点东西老爹肯定不会满意的，不过，我会尽量向他说明原因。好了，我也该走了，哦，对了，从镇子里给你带了些食物，自己去马那儿取。湿透的就不要吃了，不过，有部分是可以晒干的。"

临走前，杜康如兄似弟般对涂长林说道。

杜康起身后走出了木屋，涂长林紧随其后，不久，涂长林双手拎着两个包裹回了屋。他把东西放在门口后，紧紧地关上了门，同时，外面传出了马蹄远去的声音。

"你们出来吧。"待马蹄声彻底消失后，涂长林朝床下说。

王凯文第一个钻出床底，面容显得有些难受。郭洪生和吉瑞也憋得够呛，出来时一副呼吸艰难的样子。

起身后的王凯文阴沉地问涂长林："大伯，你认识王怀礼？"

涂长林并不知道王凯文是王怀礼的儿子，所以毫无察觉地回道："认识，怎么了？"

"涂长林，你刚刚和那人说的事情，我们一个字都没听漏。"郭洪生严肃地说。

"抱歉，让你们以这种方式知道我的名字。"涂长林依然毫无察觉地笑着回道。

"你知道王怀礼是谁吗？"郭洪生问。

"和我一起淘金的同伴。"涂长林这回觉出对方有些奇怪，"你为什么这样问？"

"他不仅是你的同伴，而且还是他的父亲。"郭洪生指着王凯文说。

听到"父亲"两字，涂长林恍然大悟。王凯文进入木屋后不久，他就觉得这个淋湿的男孩长相有些神似王怀礼，直到现在，他才得到确认，随即惊奇地注视着王凯文。

阴郁中的王凯文说："你既然是我父亲的同伴，那你应该知道他是怎么……怎么死的吧。"

在提到怎么死时，王凯文有些哽咽。他刚从那个进到木屋的乖戾男人口中得知了父亲的死讯，也知道是那个人亲手杀死了父亲，但他还是想知道事情的完整经过。

涂长林顿时陷入愧疚、恐慌之中。其实，王怀礼的死并不是他造成的，但当他想起那天的恐怖场景，仍然心惊肉跳。

"大伯，凯文问你话呢。"瞧着涂长林一副失魂落魄的样子，郭洪生立刻提醒道。

涂长林马上回过神，双手发抖，说："我，我们坐下谈。"

王凯文三人重新坐到刚进屋坐的位置上。当涂长林示意要为他们重新沏茶时，王凯文当即拒绝了。涂长林瞬时明白，叫王凯文的男孩急着想知道悲惨事情的来龙去脉，所以他无须客套。

"王凯文，正如你已经听到的，你的父亲的确是被刚刚那个人杀死的……"涂长林艰难地说。

郭洪生和吉瑞沉默不语，而王凯文用愠怒和惊疑的眼神望着涂长林，催促他继续说下去。

涂长林瞟了一眼王凯文令他恐怖的眼神，不得不述说那段凄惨的遭遇："三年前，我、王怀礼，还有另外三个同伴组成了一支淘金队伍。在共同淘金的那段时间，我们不辞辛苦，干得热火朝天。刚开始，我们和那些纷至沓来的淘金者一样，收获极少，有时忙碌了一天也挖不到一块金子，不过后来，我们开始有了起色，挖到了一些虽说不大但数目可观的金子。每一天，我们都重复着同样的劳作积累钱财，渐渐地，我们的麻袋变得越来越鼓了，然而，这都不属于巨大的财富。三年前的一天，我们在马岐山脉中发现了一处蕴藏大量黄金的地带。可能你们也知道，即便是挖到一块金子，还是要靠运气的，但你们无法想象我们当时面对的是什么，每一片土壤下，每一块岩石后面几乎都藏着金子，几乎整座山像是被一层黄金覆盖一样，只不过是被土壤和岩石包了一层。那场景真是令人震撼和惊叹。当时我们极度兴奋，开始没日没夜地挖，一个月的时间里，我们就挖出了足有十吨重的黄金。其实，加上我们之前挖出的散碎金子，数目已经超过了十吨。当时我们快要乐疯了，认为是受到了上天的眷顾和恩典。在我们之前，从来没人涉足过那座山，也就是说那里所有的黄金差不多全在我们手中……十吨黄金，我们每个人分两吨的话，都可以成为大财主。上天让我们知晓了脚下就是天然宝库。我们早早选择了离塔河镇最近的一座山的山洞存放黄金，等工作完成后，再避人眼目，一点一点把金子运回家。我们万万没有想到，厄运随之而来，就在我们将全部黄金存放进那个合适的山洞时，竟不知早就被一群歹徒盯上了。他们在暗处观察并跟踪了我们很长时间，我们，我们居然不知道。天啊！这些歹徒目的太明确了，他们是想等我们将那山洞堆得满满的再动手抢夺……真是一群残暴的家伙。就在我们准备往家运黄金的当天，歹徒们狡猾地判断到了我们的进度，然后突然出现在洞口前，把我们团团围住，六个人强行将我们捆绑住。我们没有反抗是因为他们手中都端着枪，而我们那些镐头对他们来说只是一堆构不成威胁的废铁，一旦子弹射出，我们就要任其宰割。我们都知道这些人是奔着黄金来的，他们也说明了目的，甚至捏造出一个我们无法认同的理由。他们说我们所挖的金子是属于他们领地的财富，因为他们早就看上了那个天然宝库，只是没想到我们捷足先登。任谁都明白这是强盗逻辑。看着他们凶神恶煞的样子，我们最终软了下来，而且每个人心里都清楚，想要保全辛苦挖来的金子是不可能了，但至少要保住性命。然而，当我们老老实实让出黄金后，这些人却立马用布蒙住了我们的眼睛，在那一刻，所有人都知道要完了。在六个歹徒的逼迫下，我们来到了一个只有他们知道的地方，他们让我们并排跪下。王怀礼，也就是你父亲，当时在我旁边，我能感受到他恐惧的呼吸，能听到他一直在低声念着家人的名字，并说着一些含糊不清的话。王凯文，你的名字我隐约有些记忆，但比较模糊。然后，就是刚刚进入这屋子的那个刽子手，他是执行枪决的。他从右侧开始，几乎每隔五秒开一枪，我能感觉到他那恐怖的脚步逐渐逼近的声音。当时，王怀礼不停地念家人的名字，精神已经不正常了，但没过一会儿一颗子弹便穿破了他的头颅……紧接着，那个冰冷的枪口又对准了我的后脑，我当时大脑一片空白，知道自己离死亡只有一两秒之隔。我本以为马上就要结束了，可刽子手身后的一个像是有权力的人突然说了句'留下他'。就这简简单单的三个字竟然保住了我的性命。我感谢上天，但痛恨凶手，那个有权势的人是他们的老大，也就是手下们称之为老爹的人，杜康听到命令后立刻停了手。那个老大让我当他们的劳役，从此以后为他挖金子。王凯文，你要原谅我，我救不了任何人，连自己的性命都是无意中被保全下来的，当时我害怕极了，你知道人性是脆弱的。杜康后来贴着我的耳朵重复了他们老大的话，问我听清楚没有，我点头表示明白，这样他们才真正地放过了我。之后，那老大又说了一句我这辈子都忘不了的话，'我希望你不要犯错，如果犯了错，不论你跑到哪儿，我都能找到你。'"

"所以直到现在你还在为那帮恶棍做苦力？"听完后，郭洪生愤怒地问。

"我也没办法，他们恐吓我，况且我势单力薄，即便是逃跑也会被追杀。"涂长林慌张地回答。

"黄金全部被那些人攫走，而且他们还几乎杀人灭口，真是罪大恶极。"吉瑞咬牙切齿地说。

涂长林用凄惨的目光望着显然压制愤怒的王凯文："王凯文，对不起，对不起，我没有能力救你的父亲，还有我那些同伴……"

涂长林已然陷入了悲痛欲绝的状态，随即呜咽成泣。

"这不是你的错。"王凯文阴郁地说，"你当时看见那个老大的模样了吗？"

"执行枪决时，我只能看见前面站着的五个人，他们老大当时在我们后面，因此，我无法看见他。"涂长林说。

"凯文，难道你要报仇？"郭洪生问。

"你是想为你父亲报仇吧。"涂长林同样洞察到了王凯文的意图。

"是的，我要杀了那个老大。他是指使者，还有刚刚进木屋的那个人，其他人我也要让他们血债血偿。"王凯文突然露出暴怒的目光。他终于知道了家庭陷入悲剧的缘由和母亲身患重病的诱因。

"你要冷静，报仇不是那么简单的事。他们可有七个人，而且都是带枪的暴徒。"涂长林劝阻道。

王凯文按捺着怒气，在极易失控的状态下，他还是理智地接受了涂长林的劝阻，但报仇的心理是无法消弭的，只是他没找到计策。

"这几年发生的淘金者在路上被杀案件，恐怕也是这帮人干的。"吉瑞推测道。

"不会的，我太了解他们了，他们不会干那些小勾当，他们是有组织干大活的团伙。"涂长林十分确定地说。

"这么说那些事还是黄金猎手干的？"吉瑞大感意外。

"黄金猎手"这个骇人听闻的名号，王凯文一直误以为它与父亲的失踪有着密不可分的关联……

"这个世道怎么了，到处都有行凶者。"吉瑞哀叹道。

"都是因为那该死的金子。"郭洪生痛恨地说。

"金子是自然造物，人类赋予其价值，所以成了罪恶的源头。"涂长林说，"王凯文，我希望你不要用以暴制暴的方式解决这件事情……"

"涂长林，你是幸运地活下来了，可是凯文的父亲却遭到了残杀，你可没资格轻松地说这样的话。"郭洪生对涂长林的言辞大为不满，"刚刚我是怕凯文势单力薄，而且对方是一群有组织有力量的凶徒，我觉得不能贸然行动，但不代表有仇不报。"

"那就应该用法律的手段来解决这种事情。"涂长林说。

"法律，用哪里的法律？"郭洪生问。

"与这帮人打了这么长时间的交道，我无意中得知，这伙人是马岐山脉往东百里之外某个镇子的居民。只要知道他们具体是哪儿的人，并通报那里的警方，就一定能将这群人绳之以法。"涂长林出了主意。

"嗬，你明明知道这些，为什么不想方设法逃回塔河镇，然后再报案？我相信警方会展开搜索，抓捕这些恶徒的。"郭洪生问了一个关键性的问题。

"对啊，你宁愿对那些混蛋俯首帖耳，也不愿意冒险去报案，真是懦夫的行为。你刚才的歉疚也掩盖不了你的胆小。"吉瑞附和道。

的确，涂长林无法明说自己是个贪生怕死的人。他考虑到即便报了案，成功将那些歹徒送入牢狱，但对方若有一人逃出来，都会追杀他到天涯海角。这种由恐惧、怯懦而生的想法在这个胆小如鼠的人的心中早已生根发芽，以至于使他失去了争取自由和惩恶的勇气。

王凯文已无心力去探讨涂长林的是与非、对与错，只有毫无损失的郭洪生和吉瑞义愤填膺地揪着涂长林不放。在一番悲痛的谈话后，王凯文带着悲愤的心情离开了涂长林的木屋，甚至没有告别，而郭洪生和吉瑞也马上跟着离开了木屋。涂长林只能眼睁睁地看着三个少年不留一言地走出木屋。这个可怜又可恨的男人将从此在王凯文他们的视线中消失。

将近晚上七点钟，他们回到了塔河镇，一路上身心疲惫。王凯文回到家后，简单地吃了几口剩饭，便一头栽在床上。忧郁难抵困倦，他很快睡了过去。

刘秀兰不敢去问王凯文的任何事情，只能自己胡乱猜测。而王小燕虽然看出哥哥心绪不佳，却以为是因为一无所获的缘故。此后的王凯文，满脑子都在想该如何复仇。至于淘金，对目前的他来说只是微不足道的事情，因为他找到了悲剧的源头。

第十章 猎手的行动

鲁铁在逼仄、昏暗的公寓中窝了一个多月的时间。乏味无趣的生活一点点消磨着这个男人的意志。他整天处于浑浑噩噩之中，到点吃饭，到点睡觉，像个行尸走肉。膀大腰圆的他十分厌倦这毫无生气的日子，他掂量着手头的钱袋，发现在如此漫长的时间里，他根本没花太多的银币，抑或是肖朗给得充足。这个晚上，饱受折磨的鲁铁下决心喝个痛快，他确信晚些时候去酒馆，多半会安全些。

鲁铁吃完晚饭，磨蹭到十点钟，去了一家他早已知晓的酒馆。进酒馆后，他找了一张桌子，点了一瓶松子酒，然后畅饮起来。环顾四周，客人不是很多，也就七八个人。酒保送来酒水和免费花生米时，对这位不曾谋面的新客人寒暄了两句。

"这位大哥不是这个镇子的吧。"那个年轻的、手指纤细的俊秀酒保对鲁铁说。

若是平时，像这样的搭话，鲁铁是不会无缘无故拒绝回答的，但此时的他心中不免有几分警惕。

鲁铁没有回答，只是开启瓶盖，准备喝酒。那年轻的酒保看来毫无察言观色的能力，继续说道："镇里的人我都认识，像你这样体格健壮的，我还是头一次见到。"

鲁铁依然保持着沉默，但多少有些不耐烦了。

"大哥打哪儿来，我怎么称呼你？"酒保不知趣地又问。

没完没了的问话终于让鲁铁怒不可遏，他忽然暴跳如雷地大声骂道："滚蛋，给我滚蛋，信不信我一巴掌拍死你这个柳条杆。"

听到这声怒吼，年轻的酒保顿时吓得面色发白，周围的人也变得鸦雀无声，所有人责备的目光都投向了这边，认为这个男人因为几句客套话就大发雷霆，过于粗鲁。鲁铁马上意识到自己的行为欠妥，为自己无法控制的怒火而懊悔。走出公寓时他还在不断提醒自己不要招惹是非，到头来还是改不了那暴躁的脾性。

"麻烦你再给我来一瓶酒。"鲁铁愧疚地看着受到惊吓的酒保，声音缓和下来。

"好，好的，这就去拿。"年轻的酒保不敢再惹恼面前这个五大三粗的男人，小心翼翼地应道。

酒客们依然露着不悦的神情，无不在心中责备这个言语冒失的鲁莽男人。不过，却有一个人一直在静静地观察，准确地说他是在暗中窥探着鲁铁。

高建明，徐峰手下的得力警探，在一个月的时间内没有找到更多的线索，此后，徐峰派遣他到塔河镇附近的镇子进行搜索。查寻鲁铁的踪迹，西林镇离塔河镇最近，所以成了首个搜索地点。今晚的高建明很兴奋，他凑巧在酒馆消遣时遇到了这个苦苦寻找的嫌犯。

"这个混蛋，终于让我逮到了。"高建明在一个无人的角落监视着目标。

鲁铁全无察觉自己已然被警探盯上，兀自喝着闷酒。有时他突然低声说句："该死的。"不知是在埋怨肖朗还是在抱怨自己命途多舛。

高建明决意，鲁铁不离开这间酒馆，他也绝不会离开这里半步。他要确定对方的住处，以便更好地跟踪。

"现在不能急着向探长汇报，绝对不能跟丢。"高建明目光灼灼地思忖道，"我要了解这家伙的一切动向。"

将近半夜十二点，鲁铁喝完酒，戴上帽子后离开了酒馆。夜晚有些寒冷，鲁铁大口呼出一团团热气，心满意足，绯红的脸颊上绽出了幸福的笑容。

在鲁铁起身离开酒馆的同时，高建明立刻支付酒钱，一路尾随过去。漆黑的夜晚掩藏了他的身影，在目标喝得酩酊大醉的情况下，高建明尤为放心。一路上，鲁铁毫无察觉，竟不知身后十米开外的地方有人跟踪自己。

进入公寓后，鲁铁摇摇晃晃地上了楼。高建明在一楼门口停住了脚步，那破旧不堪的木板楼梯一旦踩上去便会发出吱嘎吱嘎的声响，高建明不想尾随时被对方听到脚步声引起警觉，而前功尽弃。当鲁铁上到二楼时，高建明从门口走到一楼的台阶前，抬起脑袋向上张望。借着楼道昏黄的光线，他可以隐约看到鲁铁移动的身影，随后，他竖起耳朵听对方的脚步声。

"二楼,东侧第二个、第三个门。"高建明注意力高度集中，"如果没猜错的话，他应该住在二楼右数第三个房间。"

高建明很谨慎，没有再跟上去，否则会把事情搞砸的。"混蛋东西，这回你跑不了了。明天我就在外面等你出来，在你毫无防备的情况下逮捕你。"他暗自想着。

高建明知道鲁铁为了躲避追捕，一定会在这个小镇一直待下去，所以无须心急，更不能打草惊蛇，因为这个猎物已经坠入了罗网。他舒了一口气后，一路返回自己住的公寓，清莹的月光洒在大道上，万籁俱寂，此时的西林镇沉入了梦境中。

第二天清晨五点钟，高建明腰中别着一把手枪，来到鲁铁住的公寓大楼门前。他已想好，逮捕鲁铁后，立刻将他押送到当地警察局，然后配合当地警察再把他押解回塔河镇。计划周密，高建明笃定鲁铁一定会在某个时间走出公寓，不管等多久，这个大逃犯，他是吃定了。

七点钟，八点钟，九点钟……

时间在一点一点地流逝，高建明始终看不到鲁铁有出门的迹象，他本以为这家伙应该会出来吃早点。

"难道这家伙只在晚上出来？"高建明琢磨着，"如果是这样，那我就一直等到晚上，不信今天抓不到你。"

就在高建明暗自下定决心的时候，公寓前出现了一个人，他还没来得及看清对方的样貌，那人很快地进了一楼。高建明躲在不容易被人发现的角落，那人没有发现他。

"刚刚是不是进去了一个人？"正在推测的高建明猛然一惊，"这个公寓从六点开始只有人出来，没有人进去，况且走出来的人的相貌我都清楚地记得。他们若是早早回来，我也应该认得出。可刚才那个进去的身影好像有点陌生，如果不是公寓里的住客或投宿者，那可能是住在里面的人的家眷、亲戚或是朋友？"

高建明对刚才自己的走神懊恼不已，身为警探的他意识到自己有些失职。为了摸清情况，他直接上了二楼。上楼时，即便他放轻了脚步，破旧的木地板还是嘎吱嘎吱作响。虽然有人出入公寓实属正常，但他正在进行跟踪，所以职业习惯使他行走时格外小心，尽力压低脚步声，仅仅走到二楼，他就用了三分钟的时间。尽管没有看见刚才那人进了哪个房间，但是听觉告诉他，那人是去了二楼东侧，也就是鲁铁住的那侧。

上了二楼，高建明走到右侧第三个房间的门口，保持着一个相对安全的距离，小心翼翼地偷听里面的情况。

"鲁铁，你昨晚是不是喝酒了？"一个斥责的声音出现在屋内，"我可告诫过你要小心行事，而且上次你也算提醒了我这一点。"

"我在这屋子里闷了一个多月了，都快发霉了，难道还不让我出去痛快一下？"鲁铁的声音有点不爽。

"现在是关键时期，等我们达到目的后随你怎么逍遥。"陌生人在劝说。

"嗬，逍遥，老子可等不到那天。你放心，昨晚酒馆里喝酒的人不多，我没发现有什么异常。"鲁铁固执地说。

"鲁铁，那两颗金牙给了我很大教训，我希望我们彼此都能成为极其谨慎的人……"对方声音平静，表明有足够的耐心，"酒馆人少可不代表没有危险。"

听到"两颗金牙"的字眼，高建明瞪大了眼睛，立刻判断到这个说话的人是和鲁铁一起干着邪恶勾当的同伙，但他不知道对方的样貌和身份。此时，他联想起刚刚进入公寓的那个人，虽然他不知道那人正是肖朗，他紧紧握住腰间的手枪，以防万一。

屋子里静默了一阵。

高建明精神紧张，生怕屋内的人听到外面的动静。一颗汗珠顺着左脸滑了下来，似乎落地有声，他屏着呼吸，心脏猛烈地跳动着。

"好，我听你的，只要你遵守诺言，我一切照办。"鲁铁服输般地说。

"但愿如此。"肖朗有些不放心地说。

"你今天是来给我送钱的，"鲁铁转而问道，"还要让我在这儿熬上一阵子？"

"不，这次我来找你是要一起行动。"肖朗说。

肖朗又说："我找到了藏匿黄金的具体位置。"

"在哪儿？"鲁铁激动得差点跳起来。

"森林深处……"肖朗慢吞吞地回答。

"看来那些人没选别的地方。当初听你说时我还以为他们只是途经森林。"肖朗话未说完，鲁铁便性急地插话道。

"对于人人眼馋的黄金，藏到森林岂不是更为隐秘。"肖朗不屑地解释。

"嗯，有道理。"鲁铁说，"告诉我具体位置吧。"

"金子存放在一个木板仓库里，旁边还有一个看守屋。"肖朗说。

"那些人怎么对付？"鲁铁说。

"没人能阻挡咱们的行动。"肖朗说。

"这么说，咱们要和那帮人硬碰硬了？"鲁铁说，"咱们什么时候行动？"

"等你酒劲过了。"肖朗说。

"嘿嘿，我醉得快，醒得也快。"鲁铁高兴起来，"我现在就可以动身。"

"你确定吗？"肖朗有点没把握。

偷听两人对话的高建明无法看到鲁铁回复肖朗质疑的动作或表情。肖朗问鲁铁最后一句话时，鲁铁大概是用了一个肯定的动作或表情回答对方，表示自己毫无问题。

"好，既然这样，那就马上收拾，咱们现在就出发。"肖朗的声音再次出现。

"不会是步行吧。"鲁铁调侃地说。

"我准备了两匹马。"肖朗说，"咱们不用走山路，黄金藏在森林里，几乎是一马平川。"

听到鲁铁正在收拾东西，而另外那个人正向门口走来，高建明立刻转身快速地朝楼梯走去。他的脚步声引起了肖朗的注意。当听到门口隐隐的脚步声，肖朗一个箭步跨到门前，猛地打开门，警觉地朝门外两侧张望。

高建明的身影恰巧在肖朗看向左侧的时候消失在楼道里，随后，他心惊肉跳地迅速下了楼，离开公寓。

"怎么了，肖朗？"鲁铁困惑地望着紧张兮兮的肖朗。

"刚才好像有人在门口。"肖朗说。

"可能是公寓里的人路过，或是小偷想趁住客白天出门的时候进来偷东西。"鲁铁大大咧咧地说。

肖朗满腹狐疑地关上门转回身，严肃地问："这一个多月，你是否发现有人跟踪过你？"

"我跟你说过了，这一个月我都在屋子里待着，除非是出去买食物。要说出去最久的话，也不过是昨天晚上在一家酒馆喝了酒。"鲁铁回答。

肖朗想了一下说："这地方不宜久留，你尽快离开。"

"前提是先得到那十吨黄金。"鲁铁说。

"我准备好的两匹马就拴在离这公寓二百米远的一处木桩上。等咱们骑上马，即便有人跟踪，对方如果没有坐骑的话，也是很难跟上的。"肖朗说。

鲁铁颔首认同。

收拾停当，肖朗和鲁铁一同下了楼。在两双皮靴的重踏下，木制楼梯发出了更为响亮的吱嘎声。

出了公寓后，高建明躲在稍远处的墙角，探出头紧盯着公寓大门，不敢有一丝松懈。几分钟后，他看见鲁铁和一个戴着短檐帽子的男人一同走出来，直奔右面而去。

"不错嘛，还找了个同伙。"高建明鄙夷地自言自语。

高建明的目光追随两人的身影，须臾不离。约莫两三分钟后，他看到鲁铁两人从一个拐角处分别骑着马出现在大道上，两匹马很快朝镇外飞奔而去。

"唉！忘了，另外那个人可是说过他有马。"高建明蹙着眉想道。

此刻如果给高建明配上一匹上乘的马，他会毫不犹豫地驱赶着马紧随前面那两个人找到藏匿黄金的地点。然而眼下，他只能眼睁睁地看着两个犯罪嫌疑人离开西林镇。

"鲁铁的同伙好像提到过什么森林，但没有提到森林的名字。"高建明思忖道，"会是哪儿的森林呢？如果说要藏匿黄金，那应该选一处茂密的、易于隐藏、鲜有人至的地方。这么说应该是马岐山脉西北方向的挪伊森林，没错，他们刚刚就是朝那个方向去的。和徐峰探长推测的一样，鲁铁和这个神秘人是要找那十吨黄金，除此之外，好像还有别的人在保护那些黄金。这两个胆大包天的莽夫是要去抢夺黄金……"

此时的高建明意识到，围绕那十吨黄金将展开一场争斗。

"回去报告探长？不，来不及了，我得先确定他们要去的具体位置。"高建明脑子飞快地转动着。

立功心切的高建明头脑发热。然而，他来西林镇后，一个意外让他骑的马刚到此地便生了足病，所以他现在只能前往本镇的马市去购置马匹。他即刻动身，仅用了半个小时，便花费所剩不多的银币，从马贩子手里买了一匹不够健壮但至少能正常跑的棕色马。

"伙计，跑快点，我要追上前面那两个人。"高建明骑上马后，催马狂奔。

随着一股尘土扬起，那匹马腾开四蹄，一路驰向挪伊森林。

西林镇坐落在塔河镇南面四十里的地方，挪伊森林位于马岐山脉西北方向五十里外，马岐山脉在塔河镇的北面，两处相距约三十里地。如果骑马从西林镇朝挪伊森林直线狂飙的话，不到一个钟头的时间便可抵达目的地。如果中途放慢速度，也不会超过两个小时。

高建明相信能够很快追上前面那两个犯罪嫌疑人。在骑马狂奔的时候，他想到如果被对方发现，他会毫不犹豫地展开逮捕行动，凭自己的力量能够制伏犯人，并将其捉拿归案，届时，徐峰探长定会大加赞赏他的勇气和胆魄。起初，高建明任由马奔驰，而过了二十分钟后，他便让马放慢了速度，因为他发现地面有许多杂乱无章的蹄印，推测自己追踪的方向是对的，也就不再着急了。

"挪伊森林一向少有人前往，很明显，这痕迹就是他们留下的。"高建明越想越激情澎湃，"探长就等着我的好消息吧。"

此时，高建明让马保持一个正常行速，他无法判断自己和前面那两个人有多远的距离。在这种情形下，他深知不能打草惊蛇，要稳妥地一路跟踪过去，直到发现目标出现在藏匿黄金的地点时，再采取行动。

两个钟头后，肖朗和鲁铁策马来到了挪伊森林深处。这里树木葱郁，阳光渗透繁茂的树叶，投下斑驳陆离的光影，林荫地上繁花盛开，虫鸟嘶鸣，空气中充溢着沁人心脾的气息，芳馨浓郁。

"肖朗，现在动手没问题吗？"鲁铁不无担心地问。

"你待在西林镇这段时间，我一直在搜寻地点并寻找时机。相信我，现在动手绝不会出任何差错。"肖朗自信地说。

鲁铁默默跟随。

快要到目的地时，肖朗一脸阴冷地说："你听好了，前面有间木屋，里面有个人负责看守黄金。我们要合力解决掉他，然后趁其他人没出现前，尽快把黄金全部转移走。离这儿六七十里的地方有个废弃的村落，在那儿我找了一间足够大的草屋放置黄金。咱们就用这两匹马，让它们拉上一个无须太大的车篷，大概一次能运两吨。估计五天内就能带走全部黄金。"

"万一中途他的同伙来了怎么办？"鲁铁问。

"你不必担心。我观察了二十多天，期间他的同伙只来过一次，是来仓库取一部分黄金。想必你也能猜到，他们将这儿作为了永久金库，需要钱时就会派人过来拿。准确地说，现在那仓库里的黄金已经不到十吨了。不过，即便是少了些，只要剩下的全归咱俩，那你我就能过上荣华富贵的生活。"肖朗说。

听了这诱人的计策和前景，鲁铁顿时两眼放光。他们让马放缓速度，悄无声息地逼近目标，只需再穿过十几棵树，他们就能看见矗立的大仓库了。

当准备杀死看守者时，鲁铁还是恐慌起来，手脚有些发抖。

"鲁铁，要坚定信念，我需要你的协助。"肖朗洞察到了鲁铁的胆怯，恳切地说。

鲁铁阴沉地点一下头。

肖朗又说："你身材魁梧，很容易干掉屋里那个人。这样，你先躲在屋子侧边，我试着让那人开门，他一旦开了门，你就冲过去用这根绳子勒死他。"

肖朗从腰间取下一截准备好的粗绳，递给了鲁铁。鲁铁望着那根即将沾满罪恶的麻黄色绳子，心脏不禁怦怦地狂跳起来。

望着鲁铁那胆战心惊的样子，肖朗阴鸷地说："你这番德性可干不了大事。既然你想得到黄金，有些事就必须做，一定要坚定信念。"

鲁铁咬了咬牙，一把抓过绳子。肖朗的表情终于缓和下来。

"咱们把马留在这儿，然后从侧面偷偷摸过去。"肖朗说。

"鲁铁，我最后问你一遍，你确定能做到吧？"肖朗还是有点不放心。

鲁铁这回狠狠地点了下头，眼中射出了野兽般的凶光。

第十一章 争斗

　　鲁铁紧紧跟着肖朗，他们犹如两只山猫，脚步压得极轻，没有发出任何声音。两人从树林绕到右侧，越过仓库后，慢慢地靠近木屋旁边。随后，肖朗打了个手势，示意鲁铁留在原地。鲁铁紧贴着木屋左面的板墙，看着肖朗走到木屋前，肖朗镇定地敲了几下木门，同时弄出假声说："袁守旺，是我，我来取金子。"

　　鲁铁紧紧抓住手中的粗绳。他知道，门一旦打开，他就要迅速冲上去，干掉里面的看守者，临近的罪恶令他忐忑不安。

　　"杜康，怎么回事，前几天你不是来过了吗？老爹可是吩咐你一个月来取一次金子，你是不是把上次的贪污了？"看守者应门时懒洋洋地发着不满的声音。

　　窗户在木屋的右侧，只要肖朗尽量靠近门口，里面的人即便从窗户往门边看，也看不到任何人，但从外面却能够清楚地听到里面的人向门口走来的脚步声。鲁铁隔着木板听到看守者正在朝门口走来，额头上沁出几颗汗珠。

　　越来越近，越来越近，几秒后，看守者将门打开，蓦地，他看到了一张陌生的面孔。

看守者立刻露出惊疑的神色："你，你是谁？"

就在看守者惊讶之时，鲁铁突然从木门左侧闪出，双手抻着粗绳，凶神恶煞地冲过去。看守者立即意识到危险，迅速转身向沙发拼命跑去，那里有救命的武器。

"逮住他。"肖朗大喊道。

鲁铁追了上去，眼睛的余光看见黄色的沙发上放着一支双筒手枪，看守者正奔向它。就在看守者即将抓到手枪的瞬间，一根粗绳猛地勒住了他的脖子，看守者瞪大眼睛，伸出长臂极力去抓那近在咫尺的手枪，可仅仅差了两厘米的距离。鲁铁怒气顿生，红着眼睛，化成了真正的杀手，他那粗壮的双臂霍然发力，狠狠拉住绳子的两端。看守者难以呼吸，眼球充血，拼命用手去抓勒在脖子上的粗绳，试图挣脱，但在鲁铁的蛮力下，他如一个脆弱的人偶般被对方牢牢扼住，气息逐渐微弱下来，几秒后，两手瘫软地耷拉了下去。鲁铁判断这人已经咽了气，随即松开绳子，看守者像一头死掉的绵羊般滑落在地板上，头触地时发出一声闷响。

鲁铁在原地喘着大气惊魂未定，肖朗则快步走到沙发前拿起双筒手枪："咱们差点让这家伙干掉。"

的确如此，刚才若是慢上半秒，拿到双筒手枪的看守者就会转身崩了鲁铁，然后再追出去杀死肖朗。

鲁铁喘息许久，仍然难以平复内心的紧张。肖朗拍了拍鲁铁的肩膀："我找对了，你是干大事的。"得到安慰的鲁铁这才缓过神来。

肖朗从死者身上找到两把钥匙，一把是木屋的，一把是仓库的。

"我去开仓库门，你把系在马鞍上的麻袋拿来。"肖朗吩咐鲁铁。

"我那份可不能带到你那个破草屋去。"鲁铁显然认为自己付出很大，不愉快地说。

"今天你功劳最大，你可以随意处理你那份黄金。如果信不过我，你可以把那一半黄金带到任何地方。"肖朗望着不太信任他的鲁铁说。

两人达成了新的协议。

鲁铁转身离开了木屋，去找拴在树上的马。而肖朗不徐不疾地向木屋左侧几十米远的那间大仓库走去。几分钟后，鲁铁带回来两个空麻袋，肖朗已经把仓库大门打开，正在堆满金子的仓库前等着他。

当看到堆积如山的耀眼黄金时，鲁铁欣喜若狂："哈哈，这回发财了，我鲁铁终于得到了上天的垂怜。"

鲁铁陷入了一阵狂喜。

走近黄金时，鲁铁又发出一声感慨："这简直是座金山。"

"给我一个麻袋。"肖朗倒是显得平静如常，"记住，不要装太满，否则马带不动。"

满眼放光的鲁铁根本没听肖朗说什么。

两人蹲下身，用手大把大把地抓取金子往麻袋里扔，心中有不同程度的喜悦感。只不过，鲁铁喜形于色，而肖朗则犹如一位绅士，那般欣喜隐藏在内心。此时，仓库里传出了美妙的哗哗声。

装到一半时，鲁铁轻蔑地笑道："喂，我说，这帮人够蠢的，为啥没想到在仓库附近拴一头凶犬。这样一来的话，谁都不敢靠近这里了。"

"你想得太过简单了，这些黄金肯定是不义之财，这个团伙不想让人发现金库。通常情况下这里不会来人，如若真有人经过这儿，也不会轻易发现这个隐蔽的金库。但一条狗会坏了好事，乱吠乱叫的话反倒弄巧成拙。"对粗人鲁铁，肖朗只能耐心解释。

"嗯，有道理……嘿，管他那些，咱们只管尽快运走这些金子。等那家伙的同伙来了，只会惊愕地发现这里空空荡荡。"鲁铁得意地笑道，似乎看到了那可笑的一幕。

在两个惬意的暴徒正忙乎装金子时，高建明循着马蹄留下的痕迹很快找到了拴在树上的两匹马。他立时明白，两个犯罪嫌疑人就在附近。旋即，他下了马，掏出手枪，径直穿过面前十几棵树，在肖朗和鲁铁毫无察觉时，高建明看到了他们蹲在地上正干的勾当。

"好啊，让我逮了个正着。"看见那两人急急忙忙装金子，高建明抑制内心的兴奋想道。

狡猾的肖朗猛然察觉到身后有异常。"你先停下。"他突然压低声音说。

"怎么了？你这表情……嗬，什么东西给你吓成这样？"鲁铁抬头看见肖朗脸色大变，感到奇怪。

"我叫你先停下。"肖朗异常严厉地说。

听了这句，鲁铁意识到情况有些不妙，收起满脸笑意。

"放下你们手里的东西，转过身来。"陌生而有力的声音在他们头顶炸开。

肖朗和鲁铁立刻明白，身后有人正拿着枪指着他们，他们只能乖乖就范。

两人起身后慢慢转过身，高建明厉声喝道："不要轻举妄动，否则我随时开枪。"

肖朗和鲁铁转身后，看到十米之外出现了一个持枪的警探。

"从仓库里走出来。"高建明命令道。

两人顺从地走出仓库，站立在光天化日之下，此时，周围一片寂静。

"鲁铁，想不到吧，你昨晚从酒馆出来后我就一直跟踪你。"高建明威严地说。

鲁铁恨恨地吐了口唾沫，肖朗则露出责怪的神情。

"鲁铁，李德才是你杀的吧？"高建明问。

"你是徐峰的手下吧，他本人怎么没来？我倒是想和他叙叙旧。"鲁铁挑衅般地反诘道。

"回答我的话，李德才是你杀的吧？"高建明声色俱厉地说。

"你有什么证据？"鲁铁回道。

"哼，只要让警犬闻闻你身上的气味就知道了。"高建明底气十足地说，"况且你是在藏匿赃款的地方被我抓到的，你逃不掉了。"

听了此言，鲁铁慌张起来。糟糕的是，面前这名警探一口咬定他是杀死李德才的凶犯。即便鲁铁知道真正的凶手就在他旁边，但眼下他却不敢辩驳，因为另一条人命在他手中，也就是木屋里还没被高建明发现的看守者的尸体。所以说，就算高建明知道真正的凶手是肖朗，鲁铁也同样会被定罪论处，他与这场抢夺黄金的事件根本脱不了干系。肖朗也明白，他和鲁铁各自身负一命，到头来都要面临牢狱之灾，最终接受死刑。

在一触即发的气氛下，鲁铁想到若是自己遭遇惩治，造成这一切后果的就是身旁这个人。肖朗先是拿李德才的死胁迫他，然后又让他杀了木屋里的看守者，导致他的罪孽愈加深重。仅有一点能让鲁铁心中有所宽慰，那就是将近五吨的黄金。若不是肖朗这个人，恐怕他此生都得不到这么巨大的财富，也绝无可能过上荣华富贵的生活。纷乱的思绪搅得鲁铁心烦意乱，最终他把灾祸的缘由强加在了高建明身上，认为是这个突然出现的警探挡了他的大好前程。同时，肖朗生怕鲁铁因一时情绪激动，将他供出。但在双方对峙的过程中，他明显意识到这个同伙不会做出令他恐怖的举动，当然他是能够猜出原因的。

"鲁铁，你认识他？"在解除忧虑后，肖朗问向鲁铁。

"嗯，我总和徐峰打交道。近两年他身边来了个得力助手，就是这个叫高建明的警探。"鲁铁回道。

"我可没允许你们私自交流。"高建明抬高了枪，强势地说。

对于面前这个俊俏的年轻警探，肖朗认为他和鲁铁还是有转机的。

肖朗开始挑战自己大胆的猜测："高建明警探，看来追捕鲁铁的任务一直是你一个人在做，呃，应该说近期是由你一个人在执行……"

"少说废话。那两匹马你们就别想骑了，你们走我前面，不管花多长时间，我都要把你们押回塔河镇。"高建明施加威压地说。

"高，高建明警探，能否容我说一句话？"肖朗故作卑微地问。

"你别想动什么心思。你若胆敢逃跑，我保证让你吃枪子。"高建明面色冰冷地警告。

肖朗表示绝不敢冒犯，但还是冒险说了计谋："你可能不信，其实仓库里那些黄金并不是我们偷来或抢来的，而是一群家伙用非法手段得来的。我们只是无意间发现他们藏匿黄金的过程，所以等尘埃落定后，就过来偷偷摸摸拿点金子。"

高建明立刻识破对方的诡计："嗬，竟敢编个故事来骗我。你们在西林镇公寓里的谈话我听得清清楚楚，你们来这儿的目的就是要抢夺那十吨黄金。"

肖朗和鲁铁陡然陷入惊惧。肖朗这才意识到自己当时的感觉没错，这个警探一直跟踪鲁铁，甚至跟踪到房间门口偷听了他俩的对话。鲁铁也同时想起肖朗当时神经质般的举动，猜到他所说的门口好像有人，现在想来那人应该就是高建明。

事情既然败露，肖朗索性拿出最后一个，也是无人能抵挡的计策。

"尊贵的警探，你听我说，拥有这庞大黄金的确实是一些无恶不作的歹徒。"肖朗一直以来的直觉都是如此，"那就是说，不论谁得到这些黄金，都没有触犯法律。因此，是你，是他，或是我，都可以名正言顺地拥有这笔财富。"

肖朗喘了口气又说："你看这样如何，我们三个平分。"

"你想用黄金诱惑我？"高建明鄙视地笑道，"听好了，不要反抗。你们会被我押回塔河镇，最终受到惩处。至于这些黄金，警局会调查清楚其来路的。"

"给你一半。"肖朗大声地说。

"你是不是疯了，你竟然给这混蛋一半？"听了这话，鲁铁反而冒出挺大的火气。

肖朗露出一副责备和厌恶的表情，他没想到，到了如此境地，这个蠢货还想保全黄金。

虽然迟钝一些意识到了肖朗的对策，但鲁铁心中还是窝着一股难以消除的怒气。

肖朗意外地发现这个新的诱惑产生了效用，很明显，高建明有些不知所措了。

"怎么样？一半黄金，我们可以用我们的马帮你运，你想带到哪儿都可以。"肖朗看到了希望。

"哼，你是想找机会把我干掉吧。"高建明嗤笑道。

肖朗马上说："身为警探确实应该有警惕性。不过，你放心，我们绝不会干出那种傻事，你可以全程监视我们。等一切结束后，你放我们自由，你过你的好日子，而我保证我们永远不会出现在你面前。"

"说来说去，还是有风险。运走五吨黄金可不是个小工程，可能需要几天时间，夜晚没有人能不睡觉，你仍可以趁机干掉我。"高建明奚落地说。

在肖朗绞尽脑汁思索新计策时，高建明像是突然变了个人似的，面容阴险："有一个更好的办法，那就是让你们两个彻底消失，这样一来，所有黄金都会是我的。"

本以为这只是高建明聪明的反驳，但从对方的脸上，肖朗看到了真实而又恶毒的意图。

"这家伙是真想独吞黄金。"肖朗思忖道。

"你这混蛋，给你一半黄金就已经让人忍无可忍了，现在又想干掉我们，然后独吞那十吨黄金。"鲁铁气得咬牙切齿。

"别以为能骗得了我，杀李德才的肯定是你们其中一个，所以我在这里毙了你们，也是伸张正义，提前审判而已。鲁铁，你看你现在那张凶恶的脸，我敢说李德才就是你杀的。"

131

高建明凶狠地说。

"狗东西，你以为自己是什么好人吗？"鲁铁怒不可遏，"还想独吞十吨黄金？你一块也别想拿走。"

说完，鲁铁从大氅内兜里掏出肖朗赠予的那把银光闪闪的匕首，逼近高建明。

高建明显然没意料到情形会变得如此突兀。他紧握着手枪，把食指扣在扳机上威慑道："鲁铁，你站住，否则我开枪了。"

"嘿，身为警探你是不敢杀人的。"盛怒中的鲁铁已经失去了理智。

"鲁铁，我告诉你，袭击警探被杀，我不会承担任何后果。"高建明凛然不可侵犯。

"嗬，你怕了。"鲁铁看见高建明的手在不断发抖，与其说是恐惧，不如说高建明正在做艰难的抉择。

"鲁铁，无知会害了你，你会吃枪子的。"高建明扯开嗓子，大声喊道。

"狗东西，我倒要看看你敢不敢开枪。"说完这话，鲁铁便持着匕首扑向了高建明。

眼见着鲁铁愤然地冲上来，高建明果断地开了枪。只听"砰"的一声，子弹从枪膛射出，瞬间穿透了对方那宽阔的身躯。鲁铁骤然感到胸口一阵剧痛，随即眼前发黑，紧接着如一头肥壮的黑熊般倒在地上。而高建明，这个倒霉的警探，在开枪的同时，被那把银色的匕首刺中了腹部，顷刻间，他随鲁铁一起倒下去，两股鲜血流淌在地上。

看到这惊悚的一幕，就连杀人成性的肖朗都现出了极为震惊的表情。他未曾料到事情会弄到这个地步，因为高建明一时的贪欲和视财如命的鲁铁的瞬间冲动，最终导致两人互换了性命。

肖朗走到叠在一起的两具尸体旁，蹲下身子，用很大的力气将压着高建明的鲁铁翻到一旁。枪口呈现在肖朗眼前，他看出鲁铁彻底咽了气，而那把匕首则坚硬地竖在高建明的腹部。然而，高建明突然吐了口血，眼睛迷离地半睁半闭着，显然还没死掉。

肖朗平静地看着奄奄一息的高建明，而高建明却用最后一丝力气以忠告的神情希望肖朗就此收手，在那一刻，肖朗的眼神中仿佛出现了有违他人性的异样光芒。看他俯下身，恍惚中的高建明以为这人将要悔过自新，挽救这场悲剧，可一双冰冷的手忽然握住匕首的柄部，狠狠地往下一按，一股新的血液猛然流出，高建明彻底闭上了眼睛。

肖朗用力拔出匕首。起身后，对着鲁铁的尸体，假惺惺地哀叹道："鲁铁啊，你本可以不用死的。"

其实，只要肖朗果断点，鲁铁的性命是能够保住的。在鲁铁持着匕首怒气冲天逼近高建明时，肖朗已经摸出了挎在腰后的那把双筒手枪，高建明的注意力全部集中在对他威胁最大的鲁铁身上时，肖朗完全可以迅速抽出双筒手枪打死高建明。然而，就在那一瞬，肖朗改变了主意，他虽然仍握着武器，但却在等待着。他想让高建明先杀了鲁铁，然后再趁机杀死高建明，最终得益的将是他，他可以将那近十吨的黄金全部占为己有，同时也解除了鲁铁这个隐患。

面对狼藉的场面，肖朗收拾了一下心情。为了避免有人发现这恐怖的场地，他将两人的尸体拖进仓库一处阴暗的角落，又将木屋看守者的尸体也拖了过来。此时，三具尸体并排地摆在黑暗中，犹如三个大大的符号。他计划在运走全部黄金后，一把火烧毁所有证据。

鲁铁的死亡对肖朗来说是个巨大损失。此时，已经没有人能帮他转移这些黄金了，他不得不靠自己来完成这个庞大的任务。纠结的男人刚刚还在想着让鲁铁死，以便自己占有全部黄金，可当他瞅着那金山时，又懊悔不应该让同伙死掉。

肖朗不胜忧愁，随后走到两个装了一半金子的麻袋前，蹲下身子，继续干着未完成的事情。装完整整两麻袋后，他费力地将它们拖到仓库外的空地上，然后牵来三匹马，其中一匹是他在树林里找到的高建明的马。他将两个鼓鼓囊囊的麻袋分别放在鲁铁和高建明的马背上，再骑上自己的马，赶着那两匹负重累累的牲畜离开了死亡之地。

去往草屋的路上，肖朗在心中默默盘算，那个叫杜康的人大概会在二十多天后来这儿取金子。所以在这二十多天内，他要尽快转移全部黄金。按照原来的计划，他需要找一辆带有车篷的马车，但所有的劳动这回要由他一个人来完成。如果有鲁铁帮忙，他们可以很快装填完毕，然后他驾车赶路，让鲁铁坐在车篷里看麻袋。如果不幸遇到了劫匪，他们也能合起手来对抗。肖朗越想越后悔莫及，最后，他索性选择了一个无奈的办法，就像现在这样骑着一匹马，让另外两匹马驮上两麻袋金子。如果一天带走二百斤的话，那么，二十天后，他至少会拥有一笔不少于两吨黄金的财富。事情的突变使肖朗不得不放弃那剩下的八吨黄金。想到这些，他心中难免有些气恼，相较于之前苦苦筹谋的计划，他自己要损失三吨黄金。不过，往好了想，即便是两吨黄金，也能让他过上穷奢极欲的生活。

报案｜第十二章

从涂长林口中得知父亲的死因后，王凯文一直陷于悲愤和抑郁之中，昼思夜想该怎样为父亲报仇。虽然，郭洪生和涂长林都认为以他的力量根本无法同那群恶徒对抗，不同的是，涂长林给他提出了通过法律手段制裁罪犯的思路。在三个少年眼中，涂长林既懦弱又胆小，但不代表他的话没有任何价值。

自那天归来后，王凯文回到了鞋铺。杜俊无须询问，单从那愁云密布的面容就能猜出王凯文在淘金旅程中一定是遭遇了什么事情。至于究竟发生了什么，杜俊通过长时间的观察才大致琢磨出应该与王怀礼有关，进而他推想王凯文肯定是知道了父亲失踪的原因。杜俊有意避开敏感话题，依照平常那样和王凯文交流。王凯文也不难看出这个善良的人一直在关注着他的心情。对此，他万分感激，相信自己有朝一日报了仇，定会向杜俊推心置腹地讲述这一切。

上次挖出的那个小皮球大的金块至今存放在郭洪生家中。而王凯文是不会让这个既有价值又代表凶险的东西出现在自己家里，以免引起母亲的忧愁。至于吉瑞，毕竟是被领养，因此也不方便让这么大的金块进入没有血缘联系的环境里。所以，郭洪生倒像是独自拥有宝物一般，整天欢喜地望着那金光闪闪的金块，沉溺于无限的遐想中。当一个人长时间接触价值不菲的东西并有可能得到更多时，就会产生一种无法满足的欲念。年轻的郭洪生，在十七岁时就体会到了这种不断滋长的诱惑。郭洪生虽然长时间陷入这种状态，但还是没忘记在此期间正经受痛苦和忧伤的王凯文，因此，他决定要见一次王凯文，有些重要的话他必须当面跟朋友讲。其实，在他们回来的这段日子里，他曾犹豫过要不要说出只有他知道，有可能达到复仇目的，但又有可能将王凯文推向深渊的事实。

这天下午，郭洪生卖完报后，鼓足勇气来到了杜俊的鞋铺。透过窗户，他看见王凯文正在为一个客人擦皮鞋。等那客人离开后，他缓慢地跛进铺子，对屋内的杜俊恭敬地说："店长，你好。我，我可不可以找凯文说两句话？"

杜俊知道眼前这个小伙子是王凯文的朋友，于是亲切地说："当然可以……凯文，别坐太久了，出去活动活动吧。"

王凯文一直耷拉着脑袋，提不起精神。看到郭洪生走进鞋铺时，仍是一副冷淡沉郁的模样，显然他还没从悲痛中解脱出来。不过，在杜俊和缓的语气下，王凯文倒是没拒绝郭洪生的请求。

望着王凯文，郭洪生感到有些心疼，深知朋友内心的疼痛一时半会儿无法消弭。

王凯文不知道郭洪生找他有什么事，只是低着头跟着走了出去。

到鞋铺墙根处，郭洪生靠在墙上开口道："凯文，你的状态让我有点担心。"

王凯文强颜欢笑："我的糟糕情绪都影响到朋友了，实在抱歉……上次我们收获了一个小皮球那么大的金块，真是件好事……你放心，至少我现在知道了父亲的死因，不会一直被蒙在鼓里了。"

郭洪生看着朋友不自然的状态，还是有些担忧。

"你今天找我有事吗？"王凯文问。

"嗯，有个事想跟你说。"郭洪生有些顾虑。

"说吧。"王凯文催促道。

"我希望你听完我的话后能做出慎重的考虑。"郭洪生不放心地说。

"我尽量，你尽管说吧。"王凯文感觉到了什么。

"你，你还记得上次我们在山里遇到的那个人吧，就是你父亲的同伴，叫涂长林的那个人。"郭洪生小心翼翼地说，"实在抱歉，有些事现在才来告诉你。其实，咱们回来后的第二天我又去了那座小山。进了木屋，见了那个人，而且我还问了他一些事情。"

王凯文沉默地等着郭洪生说下去。

郭洪生停顿了一下，继续说："他当时的状态十分低落，像个死人一样。不过，我还是从他口中得到了一些重要的信息，就是那十吨黄金的下落……凯文，我可不是财迷心窍大老远地跑到那儿仅仅为了问这么个事情，我是想问出那伙人的藏身地点。"

郭洪生看出王凯文是在安静地听着，因此才放心地说了下去。

"涂长林没多想，告诉我有一次他从杜康口中确实听到了藏金地点。他说，之前杜康有一回来木屋取金子，由于那个月收获颇丰，对方恰巧还带了几瓶酒，索性就在屋里庆祝起来。杜康喝了不少酒，等酒劲儿上来后，竟高兴得毫无防备地说出他们攫走的黄金下落。"郭洪生说，"当时，杜康醉醺醺地对涂长林讲：'你这人懂事、肯干、任劳任怨，我十分信任你。你想知道那些黄金现在在哪儿吗？离这儿几十里的挪伊森林中有一间仓库，十吨黄金就存放在那儿。'说完这些话后，杜康还傻兮兮地笑了几声。"

听完这番话，王凯文突然清醒般瞪大了眼睛。"那个叫杜康的混蛋，竟然还敢说出藏匿黄金的准确位置。"王凯文又气又惊地说。

"那家伙当时喝醉了，估计清醒时不会这么冒失。"郭洪生补充一句。

"不，潜意识里他压根没把涂长林当回事。"王凯文说。

"嗯，你说得有道理。杜康醒酒后，即便知道自己说了一些不该说的话，也不会觉得有什么大碍。在他眼中，涂长林连蚂蚁都不如，根本没有反抗的力量。"郭洪生想了一下，同意朋友的分析。

"我明白你为什么一直不敢跟我说这些，你是怕我做出鲁莽的举动。"王凯文眼神变得锐利起来，"你放心，我现在非常冷静。我知道凭自己这瘦弱的身躯无法跟那些恶棍对抗，我也平静地思考过涂长林当时说的话。另外，有些事他不敢做那是他的问题，但我，身为王怀礼的儿子，我必须做我该做的事。"

郭洪生屏住呼吸，静静地听着王凯文说话。

王凯文郑重地说："我要报案，让警察找到那个藏金地点，揭露那帮恶徒的行径，将他们绳之以法。"

郭洪生立时对王凯文肃然起敬。

郭洪生欣慰地说："你终于选择了这个既安全又有效的复仇方式。另外，有一条法律条文你可能不知道，就是在涉及巨额钱财的案子中如果提供了重要线索，并协助警方成功破获案件的话，本人可以从所缴获的钱财中获得十分之一的奖赏。"

"十吨黄金是那帮恶徒通过残忍手段得到的，他们一旦被抓到就会被宣判死刑。"郭洪生接着说，"我提这些并不是财迷心窍，只是陈述一些法律条文。"

"嘿，别想太多，我怎么可能会指责你。想过美好生活和财迷心窍可是两回事，这个我还是能分清的。即便是一吨黄金，如果让你我和吉瑞平分的话，也是相当受用了，人不要太贪婪。"王凯文说。

"是的，人要知足，况且我们想从虎口中得到那十吨黄金也是不现实的事。"郭洪生笑着说。

"我准备明早就去报案。"王凯文说。

"我也去，我再问问吉瑞。"郭洪生说。

"还有一件事我必须去做。警方出动的当天，也就是抓捕那些恶棍时，我要亲自去一趟挪伊森林。"王凯文突然说。

郭洪生的面色由喜转忧，惊愕地说："凯，凯文，我还以为在这么短的时间内你成熟了不少呢，没想到你……我们就等着警方结案不好吗？"

"你永远无法理解我的心情。我非要看看他们被抓时的狼狈样子，更要看看那个老大的丑恶面孔。"王凯文很固执。

望着毅然决然的王凯文，此刻的郭洪生体会到了对方的痛苦和愤怒。

"既然你这么坚决，作为你最好的朋友，我一定会和你一起去。"郭洪生果断地说。

"我不希望因为我个人的私怨把你牵扯进来。"王凯文表示反对。

"我和你一样坚决，我会和你一起去的。"郭洪生极其认真地说。

王凯文露出了心酸的微笑。

"凯文，回见。"郭洪生告别道。

"回见。"王凯文说。

回到鞋铺后，王凯义向杜俊请了第二天上午的假。在回家的路上，他反复思索自己这番举动是否欠妥。但为了消解心中的怨怒，他认为有必要去挪伊森林，然而，如此一来，他却将挚友郭洪生带入了危险中。王凯文想到，在这过程中如果发生无法避免的危险，那他将会犯一次天大的错误。但是，强烈的复仇心如树根般深植于他的内心中，致使他激烈的情绪支配了理性。

第二天早上八点钟，王凯文来到镇警察局。他在一楼大厅里看见郭洪生和吉瑞正坐在长条椅上等着他，便立刻欣慰地走过去。

"你们在这儿等很久了吧？"王凯文问。

"没多久，我们也是刚进来。"郭洪生说，"我看见徐峰探长了，他两三分钟前上去的。"

"那我们就抓紧时间吧。"王凯文说。

三个少年一同上了二楼，礼貌地敲过门后，进了敞着门的探长办公室。此时，走廊里没有多少人来报案，不像上次那样拥堵。

"徐峰探长，你好。我叫王凯文，我是来报案的。"当徐峰问来者有什么事时，王凯文回道。

接下来的半个小时，王凯文向探长详细叙述了那天在涂长林木屋里发生的一切。

听完后，徐峰说："我们这几年一直在调查你父亲的案件。起初认为是黄金猎手做的，但却没想到有另外一个团伙在干着杀人夺金的勾当。对于你父亲的不幸遭遇，我深表同情，也请你放心，在你提供如此详细的线索后，我们警方一定会尽全力破获这个案件……对了，你刚才说是从一个叫涂长林的口中得知的藏金地点。"

"是的。"王凯文回答。

"我可以作证，这个是涂长林亲口跟我说的。"郭洪生补充道。

"好，我会派人去找那个叫涂长林的人。"徐峰又询问道，"你们三个以前去没去过挪伊森林？"

"没有。"三个少年同时答道。

"好，我希望你们最近也不要去那里，否则很危险。"从王凯文讲述父亲怎样被杀时的激动表情，徐峰看出面前这个少年怀着强烈的复仇愿望，因而他特意要求道。

"是。"

"是。"

郭洪生和吉瑞先后回答，而王凯文却沉默不语。

徐峰看着王凯文，不容置疑地吩咐："答应我，在案件没有解决前，一定不能去那里。"

"好的，在案件没解决前，我们保证不去那里。"王凯文垂下眼帘躲避了对方敏锐的目光。

此时，一个穿着整洁的警探走进了探长办公室。

"探长，这是珠宝店失窃案的报告。"警探递过去一份文件。

"高建明还没回来吗？"徐峰边翻看边问道。

"没有，已经过去六天了，没看见他回过警局。"警探回道。

"这个高建明，我让他发现犯罪嫌疑人就马上回来报告，他这是干什么去了？即便这段时间徒劳无获，也应该回来先说明一下情况啊。"徐峰忧思重重。

"探长，如果没有其他嘱咐，我们就先告辞了。"王凯文恭敬地说。

"好，你们三个先回去吧。"徐峰目光放在文件上。

王凯文他们刚要离开办公室，徐峰又强调道："记住，不要着急，千万不要做什么傻事。三天内我们一定会将挪伊森林搜个底朝天。"

三个少年颔首告退。

出来时，王凯文马上想："三天？看来警察明天就要行动。这样的话，我明天就可以跟过去看看。"

王凯文猜测得没错，他们刚离开，徐峰就立刻下达了搜查命令，明日警局将派二十名警察全力搜索挪伊森林，寻找疑犯。

繁重的工作让徐峰有些透不过气。随后，他离开办公室，下楼走出警局大楼，来到大门前。此时，警犬伊勒正伏在地上闭目养神。徐峰走到它身边时，伊勒灵敏地昂起头，然后立起身子，跑到他脚旁，伸着舌头望着他。

"嘿，伊勒，又是无聊的一天，明天就带你出去逛逛。"徐峰蹲下身子抚摸着猎犬黑色的毛。

"伊勒，是不是有点想高建明了。"徐峰望着伊勒说。

一瞬间，伊勒莫名地露出了悲伤的眼神，这不由得令徐峰感到有些诧异。

"怎么了，伊勒？"徐峰像是在问一个伤心的孩子。

伊勒打着鼻音哀伤地垂下了头。

在那一刻，徐峰眼中浮出了泪光。从这条无比熟悉而又通灵的生物身上，他仿佛明白了什么。

随即，他淡淡地说："啊，其实我也很想他。"

第十三章　命悬一线

王凯文报案的当天。

多雾的早晨，肖朗在废旧的草屋中度过了一夜，早起时吃了一点东西，灌了几口凉水，然后戴上那顶矮筒短檐帽，骑上马，一路奔向已死过三人的不祥之地。此行，他没带上高建明和鲁铁的马。因为他感到身心疲惫，无心去照顾另外两匹马，所以决定当天带回来一麻袋金子即可，适当缓解一下身体。

一个多小时后，肖朗到了目的地，凄凉的场景映入眼中。他将马拴在仓库的木柱上，然后走过去推开没有上锁的仓库大门。他认为二十多天内不会有人来此地造访，也就放心大胆地保持着原貌，既没锁仓库的门，也没锁木屋的门。

仓库大门打开的一瞬间，金灿灿的光芒映进了肖朗眼睛里。这一刻，他忘却了罪恶和懊悔，兴奋地抓着手中的麻袋，径直走到那座金山前曲下双膝，开始了今天的工作。哗啦哗啦，金子被一把一把地装进麻袋中，诱人的声响让他脑子里奇怪地浮现出近些年的经历。他不知羞耻地算着自己干过的行径和杀过的人数，迄今为止，他手里有十几条人命。霎时，莫名的恐惧像无形的风一样钻进他脑子里。他停下手疑惑了一会儿，待缓过神后，又开始装金子。装满一麻袋后，他还是感到有些乏累，他知道这种疲惫并不都是由身体产生的。

"先歇一会儿吧。"肖朗自言自语，这儿可没有谁应和他。

肖朗想到左侧的木屋中那张软绵绵的沙发，便站起身走过去。

到门口时，他下意识地刚要敲门，又把手缩了回来，自感可笑地想："嗬，蠢货，这屋里哪儿还有人了。"

肖朗伸手去推木门。在开门的一瞬，他猛然收敛了脸上残余的笑意，一个人突然出现在他眼前。那一刻，他大脑一片空白，怎么也没想到会有人坐在那脏兮兮的沙发上，而且正用一把枪指着他。

"混蛋。"那人突然凶狠地骂了一句，同时开了一枪。

肖朗一下仰倒了，躺在满是沙砾的地面上。剧烈的疼痛让他额头冒汗，面目扭曲，龇牙咧嘴地呻吟着。

开枪的人随即从屋里走了出来，此人正是每月来这儿取一次金子的团伙副手杜康。

杜康一脸愤怒地走向倒在地上的肖朗。

"混蛋，竟敢杀我们的人，抢我们的金子。"杜康暴跳如雷。

"你是谁？"肖朗忍着痛问。

"我是谁，"杜康嚷嚷道，"我还想问你这个狗东西到底是谁呢？"

说完这话，杜康狠狠地踹了肖朗一脚。对肖朗来说，这一脚不如子弹来得疼。

"你拿走了多少，嗯？"杜康蹲下身子，用枪口推掉肖朗那顶要落未落的帽子，仿佛这样能看清来犯者的面孔。

肖朗紧紧闭着嘴。

"不说是吧，嗯，让我好好想想，敢对我们做这种事的绝不是一般人……"杜康蹙眉琢磨着，"哦？你不会是那个黄金猎手吧。哼，你瞧瞧，我只不过试探地问一句，你就露出这种招认的表情，没错，你就是黄金猎手。嘿，老家伙，我听过你的传闻，我欣赏你的胆魄和作案手法。当初组织有意拉你入伙，可你独来独往、神出鬼没，像个独行侠一样，我们根本找不到你。不过，相信你也不会是个唯命是从的人，你呢，是另一种恶棍。嘿，我不会贬低你来抬高我自己，我们都不是什么好人，杀人越货，为的都是一己私欲。但不巧的是，你和我们盯上了同一笔财富，十吨黄金最终只能有一个主人，但只会是我们，而不是你。"

话音刚落，杜康便用枪口捅着肖朗受伤的左腹。肖朗痛苦地呻吟着，流了满身汗，面容扭曲，已经失去了俊朗倜傥的姿容。

"我告诉你吧，你来之前我去过仓库，里面的惨状我都看见了，我知道你会回来拿金子。为了不引起你的怀疑，我将门重新关上，保持你走时的样子。"杜康用持枪的手背蹭了蹭鼻子，望着仓库方向说，"那里有三具尸体，一个是我的同伴袁守旺，一个是警探，另外一个我不认识。他是谁？他应该是你的搭档吧。我不知道当时都发生了什么，但大概能猜得出，你和你的同伙先是一起杀死袁守旺，然后那警探一路跟踪到这儿，在你们兴高采烈地装金子时，他突然出现在了你们身后。从那刀口和枪口上看，应该是你那同伙冲了上去，一刀刺死了警探，同时警探开枪打死了他。一命换一命，你却是那最终受益者，我说得没错吧。"

杜康分析得一丝不差，肖朗感觉面前这人已经掌握了一切。在身负重伤的情形下，他想逃脱的希望变得越来越渺茫，关键在于杜康一直盯着他。哪怕对方稍微转移一下注意力，他都可以迅速抽出腰后的那把双筒手枪，捍卫自己的生命。

"我刚才说了，为了不引起你怀疑，我没动任何东西，就连警探尸体上的那把枪我也没动过。不过，袁守旺那把手枪跑哪去了，是不是在你身上？"杜康问。

肖朗昨天在移动尸体时，用麻袋的一个角裹住落在地上的那把手枪，进仓库时，扔在了它的主人，也就是高建明的尸体上。他当时犹豫过要不要捡来自己使用，但警探的东西让他有所忌惮，所以他放弃了。

肖朗回想这个细节，当真是处于一种静默的状态。但杜康却对一声不吭的他忍无可忍，又用枪口狠狠戳了一下他的伤处，顿时，一股剧痛传遍他全身。

"你这个疯子。"肖朗咬牙切齿地骂道。

"疯子？一个杀人狂竟敢说别人是疯子。"杜康讥笑地说。

"你敢保证自己的双手没沾过血吗？"肖朗质问道。

"哦，这么说的话，我确实干掉过四个人。"杜康表情尤为自然，转而凶狠地说，"不过，那是因为他们冒犯了我们，挖了我们领地上的金子。那十吨黄金本来就是我们的，而你却是个十足的强盗。"

听了这信口雌黄的话，肖朗忍不住笑一下。面前这个满嘴胡言的恶徒令肖朗感到荒谬至极。

"你真要笑死我了。既然是合法财产，为什么要鬼鬼祟

147

崇地藏在这种鬼地方？好，你可以编个理由，说是为了防范我这种穷凶极恶的人，但若警察发现了这里，你还能蒙骗过去吗？"肖朗质问道。

杜康眼中顿时冒出一股火光，他一把抓住肖朗的脖领，弯着身子，脸贴得极近，怒视道："混蛋，别跟我顶嘴。从尸体上看，你是昨天来这儿的，我不知道你究竟拿走了多少金子，不过，你肯定是拿了不少。告诉我，拿走的金子现在在哪？"

此时，杜康的注意力都放在了金子上，却忽视了袁守旺的那把双筒手枪。

面对杜康的逼问，肖朗镇静地回答："我没拿金子。"

杜康晃了一下肖朗的脖领，咬牙切齿道："混蛋，少跟我撒谎。我虽然算不出总数，但那十吨黄金少了些我还是能看得出的。说，你昨天到底拿了多少金子，藏哪儿了？你不告诉我的话，我就一枪崩了你，反正你也没命去花偷的金子了。"

肖朗想，即便我告诉你，你也不会放过我，相反，怒火中烧的杜康可能不再顾及金子的下落了，会痛痛快快地一枪毙了他。肖朗清楚，眼下的问题是如何摆脱对方的钳制。

"我，我现在这个样子怎么带你去取？"肖朗佯装虚弱地说。虽然他确实很虚弱，但必须装得更虚弱些以便让对方相信。

"我不管，总之，你得骑上马带我去取。"杜康冷酷地说。

"那是我的马，你……"肖朗抽了一口冷气。

"我骑我自己的马……哼，我怎么可能让你发现我的马，为了引你进这木屋我可是煞费苦心。"杜康嘲弄道。

"你，你从仓库那儿把我的马牵过来，我现在很难动弹。"肖朗示意伤口严重，需要对方的帮助。

杜康抹了一下脸，无奈地说："你给我老实在这儿待着，不要轻举妄动。"

杜康将受重伤的肖朗丢在原地，起身朝仓库那边走去，心想这家伙动都难动，根本没法干出蠢事。然而，他刚走出几步，猛然停住脚步，想起一件致命的事：那把枪，袁守旺的那把双筒手枪，他始终没发现它的影子。想到这儿，一股寒气刺透了他的背脊，他现在把希望寄托在黄金猎手身上没有那把枪。方才他只顾着愤怒和询问金子，却忘了搜查对方的身体。如果双筒手枪在肖朗腰间靠后的位置，他是无法从正面看到的。杜康咽了一下口水，额上渗出了几滴汗珠，粗心大意很可能导致他就地丧命。

不幸的是，杜康的顾虑和刚刚猜测昨天发生的事情是一样的准确。

"喂，你忘了一样东西。"肖朗冰冷的声音从身后传过来。

杜康瞪着眼睛，已然感觉到肖朗正用双筒手枪指着他，心脏在猛烈地跳动，喘气声变得越来越大。杜康慢慢地握紧手枪，但这个动作没有逃过身后那人的眼睛，空气仿佛停止了流动。下一秒，杜康迅速转身，同时用枪瞄准肖朗，然而，在他即将开枪的一刹那，一颗子弹飞速掠来，霎时穿透了他的胸膛。

杜康感到致命的晕眩，紧接着喉咙处又受到一次强烈的冲击。肖朗先后开了两枪，第一枪打在胸口上，第二枪打在喉咙上。杜康目光呆滞，随即仰倒在地上，两股鲜血分别从他身上两个窟窿里流出。

肖朗艰难地从地上爬起来，用手捂着伤口，踉跄地走到倒下的尸体前。他不放心地看了看，生怕杜康没死，那样他会立刻补上第三枪，而这第三枪会朝头部打去。然而，杜康已经翻了白眼，没了呼吸。肖朗近乎神经质地确认后，才收回手枪。

随后，肖朗花了点时间走进木屋，他虚脱得厉害，缓慢地斜靠在沙发上歇了一阵。当看到旁边一个破凳子上摆放着一瓶酒时，他拿起来咕咚咕咚灌了几口，然后扫视一遍屋子，看见简陋的床上铺着一张白床单。他努力起身慢慢走过去，拿出匕首将床单割出一个口子，又顺着口子向一侧横向划去，取下来一段足够长的布条后，将一端塞在床垫下面，另一端放在伤口处，整个人转了几圈后，长布条便成功地捆绑住受伤的腹部。

肖朗无法猜测杜康这么快就来到这儿的目的，但是他可以猜测得到，那个团伙应该会在短时间内派人来找未及时回去的杜康。所以，肖朗打算尽可能多转移些黄金后，将木屋、仓库、尸体付之一炬。而眼下，他需要做的是，将已经装好的一麻袋金子带走。

包扎完伤口后，肖朗走出木屋，又花了很长时间蹒跚地走进仓库。他将匕首和双筒手枪扔进装满金子的麻袋里，并费力地将其拖出仓库。随后，他来到自己的马匹身旁，吃力地抬起那袋金子并系在了马鞍上，最后用尽力气上了马。他不得不丢弃杜康那匹马，紧接着朝草屋方向赶去。但是，虚弱很快笼罩了他，刚走出几百米，他便一头倒在马背上昏睡过去，只能任由这匹坐骑驮着他走下去。

第十四章
意料之外的灾祸

报案的当天夜里，王凯文躺在床上，迟迟无法入睡。寂静的房间里，能够清楚地听到挂钟的滴答声。

"或许我有些鲁莽了，由于报仇心切，执意要去挪伊森林亲眼看犯罪团伙老大的面目。如果在途中遇到了什么不测，不仅是我，就连郭洪生和吉瑞也会遭到本可避免的灾难。"随着时间的推移，王凯文开始意识到事情的危险性，"这个小吉瑞，离开警局时还对我说在探长面前的承诺都是假的。其实，他和郭洪生早已下决心要与我一同前往挪伊森林。吉瑞，郭洪生的朋友，我原本和他交情不深……"

夜色渐浓，困意袭身。将近两点钟，王凯文那双疲惫的眼睛慢慢合拢，不消一会儿，他便沉入了梦境。

第二天早上，郭洪生和吉瑞在约好的地点，也就是四猫茶馆先行碰头，两人在屋里边喝茶边等王凯文。

十分钟过后，郭洪生透过窗玻璃看见了王凯文，半分钟后，王凯文无精打采地走进来。

"嘿，这回你可迟到了……瞧你这样子，怪吓人的。不过，我能理解，这种事情任谁都得犹疑一下。"郭洪生打着招呼说。

"计划好的事怎么可能犹豫。我昨晚睡得有点晚，早上提不起精神而已。"王凯文耷拉着眼皮半真半假地说。

"那就喝杯茶提提神吧。"吉瑞插言道。

"嗯。"王凯文平淡地回了一声。

王凯文坐到郭洪生旁边要了杯红茶。

"实在抱歉，把你们牵扯进来了。"王凯文深感愧疚地说。

"嘿，见外了。咱们可是亲密无间的朋友，况且在这件事上我们彼此都是心甘情愿的，现在怎么突然抱歉起来了？"郭洪生阳光的脸上笑意荡漾，仿佛三人要出去旅行，"你是在担心会有什么危险吧。嘿，有什么可怕的，咱们只是去亲眼看一下犯人的面目罢了。"

"是啊，重要的事由警察来解决，我们只不过是躲在安全的地方偷偷看一眼犯人落网的场面。"吉瑞附和道。

"凯文，你的状态比昨天差多了，你要坚定自己的选择，这样就不会辜负我和吉瑞的心意。为此，我可是准备了三匹马，吸取上次的教训，这次出行必须配备坐骑。我好说歹说才从父亲那儿讨来三匹跟我们一样年轻的马，别忘了，咱们可都有骑马的经历。"郭洪生兴致勃勃地说。

"嗯，记得，四年前在练马场练过骑马，那时我父亲还没过世。"一提起父亲，王凯文就无法掩饰深深的忧伤。

"我也问过吉瑞，他说他也会骑马。"郭洪生马上转移朋友的悲伤。

"孤儿院的后院曾养过一匹花白色的小马，我们所有人都骑过它。"吉瑞说。

"小马应该比较温顺吧。"王凯文问。

"不,那匹小马性子有时很烈。有一次我从它身上重重地摔了下来,自那以后院长就不再让我们骑了。"吉瑞说。

"那你现在还敢骑马吗?"郭洪生担心地问。

"有什么不敢的,摔下来之前我已经算是一名合格的骑马者了。只不过是那次小马受到了附近礼炮的惊吓,而且当时我正像牛仔那样大声催促它。"吉瑞解释道。

"好吧,算你合格。"郭洪生说,"一切准备就绪,凯文,咱们现在可以出发了吧,估计警局已经派警察前往挪伊森林进行搜索。要想看到那伙人被抓,就得趁早赶到那儿,晚了的话就看不到解气的场面了。"

"嗯,这也是我所想的。"王凯文一口喝光了杯里的茶水,"我们现在就出发吧。"

郭洪生和吉瑞也迅速喝完各自杯中的茶水。郭洪生抢着付过钱后,带着两人往家走。他的家在小镇南面稍偏的地方,和镇子中心有两里地的距离。十几分钟后,他们来到了马厩前,隔着二三十米远就是郭洪生家的房子。

"这会儿家人都去上工了,要不要进去坐坐。"郭洪生热情地问。

"不必了,还是尽快赶路吧。"王凯文说。

吉瑞很想进去看看,毕竟他没来过。但对于造访多次的王凯文来说,已无新奇感,况且他知道什么事情才是最重要的。

"好,那就下回吧,下回一定好好招待你们,尤其是吉瑞。"郭洪生笑道。

吉瑞咧开嘴笑了。

走进马厩后,在三匹年轻的马之中,王凯文选了一匹黄马,吉瑞选了和小花马颜色相似的白马，郭洪生最后选了一匹棕色马。他们骑上马时，马厩里有两匹大马打着一串鼻鼾——三匹马是它们的孩子。

九点多钟，他们驱马上路。

"嘿，跑起来。"两分钟后，郭洪生催促起自己的坐骑。

"郭洪生，别太快，等等吉瑞，他还没坐稳呢。"王凯文提醒道。

郭洪生回顾一看，吉瑞身下的白马有些不听使唤地在乱蹦乱跳。

"吉瑞，牛皮吹大了，你根本不会骑马。"郭洪生嗤笑道。

"我会骑，只是这马……"吉瑞拉住缰绳努力控制着马，十几秒后，暴躁的白马安静下来。

"没想到你这么快就驯服了它。"郭洪生赞叹道，"这匹马不好惹。"

"唉，每次都这样。不过，我已经掌握了让马尽快静下来的方法。"吉瑞说。

王凯文很快追上了郭洪生，两人并辔齐行，而吉瑞还需要花点时间让马彻底顺从自己。

"郭洪生，你别跑太快了，赶在警察之前到了可不是什么好事。"见郭洪生有意策马驰骋，王凯文提醒道。

"有什么好怕的，难道那群坏蛋能凑巧发现我们？"郭洪生毫无忌惮地说，"再说了，警局一旦展开行动，那速度会快得让你无法想象。"

瞥见王凯文微微不满的神情后，郭洪生闭住了嘴巴，拉着缰绳对马说："好了，那我们就慢点，这不是郊游，而是去做一件严肃的事儿。"

"我发现你只听凯文哥的话。"吉瑞骑着小马嘚嘚地赶了上来。

"那是因为我们有着深厚的友谊。"郭洪生说，"吉瑞，你年龄最小，你可得全听我们的。"

吉瑞嘻嘻笑了一声。

"吉瑞，我告诉你，年龄可是有说服力的。"郭洪生听出了这笑声的意味。

"有什么说服力？"吉瑞问。

"我年龄比你大，阅历比你丰富，所以说你得听我的。"郭洪生一脸严肃。

"哦，那你敢保证自己会听比你年龄大的人的话吗？"吉瑞讨巧地反问。

"我现在说的是你。"郭洪生大声地说，显然有些生气。

"哦，看来郭洪生只会教育比他小的人。"吉瑞讥讽地说。

"吉瑞，你要反思了。平时你叫他凯文哥，而对我却是直呼其名，难道关系越近就越无须尊重吗？"郭洪生为这芝麻大的话题处在气头上。

"我没叫你哥是因为咱俩有老交情。"吉瑞反驳道，他同样有些赌气。

"你是不是觉得这样争执很有趣？什么都不懂，却偏要和别人诡辩。"郭洪生已经没耐性了。

"不是的，只是咱们之间的谈话要讲道理。"吉瑞辩驳道。

"吉瑞，你信不信我现在就让你从我的马身上下来，然后也别再跟着我们了。"郭洪生彻底恼火了。

"好了，这么点事有什么可吵的。我看吉瑞只是有些兴奋，你没必要凶他。"王凯文马上插话道。

"他？就他这样子，说不定会把咱们的事搞砸。"郭洪生说。

"不会的，我知道这是一次严肃的出行。"吉瑞极力辩解。

"行了，行了，别再说这些了。"王凯文有点厌烦了。

两人终于安静下来，王凯文无奈地叹了口气。

一场年轻人之间的斗嘴后，三个少年策马扬鞭加快了速度。一个多钟头后，三匹马已经穿行在树林中。遮天盖地的林荫凉爽怡人，强烈的太阳光洒在宽阔的草叶上，叶子上附着的水珠闪烁着晶莹的光亮，不时有松鼠或野兔如一道闪电般从附近窜出，鸟儿在树枝上鸣叫。即便一切美妙的景色都映入王凯文眼中，但复杂的心绪令他难以欣喜起来。

"若是平时，如果父亲还在的话，这该是多么美好的画面啊。"王凯文不禁喟叹。

将近中午时分，三人进入挪伊森林，却始终没有发现那伙人的藏金地点。直到王凯文隐约听到不远处有人说话，才意识到他们离目的地不远了。

王凯文在前面引着两个伙伴渐渐靠近发生过惨烈激斗的死亡地带，袁守旺、高建明、鲁铁、杜康都在此地丧生。

来到一处能够避身的灌木丛地带，他们下马悄悄走了一段路，之后藏在目力可及的灌木里。穿过树木可以清楚地看见空地上正在发生的事情。

正如郭洪生判断的，警局展开了快速的搜索行动。几百米外，二十多名警察正在处理现场。

"没想到警察这么快就找到这儿了。"吉瑞表示吃惊。

"看来只要提供大致方位，那位探长就能倾其全力找到目标。"王凯文说，"如果不是他们的声音，我们可能就错过这个地方了。"

他们看到，昨天接待他们的那位探长正在空地的仓库旁和一名警察谈话。探长的脸如死人般阴沉，不知发生了什么。

那位警察正在劝慰探长："探长，事已至此，不要再难过了。"

"我没想到高建明会在这里……"徐峰哽咽道。

他脚旁的警犬伊勒发出悲伤的叫声。

"伊勒，我们会好好安葬高建明的。"徐峰拍拍警犬的脑袋，"会抓住杀害他的凶手。"

"探长，只有两名死者的身份得到了确认。"几秒后，另一名警察前来报告，"他们是高建明警探和一直在搜捕的鲁铁。具体发生了什么我们还需调查。"

徐峰摆摆手，示意警察汇报完毕可以继续接下来的工作。那名警察走开了。

对面的警察说："探长，情况变得有些复杂了。那三个人都像凶犯，但不确定究竟是谁杀了高建明。鲁铁的嫌疑最大，但另外两人又是怎么回事暂时搞不清楚。"

"高建明应该是被鲁铁所杀，而另外两人大概是杀人夺金的团伙成员。昨天有三个年轻人去我那儿报案，提供了与这件事有关的一些线索。"徐峰猜测道，"除了高建明追捕鲁铁外，这里应该还发生过争夺黄金的事情。"

"最后至少会有一个人活下来，那人到底是谁？"徐峰产生了疑问，"会不会是……"

徐峰已然猜到黄金猎手这个可能，但无法证实。此时的他并不知道，肖朗离开这里后，一直在马背上昏睡不醒。徐峰想要找到这个最后存活下来的人极为困难，因为肖朗可能永远无法再返回来。

躲在灌木丛后面的王凯文三人只能看见探长和警察们的动作，却听不到他们的对话。

"我们什么也听不到啊。"吉瑞挠挠头。

"咱们好像看不到老大的影子了。"郭洪生说，"看出来连警察都为难。"

王凯文和郭洪生一样疑惑。他本以为来到这儿就能目睹抓捕的过程，现在看来，一间木屋和一间仓库不像是杀人夺金团伙的基地。

"那个老大应该不在这儿，我们回去吧。"王凯文失望地说。

"怎么会？"吉瑞也大失所望，"我们好不容易来到这儿……"

"那伙人可不会选这么个地方当作基地。王凯文说得对，咱们白来了，那个老大分明不在这儿。"郭洪生说。

"你们鬼鬼祟祟地在看什么？"突然，一个男人压低的嗓音从身后传来。

当王凯文他们意识到危险来临时，已经来不及逃脱了，还没等他们回头看清来人，就被袋子套住了头。

刹那间，王凯文仿佛掉入了深渊，眼前一片黑暗。

"嗯，什么人？"吉瑞大声喊叫着。但是由于袋子越捂越紧，呼吸空间逐渐变小，发出的声音也随之变得极其微弱。

"雷莽子，快把那小子弄妥，你这一身肌肉白长了吗？"一个声音粗暴地呵斥。

叫雷莽子的壮汉正努力地控制着挣扎中的郭洪生。郭洪生是三个少年中力气最大的，活泼好动的他锻炼出多块腹肌，想要制伏他，强壮的人才能办到。此时，郭洪生拼尽全力反抗，欲挣脱束缚逃跑。

"可恶，这小子力气怎么这么大。"雷莽子边用力边埋怨道。

"探长，探长。"王凯文隔着袋子大声呼喊，试图引起仓库附近的徐峰注意。

"范大力，快让这小子安静点。"名叫乔赫的人再度发出不满的指令。

范大力慌慌张张地掏出手枪，直接顶在王凯文后脑勺威胁："小子，再喊的话，我一枪打死你。"

王凯文感到一个冰冷的东西戳在了自己的脑袋上，顿时明白这是一把枪，更大的恐惧让他瞬时安静下来。

"快，赶紧把他们带走。"乔赫焦急地说。

"快。"范大力对雷莽子吩咐道。

雷莽子押着仍在挣扎的郭洪生，跟在同伙后面很快离开了灌木丛，三个少年被胁迫着离开了案发地。两分钟后，脑袋被枪托狠狠砸一下的郭洪生也不敢再反抗了，此时，三把冰冷的手枪分别顶住了他们。

王凯文的呼唤虽然停止了，不过徐峰还是隐隐听到右侧不远处有异样的动静。他马上让正和自己对话的警察去灌木丛那边看看，但警察跑过去却没发现什么，因为这时乔赫等人已经押着三个少年离开了。至于王凯文他们骑的三匹马，并不在警察的视线范围内，没被看见。当警察折回去报告说并没发现什么异常，徐峰皱了皱眉头，以为自己心神不宁，产生了幻听。

负责取金子的杜康，不论是到涂长林那里，还是袁守旺这边，每当他取走一定数量的金子后必定会及时返回基地。而昨晚他一夜未归，老大随即起了疑心。他先是怀疑杜康卷着大量金子跑路了，接着又判断这个可靠的副手不可能私吞黄金，而是在途中发生了意外，于是派乔赫、雷莽子、范大力前往仓库查看实情。这三人在王凯文他们之前就到了案发之地，很快发现有二十几名警察分散在木屋和仓库周围探察，也目睹了杜康横尸野地，不过他们并没有看到袁守旺。乔赫怀疑袁守旺和杜康发生了口角，后者被杀，而前者带着一些金子跑路了，因为他们没有看到仓库中那三具尸体。雷莽子和范大力也认为乔赫的猜测合理。一刻钟后，三个不幸的少年来到了离案发现场不到二百米远的地方，双耳敏锐的范大力听到左侧传出了异样的动静，于是，他提醒乔赫和雷莽子附近有危险，并且一起制伏了王凯文三人。这个藏匿大量黄金的神秘地点只有团伙内部人员才知道，乔赫因此断定三个少年与这起事件有关联，而警察的到来也多半和他们有瓜葛。

三个少年被带到一处僻静的地方后，乔赫让雷莽子和范大力立刻去把他们的马还有途经时看见的王凯文三人的马带过来。过了一会儿，两人气喘吁吁地牵着马回来，显然为躲避警察费了不少精力。此后，乔赫逼迫三个少年骑上各自的马，随即他们也骑上马押着少年们往前走。看着少年们想伺机逃走，乔赫威胁说，他们胆敢驱马逃跑，出不了十米就会挨枪子。王凯文三人明白，对方杀人不眨眼，他们必须顺从。

一路上，王凯文他们不知道走了多远。将近傍晚时分，他们被押到了一幢深藏在密林中的别墅，而这个地方距离白山镇有二十五里的路程。三个少年马上会知道，这所宅邸是杀人夺金团伙的基地、老大和同伙们的巢穴。

第十五章
绝处逢生

　　体力的消耗和伤口的剧痛导致肖朗一直昏睡在马背上。这匹健壮的马驮着主人和整整一麻袋黄金朝挪伊森林西面走了一整天。下午五点多，马驮着肖朗踏上一片广阔麦地上的一条小径，疲惫万分的马终于难负其重，停下来微微一斜身子，昏迷中的肖朗便滑落到地上。

　　昏厥的肖朗尚能感觉突如其来的剧痛，但他意识模糊仍然无法清醒过来。在黑土地上躺了一个多钟头，他以为自己会这样孤寂地死掉。然而，上天垂怜着世上每一个人，即便是个恶人。一刻钟后，苍穹之上仿佛射下来一道明亮的光辉，一个倩丽的身影出现在了他的身前。肖朗模模糊糊地意识到此人正在救自己，因为对方正在用力试图将他送回马背上。为了配合那股温暖的力量，肖朗自己也拼尽全力，在昏沉中上了马，然后又衰弱地躺在了马背上。而那个陌生人则牵着他的马一路向北走去。

　　再度昏睡前，肖朗蒙眬中看着眼前那个人，一个留着长发的身影出现在了他的视线中。

"她是谁，我被她救了？就在我快死的时候，她真的是来救我的吗，救我这个恶人？"肖朗神情迷离地想着，"哦，对，她不知道我的身份，这样就安全多了……"

不知过了多久，这个陌生女孩将肖朗带到一座精致的原木房子前。她犹豫了一下，随后放下马的缰绳进了屋。

"腊月，怎么回来得这么晚？"一个妇人的声音出现在房间里。

"妈，别担心，我只是在附近转了一会儿，你知道我是不会走太远的。"叫腊月的女孩回道。

女孩的母亲名叫罗玉贞。

"天太晚了，我不可能不担心。"罗玉贞说。

"妈。"对于母亲神经质般的担忧，腊月有些厌烦。

沉默了几秒。

"妈，我得和你说件事。"腊月低声说。

"什么事？"罗玉贞困惑地问。

"你会同意我的做法吧？"腊月有些担心地问。

"你先把事情告诉我，不然的话我没法判断你做得对不对。"罗玉贞催促道。

"我在麦地的小道上发现了一个从马背上摔下来的人，他受了伤……"腊月有所顾虑地说。

"你要把一个陌生人带到家里？"罗玉贞有点着急地问。

"他受了很重的伤。"腊月怜悯地说。

"抱歉，我不能让他进来，天知道他是因为什么受的伤。"罗玉贞板着脸拒绝道。

"他动都不能动了，不会对我们有什么危险。"腊月极力劝说，"我们不能见死不救啊。"

静默了一会儿。

"他在哪儿？我得看看他的情况。"罗玉贞警惕而不失仁慈地决定。

"他就在门口，现在天很冷，再晚点他可能会被冻死。"腊月着急地说，"妈，我需要你的帮助。他有点高，我都不知道当时是怎么把他扶上马背的。"

"别说了，咱们先去看看。"罗玉贞催促说。

罗玉贞跟着腊月出了房门，两人借着依稀的天光走到马前。当看到一个极度虚弱的男人躺在马背上，几乎奄奄一息时，罗玉贞彻底动了恻隐之心。这回是她主动要求女儿配合自己扶下肖朗，然后把对方的胳膊分别搭在她们的脖颈上，小心翼翼地带向房子。

进屋后，母女俩将这个气息奄奄的男人安置在客厅一个柔软的沙发上，她们清楚地看到陌生人腹部绑着很厚的布条，上面有一处渗出了大量的血。

"他伤得太严重了。咱俩得把他扶到二楼去，先让他住你哥的房间。"罗玉贞着急地说。

几分钟后，两人将肖朗送进了二楼一间宽敞的屋子里，让他躺到一张打理得干干净净的木床上。点燃煤油灯后，屋子顿时亮堂起来。这回，腊月仔细看了肖朗的伤口，猜测道："他受的可能是刀伤。"

腊月难以看清伤口的形状，因此，也就无法判断出枪伤的可能。

"把他的帽子摘掉吧，感觉这帽子像是粘在他头上一样。"罗玉贞说。

说来奇怪，肖朗和杜康激斗完毕，又戴上那顶矮筒短檐帽后，即便在颠簸的马背上，帽子也未再掉落过。仿佛帽子和他的头部融成了一体，任谁都无法将它们拆散。当腊月伸手去摘那顶帽子时，昏迷中的肖朗竟突然伸出右手，紧紧抓住她纤细的手臂。他奋力睁开双眼，现出一副野兽般异常警觉的神态。

那一刻，罗玉贞差点喊出声来，而腊月则是心惊肉跳地望着对方，露出恐惧的眼神。肖朗立刻意识到对方并无恶意，只是想让他安安稳稳睡个觉。随即他松开了手，任由腊月摘去他的帽子，同时虚弱地露出万分抱歉的神情。

虚惊一场，罗玉贞以为这个陌生人要伤害腊月。有那么一刹那，罗玉贞后悔自己的善意。对于这么一个来路不明的人，她无法判断对方的身份。她认为即便让这个受了重伤的人凄惨地死在路上，也不能让可能存在的危险进到家中。然而，面对已经躺在床上的男人，她下不了狠心将他赶走，就好比救了一匹虚弱无力的狼，本知道会有危险，但却又无法弃之一样。如果做出了有违良心的事，就会产生一种深重的罪恶感。

"妈，我可以照顾他。"腊月随后平静地说。

女儿的仁慈超过了自己。罗玉贞内心中产生了自愧弗如的负疚感，同时又不失明智的忧虑。

"先让他安静地睡一觉吧。"罗玉贞说。

母女俩走出了房间，罗玉贞轻轻地将门关上。她在门口停了一下，然后对走在前面的腊月说："回屋后记得把门锁上。"

腊月点了点头。

夜色浓重，空旷的麦地上寂寥无声，所有生物都已安然入眠。

第二天早上七点钟，腊月端着盛有黑面包、灌肠和牛奶的托盘来到二楼。她轻轻扭开房间门把手，希望不会惊扰到负了重伤的陌生人。当她打开门，看见肖朗站在窗前向外眺望，俨然一副沉思者的模样，着实吓了一跳，手中的托盘险些掉落。

"你好些了吗？"腊月惊疑地问。

肖朗转过身，面带微笑，感谢道："托你的福，我这条命算是保住了。"

肖朗回头的那一刻，腊月看到的是一个俊朗而温雅的男人，这与昨晚面容憔悴、脸色苍白的病人截然相反。她的心怦怦跳了起来，脸上泛出了红晕。

"你昨晚救了我的命，对此我感激不尽，真不知该用什么方式才能报答。不过，在此之前，我还需要你帮我一个忙，对你来说，可能会有些困难。"肖朗谦恭地说。

"你说吧。"腊月说。

"你能帮我把左腹中的子弹取出来吗？"肖朗问。

原以为是刀伤，在突然得知是枪伤后，腊月不禁打了个寒战。她不知道眼前这个人究竟经历了什么，也无法确定对方的身份，但肖朗给她的印象并不像个坏人，因此她也就没产生过多的怀疑。

"我可以试试。"腊月谨慎地说。

"如果这件事对你有些勉强的话……"肖朗看出对方答应时表现出的迟缓和犹豫，认为面前的善良女孩可能难以胜任此事，只是出于好意，而勉强自己去做力不所及的事情。

"哦，这不成问题。"腊月马上说，"我家养了很多牲畜，它们受了伤都是由我来医治的。前阵子有匹马的腿扎了一根尖锐的木刺，我最后把它取了出来。我想我也可以帮人做这种事。"

听了这番话，肖朗多少放了心。在这片旷野上，想找一位专业的医生为他做这件事是根本不可能的，他也只能相信眼前的女孩了。

"那就麻烦你了，如果现在可以的话……"肖朗温和地道谢。

"等一下，我这就下楼去取镊子和酒。"腊月说。

腊月即将离开屋子时，肖朗叫住对方："小姐，我那匹马还驮着一个麻袋……"

"我把它放在楼下的厨室里了。你放心，我和妈妈都没动过。"腊月说。

"好的，好的，感谢你们所做的一切。"肖朗略微安心地说。

腊月离开屋子，下楼去拿一些需要的医疗物品。在这期间，肖朗继续猜想："这里应该是个农场，目前来看较为安全。昨天晚上我虽然是昏迷的，但隐约看到了这个女孩和另外一个上了岁数的女人在照顾我，那个女人应该是她的母亲。这娘俩应该很能干，自己做面包、灌肠，养奶牛，屋子收拾得很干净。除她们之外，我没看见第三个人……这个家难道没有男人吗？不可能，但我的确没看到一个男人，比如说女儿的父亲或是别的什么人。"

苦思冥想的肖朗环视一圈，观察屋内的装饰，发现这间屋子的布置完全不是一个女性的风格。若是刚刚那女孩的屋子，应该会有一些梳妆品和漂亮的衣物。他记不得昨晚的大部分细节，不过，腊月摘他帽子的事他倒是有些记忆，为此他感到有些羞愧。

当肖朗想弄清楚救命恩人的家庭成员时，腊月进了屋，手中端着一个放有一个镊子、一瓶酒和几沓白布的托盘。肖朗没想到女孩的脚步如此轻盈，甚至比他作案时的脚步还要无声无息。

"恬静的女孩。"肖朗在心中如此形容。

"可能会非常痛，希望你能忍耐一下。"腊月担心地说。

肖朗用力地点了下头。

腊月将托盘放在床头左侧一个不大的柜子上面。肖朗拿起那瓶酒，示意先喝两口用以调整下状态，随后，手术开始了。当消过毒的镊子伸进肉里，寻找左腹中那颗子弹时，肖朗感到撕心裂肺的疼痛。他紧咬白布，脸上渗出的汗珠顿时濡湿了衣领。子弹即将被取出的那一刻，他差点昏厥过去，便大喊几声，让自己保持清醒。喊叫声传遍了房子每一个角落，惊醒了尚在熟睡的罗玉贞。

罗玉贞猛然睁开眼睛，聆听楼上发出的鬼叫般的声音，不禁毛骨悚然。

"腊月。"罗玉贞下意识地叫了声女儿的名字。平时这种声音足以引起女儿的注意，并得到回应，可今日不同，罗玉贞听不到女儿的回答。

"那，那个人疼得发了疯吗？"罗玉贞不安地想，"腊月是不是在上面。不好，我得去看看。"

罗玉贞立刻起床，穿着皱皱巴巴的睡衣，蓬乱着头发跑出寝室，然后踏着楼梯奔上二楼，迅速来到陌生人住的房间门口。她焦急地敲了一下门，虚掩的门被手触动后自动开了一条缝隙。她发现门没关，便推门进去，一张染红的床单映入了眼中，此时，腊月刚好为肖朗包扎完。

"腊月！"罗玉贞惊恐地喊道，以为女儿遭遇了不测。

当腊月回头露出安静的微笑那一瞬，罗玉贞这才放下心来。她环顾一周，看到那些医用物品后明白了，其实腊月是在给这个受伤的陌生人治疗，并且成功了。那颗沾满血液的子弹正躺在柜子上面的托盘中，酒少了半瓶，显然是消毒用了，而几条白布也用得差不多了，大半被染成了红色。

罗玉贞的情绪刚刚舒缓下来，又有一个疑问令她不敢掉以轻心。当然，这个问题也是腊月因急于手术而没来得及问的。

肖朗敏锐地洞察到罗玉贞的困惑，也知道面前的女孩有着同样的疑问。他忍着疼痛说："伯母很在意这颗子弹的来由。"

腊月虽然也十分想知道真相，但考虑肖朗需要恢复身体，因此不想让对方回答这个问题。

"你需要休息。"腊月好意地说。

肖朗微微摆了下手，示意腊月不必担心。他望着有些过意不去的罗玉贞说："我是个淘金者，一直在马岐山脉一带挖金子。昨天我带着满满一麻袋金子回家，在路上不幸遇到了劫匪。我驾马狂奔，想躲过这次危机，可是他向我不断地开枪。我中枪后依然奋力驱马狂跑，以至没有落到那人的手里，否则他一定会补上几枪打死我，然后夺走那一麻袋金子。脱离危险后，我倒在了马背上，任由马带着我，不知不觉就远离了家的方向，来到了这里。之后的事情你们都知道了。请相信我，我说的都是实话。我非常感谢你们的救命之恩，能否允许我先在这儿养伤，我一旦能动就马上离开这儿。"

静默了一会儿。

"前些年这种事也是时常发生的。据说一个叫黄金猎手的人经常出没于马岐山脉，专门对淘金者下手，那期间死了很多人。"腊月回想起以前的传闻，"可能你遇到的就是黄金猎手，幸运的神灵让你逃过了一劫。"

"是的，是的，黄金猎手这个名字差不多谁都知道。听说那家伙从来不用枪，而是用绳子或刀之类的工具作案。嗬，这个恶徒，连作案工具都变高级了，现在开始用枪了。"罗玉贞气愤地插言道。

肖朗沉下目光，一时不知道如何回复对方的话。

"腊月，这位先生的东西有没有放好？"谈到这些，罗玉贞怕那一袋贵重的东西丢失。

"妈你放心，昨晚回屋安顿好这位先生后，我就出去把那麻袋拖到了厨室。"腊月说，"当时我就觉得很重，竟然不知道里面是这么贵重的东西。"

"一个男人都得花些力气才能搬动那玩意，你一个女孩当然更吃力了。我非常感谢。"肖朗说。

"你就在这儿安心休养吧。"罗玉贞仁慈地说，"这么重的伤可不是短时间内能恢复的。"

"抱歉，给你们添了这么多麻烦。"面对萍水相逢的救命恩人，肖朗流露的感激之情是真诚的。

"你是受害者，险些丢掉性命，这是上天的赐福，使你获救。你要感谢上天。"腊月做了一个祈祷的手势。

望着那纯洁、庄重、端丽的面容，肖朗目光里第一次浮现出与以往不同的光色。他感到内心那个根深蒂固的观念动摇了一下。

"你恢复到能够走动时，千万不要去一楼左侧那间小屋。"腊月说，"我爸住在里面。他半瘫痪，精神不太好，始终不说话，好多年一直坐着发呆。"

"这个可怜的人，连我都不敢去搅扰他。我进去的话，他会把我当成陌生人赶出来。"罗玉贞不禁抽泣起来。

"爸还没到最严重的阶段。我们送去的食物他至少还能吃，这已经足够了。"腊月走过去安慰母亲。

"是啊，至少他一直陪伴着我们。"罗玉贞揩着流下的眼泪说。

肖朗疲倦、悲悯地看着面前的母女俩。

"你女儿说你家有牲畜，你们这儿是农场吧？"肖朗转而问道，"伯母，我冒昧地问一下，在缺少男性劳动力的情况下，你们是怎么管理的？"

"腊月有个哥哥，你现在住的就是她哥的房间。每到月末，他都会尽可能回来一趟，和我们一起打理仓库。"罗玉贞回答。

"你哥哥平时不在这儿？"肖朗问向腊月。

"我哥农闲时在外面镇子干活，农忙时回来干活。"腊月回答。

"别提那个蠢小子了，天天幻想着暴富。他也曾去过马岐山脉一带淘金，到头来一无所获。"谈到腊月的哥哥，罗玉贞忍不住露出了不满的神色，"我忠告过他，不要想入非非，踏实干活是最好的生存方式，可他不听。唉，也不知道现在怎么样了……"

"哥哥表面上装作听劝，其实我妈知道他骨子里还是反抗的。"腊月微笑着说。

"但愿他不要再有什么不切实际的发财梦，否则会迷失自己的灵魂。"罗玉贞表情严肃地说。

"妈，不要再谈哥哥了，让他去做自己喜欢的事吧。"腊月边为哥哥辩护边拉一下母亲，示意应该离开房间了。

"饭有点凉了，我给你再热一下。吃点东西对伤口的恢复是有帮助的。"腊月临走时说。

"感激不尽。"肖朗真诚地谢道。

"你好好休息吧。"罗玉贞说。

罗玉贞和腊月随后走出了屋子。腊月将门轻轻带上，留肖朗一个人待在屋中。

"真是一家好人。"肖朗暗自感叹道。

"父亲是一个难以行动和说话的人，女孩的哥哥现在在外面干活，而这两个善良单纯的女人充分信任了我的话……"肖朗思虑一番后放心了。

罗玉贞和腊月天性善良、缺乏怀疑头脑，她们像是在信守承诺般从没打开麻袋去看看里面装了什么。她们既没有贪婪的欲望，也没有庸俗的好奇。但凡她们中的一个人将麻袋打开一条缝，就能发现金子上面埋着一把银色匕首和一把双筒手枪。肖朗中枪后，把这两样东西一并放入麻袋中，仿佛这样就能减轻他那受了重伤的身体的负担。

第十六章 恐怖的巢穴

　　将近下午五点，乔赫等人押着三个少年回到了老巢。一路上，王凯文、郭洪生和吉瑞一直被袋子蒙着头，无法观察周围的情形。最后他们被带到了一栋豪华的别墅前。这栋别墅仿佛与世隔绝，矗立在一块宽敞的平地上，四周没有其他建筑物，但不缺少鸟语花香和翠木青草。别墅内部奢华典雅，陈设精致昂贵，充斥着威严肃穆的气氛。与其说这是恶人的巢穴，看上去倒更像是豪商巨贾的府邸。

　　巨大的别墅中，有二十几个房间。厨室、盥洗室、桌球室、纸牌室、寝室、书房应有尽有。精美的吊灯、优质的沙发、别致的茶几、柔滑的虎皮地毯彰显着高雅阔绰的气派。

　　乔赫、雷莽子、范大力押着三个少年走进了这栋别墅。

　　"老爹，我们回来了，今天抓了三个可疑的人。"进了大厅，乔赫对面前一个被称为老爹的人说。

　　"把那东西摘下来。"一个浑厚的声音说。

　　乔赫三人听从命令，将王凯文他们头上的袋子拿了下来。在重见光明的那一刻，映入三个少年眼中的是一间约三百平方米的宽敞大厅，布置华丽，透露着一股浓重的上层阶级气息。

这伙人的老大，也就是被称之为老爹的人名叫吴云龙。

吴云龙坐在一张棕色沙发上，另外一个人站在沙发旁边，此时，三个少年离他们不过数米之远。吴云龙穿着一件红褐色绣花长袍，脚上趿着拖鞋，嘴里叼着一根香烟，一副刚出浴的模样。

看得出这伙人的老大年过半百，两鬓留着短短的毛发，和髭须同一颜色，略显花白。此人身材壮实，脸型近乎方形，栗色的皮肤显示出健康的状态，额头上却有几道很深的皱纹。

"这几个人是谁？"吴云龙将香烟从嘴上移开，奇怪地问。

"这个我得从头说起。"乔赫说，"老爹，依你的吩咐，我们三个去那边看了下情况。糟糕的是，一到那儿就发现来了二十几个警察，他们把木屋和仓库团团围住。我们猜一定是发生了什么变故，所以就躲在附近的林子里向那边观察，确保警察不会发现我们。"

"老……老爹，我希望你能平静地听完我接下来的话。"看到吴云龙惊诧而愠怒的眼神，乔赫紧张地咽了一下口水。

吴云龙没说话，只是用眼神提醒，不管他能否保持镇静，一定要把事情的经过交代清楚。

"杜……杜康死了。"乔赫艰难地说出这个事实。

"喂，乔赫，你不是在开玩笑吧？"吴云龙旁边那个站着的人惊疑地问。

"朴三，你当时没在场，我们可都看见了，杜康的尸体就横在那片冰凉的地上。"范大力千真万确地说。

"昨天杜康依老爹吩咐去那儿多取回些金子，这究竟发生了什么？"朴三震惊地说。

"不知道，可能只有警察知道是怎么回事。"乔赫摇摇头。

"那袁守旺呢，你们看见袁守旺了吗？"吴云龙扬起声音焦虑地问。

"没有。"范大力说。

"可能袁守旺也死了。"雷莽子补充一句。

一时间大厅陷入了沉默。

几秒后，乔赫咬牙切齿地说："我们在附近发现了这三个偷窥的老鼠。老爹，那个地方只有我们知道，我估摸这三个小子一定和这事有关系。"

"嘿，我问你们，到那个地方去干什么？"吴云龙厉声问道。

三个少年被这可怕的气氛吓得不敢吭一声。

"老爹问你们话呢，你们去那个地方是要干什么？"见三人毫无反应，乔赫扣动扳机，将枪口顶在吉瑞的后脑，"你来说。"

冰冷的恐怖感瞬间传遍全身，吉瑞吓得战栗不安、神情惊惶。

"小子，你要是不说，我一枪打死你。"乔赫凶狠地说。

吉瑞浑身颤抖，几乎快要哭了出来。王凯文见状立刻说："我们是出来野游的，只不过恰巧经过那里，听到了一些声音，所以就好奇地看了看到底发生了什么。"

"撒谎，我不信你说的什么凑巧。那里是森林最幽密的地带，如果不是特意去找的话，根本没人会发现那个地方。"吴云龙暴躁地大叫道。

"我们说的都是实话，谁敢保证几个野游的人不会偶然发现那个地方？而且当时有很多警察在那儿办案，发出的声音引起我们注意，这是很正常的事情。"郭洪生立刻维护王凯文的说法。

"只，只是我们看到了不该看的东西。"吉瑞附和道。

"不该看的东西，什么不该看的东西？"吴云龙手指点了一下正在抽的香烟，一抹烟灰飘落下来。

"是啊，什么不该看的东西，你给我们说清楚。"乔赫用枪口狠狠地戳着吉瑞的后脑。

"你们刚才不是说你们有一个同伴死在那儿了吗，而另一个莫名失踪，我朋友是针对这件事说的。"王凯文辩护道。

"是的，就是这个意思。"吉瑞胆战心惊地说。

大厅再次陷入了沉默。

几秒后，乔赫说："老爹，不管怎么说，我感觉他们必然和这件事有关。"

"老爹，我和乔赫的想法一样。"朴三附和道。

"哼，野游，这个说法怎么想都很难让人信服。挪伊森林是人迹罕至的地方，没人会去那儿野游。如果说有人去那儿打猎，我倒是相信……"吴云龙不容置疑地说。

"他们除了带三匹不大的马和少量的食物外，其他东西都没有。"乔赫提到了致命点。

"嗬，野游也该有个野游的样子啊，不会就带这么点东西吧。"吴云龙讥诮地笑道。

"谁说野游就一定要带很多东西。"郭洪生强行争辩。

"是，没错，不一定要带很多东西，这样一来，在我们眼里，你们是抱着目的去那儿的。"乔赫阴阳怪气地说，"小子，别想蒙骗我们，你们那鬼鬼祟祟的行为已经出卖了自己。靠近你们身后时我没听清你们在谈什么，但你们的样子总让我感觉是知道点什么。"

"老爹，我们该怎么处置他们？"朴三说。

"不能让他们活着离开这儿。"乔赫紧跟着说。

吴云龙摆了摆手，让两个手下少安毋躁。

"除了一具尸体和二十几个警察外，你们还看到什么了？"吴云龙心平气和地问。

"一间木屋和一间仓库。"王凯文说。

"臭小子，这不是废话吗。"乔赫粗暴地说。

吴云龙给了乔赫一个眼神，让他冷静些。

"嗯，年轻人，事情是这样的。早些时候，我们几个人组建了一支淘金小队，几年来一直在马岐山脉挖金子。你们看，只要肯付出汗水，还是会有收获的，这别墅就是用辛辛苦苦挖来的金子购置的。"吴云龙换了态度，露出笑脸对三个少年说，"森林里死去的是我们的同伴，另外一个不幸的人可能遭到了杀害。你们都听过黄金猎手这个称号吧，这件事很可能是那个神秘人干的。我们都对同伴的死感到愤怒，你们也看到了，我这几个同伴因极为恼怒表现出了与平时不同的样子。淘金道路凶险异常，所以我们每个人都佩戴了枪，以便遭遇不测时用来自救。即便如此，我们仍有一个人不幸身亡，另一个不知所踪……"

听着这人的花言巧语，王凯文越加感到愤怒。吴云龙并不知道眼前这个少年是他们所杀害的王怀礼的儿子。而王凯文坚信面前这个狡猾的男人就是杀害父亲的团伙头目，并且这栋豪华的别墅以及里面的每一样东西都充斥着不义之财的血腥气味。

王凯文压制着怒气让自己镇定下来。

吴云龙观察到了他的异样，但猜不出其中的缘故。

"这个少年的眼神令人不安，可能是因为被莫名其妙地带到这里而感到生气吧。"吴云龙思忖道。

"老爹，该怎么处置这三个家伙？"乔赫也问了一句。

"对我们的客人要友好点。"吴云龙说，"先给他们安排三个房间，让他们休息一下。"

"老爹。"乔赫感到不可思议，大声说。

吴云龙使了个眼色，示意听从命令，乔赫不解地低下了头。

"我们现在该回家了，否则家人会担心的。"王凯文心知这个道貌岸然的人不会轻易放过他们，心惊胆战地说。

对于王凯文的话，吴云龙置之不理，随即让手下赶快将他们带走。在雷莽子和范大力的逼迫下，三个少年毫无反抗的可能，只能顺从地离开大厅。

三个少年清楚，他们接下来面对的将是幽禁。

待王凯文他们的身影消失在大厅后，吴云龙让乔赫留下来，然后对乔赫和朴三说："你们应该也看出来了，这三个小子在说谎，那些警察肯定是他们招引来的。他们报过案，然后出于好奇或是别的什么目的，特意去那儿看我们的下场。"

"他们万万没想到我们并不在那儿。"朴三点点头。

"我就一直觉得这三个小子一定和这事有关，只是当时摸不清头绪。"乔赫说。

"朴三，给你个任务，等会儿不管以什么方式一定要从他们口中套出真相。"吴云龙说，"你应该看得出，他们中有个软肋。"

"我知道该问谁。"朴三狡黠地笑了一下。

"那帮可恶的警察，让我们损失了所有的金子，杜康还丧了命，袁守旺也不知死哪去了。"乔赫气愤不已地说。

"那儿到底发生了什么？难道是袁守旺把杜康杀了，然后带着一些金子跑了？"朴三感到困惑，转而问，"老爹，你刚才并不是在编一个想法吧。你是不是觉得杜康的死和袁守旺的失踪与黄金猎手有关系？"

吴云龙陷入沉默，他暂时无法下断言。

"朴三，别猜了，现在最糟糕的是咱们的金子都被缴了。"乔赫说。

"金子藏哪儿都不安全，我甚至都不敢放在这幢别墅中。即便这样，也没躲过被发现的厄运。"吴云龙愤恨地说。

"老爹，恕我直言，金子肯定是回不来了。眼下比这更危险的是警察可能会查明金子的来路。如果是这样，那他们就会盯上我们，迟早也会发现这个地方。"朴三担心地说。

"如果袁守旺也死了的话，那警察一时半会儿是找不到这个地方的。"乔赫说。

朴三瞪了乔赫一眼，乔赫立刻明白自己说错了话。

"我们是一家人，谁都不希望谁死。"吴云龙露出不悦的面色。

"是的，老爹，你说得没错。"乔赫愧疚地说。

"有时候失去的东西无法挽回，金子的事就不要再考虑了。不过，一定要查清那三个小子的身份，最后由我来决定他们是生是死。"损失的十吨黄金还是令吴云龙震怒，说最后一句时，他的眼睛都涨红了。

朴三觉出了吴云龙的盛怒，随即狠狠地点了下头。

看着郁闷的乔赫，吴云龙冷冷一笑："乔赫，我们曾同甘苦共患难，眼下这种事无非是路上的一个坎坷。一切都会好起来的，我们的工作可是永无止境的。"

乔赫坚决地表示："老爹，我自始至终听您的吩咐。凡是挡在我们面前的障碍，我拼了这条命也要铲除，即便是那些狗警察。"

吴云龙看出乔赫对损失的黄金耿耿于怀，甚至有虎口夺食的想法。

"你这算是哪股子勇气，难道真敢和那些警察对抗？白天你可是在那儿看到了二十多个警察。就算你发动智慧，用巧妙的手段干掉他们，那之后呢？会有上百个警察补上来，到时你该怎么应对？不要高估自己的力量，你杀不了那些警察，反倒会自投罗网，遭受严酷的死刑。"吴云龙一脸严峻。

"我是杀不了所有警察，也知道金子回不来了，但我实在咽不下这口气。"乔赫怒睁的眼睛里带着血丝。

"乔赫，你和杜康在我眼中是最得力的手下，不过你知道我为什么选杜康当副手吗？"吴云龙教训道，"因为他比你精明，他知道事情该怎么做，如何避开不必要的麻烦。即便这样，他还是丢了性命。所以我不敢保证派你去做某些事情会比他顺利。"

"我承认杜康很出色。"乔赫口服心不服地说。

"现在我让你继承他的位置，做他的工作。我希望你遇事谨慎，保持头脑冷静。"吴云龙举起一根新的香烟，朝乔赫挥挥手。

乔赫上去为吴云龙点上烟，重重地点了下头。

"朴三，现在可以去做你的工作了。乔赫，去看下雷莽子和范大力那边的情况，别让那三个小子跑了。"临了，吴云龙吩咐道。

"是。"两人齐声应道。

"明白了道理，但做起来总是困难的，是不是。"两人一起离开大厅时，朴三挖苦道。

"你嫉妒了，因为老爹刚刚提到了我和杜康，而没提你。"乔赫说，"你知道这是为什么吗？因为你比我和杜康狡猾，也就是说忠心的程度不够。"

"这话怎么讲？"朴三挑衅地扬起了眉毛。

"别看你整天在老爹旁边转来转去的，但一旦有事，他会找杜康和我去做，而不是你，因为他信不过你。"乔赫不留情面地说。

"看来咱们对彼此都有各自的认识。"朴三讥诮地说，"为了不破坏团结，有些想法还是藏在心里吧。"

"一切都为同伴。"乔赫同意道。

"一切都为同伴。"朴三紧跟着说。

王凯文、郭洪生、吉瑞被带到了二楼三个屋子里。为了防止他们逃跑，乔赫将三个房间的门牢牢反锁上，并吩咐雷莽子和范大力在走廊把守。除此之外，乔赫防备他们从窗户逃跑，便从一楼的暗室里牵出两条高大的黑色凶犬，将它们领到别墅后院的草坪上把守。这样一来，三个少年既不可能从正门出去，也不可能从二楼跳到后院的平地上逃跑。

当王凯文拉开窗幔向外张望时，那两头黑乎乎的家伙正伏在地上晒太阳。他将窗幔重新合拢，宁可身陷黑暗，也不想去看那两头能把人撕成碎片的怪物。

过了不到十分钟，朴三按吴云龙的吩咐，上二楼来做一件至关重要的事情。三个屋子之间隔得很远，也就是说，朴三去任何一个房间进行盘问，另外两人是根本听不到同伴声音的。就此，朴三顺利地完成了他的任务。

一个钟头后，三个少年又重新被带回一楼大厅。此时，傍晚的光线透过高大的窗户照射进来，斜洒在虎皮地毯上，显出一片金黄。

几乎在同样的地方，三个少年胆怯地站立着。吴云龙仍然坐在沙发上，乔赫四人也都在原来的位置。

"你把我们关在屋里足足有一个半钟头的时间，你的待客之礼真是与众不同。"王凯文愤怒地讽刺道。

"看来你们受到了不小的惊吓。其实我只是想让你们在屋里休息一会儿，平缓情绪。"吴云龙的态度颇为自然，"你也知道，我的同伴为你们提供了不少甜点和饮品。"

"哼，后院草坪上那两条黑色的凶犬也是为了让我们缓解情绪吗？"面对杀父仇人，王凯文无所畏惧地质问道。

吴云龙不快地弹了一下衣角："说句实话，我是担心你们信不过我而选择逃跑。我最痛恨的就是信不过我的人，那样会有辱于我，希望你们理解。"

"窗户下面蹲着两条凶犬，门前还有人把守，这分明是囚禁。"郭洪生愤慨地说。

"你小子给我注意点。"乔赫用拳头狠狠地怼了郭洪生一下，郭洪生往前趔趄了一步。

"我们一直都不明白你们为什么把我们带到这儿，并且长时间地控制，你能否给个理由？"看到郭洪生挨了一拳，王凯文压制着满腔愤怒问。

"想知道理由，可以。不过，在这之前，我已经从你同伴口中得知了你们去那儿的目的。"吴云龙语气变得很轻松，好像谈一个无关紧要的事情。

"你说什么？"王凯文奇怪地问。

"朴三，把事情告诉他。"吴云龙挥了一下手。

朴三盯着三个少年，故意逗弄道："我刚才足足盘问了一个小时，终于从你们当中的某人嘴里得到了实情。"

"你到底想说什么？"王凯文看着对方，攥紧了拳头。

"你，是那个叫王怀礼的人的儿子。"朴三说得直截了当。

这句话让王凯文陷入了恐惧，他瞪大眼睛，不可置信地望着朴三。

"小子，感到不可思议吧。说白了，你就是三年前被我们除掉的那个人的儿子。"吴云龙不再掩饰，冷冰冰地说出来。

王凯文惊愕得说不出话来。

"所以说呢，你为了报仇，引来了警察，想看我们落网的场面。"身后的乔赫一字一句地说。

郭洪生大声辩解道："我们是来野游的，只是不巧看到了那些场面，不要随意揣测。"

乔赫怒冲冲地掏出手枪，顶在郭洪生的脑后："小骗子，你再敢说一句，我一枪崩了你。"

在冰冷枪口的威胁下，郭洪生胆怯了，立即闭上了嘴。

"朴三，继续说。"吴云龙歪了一下头示意道。

"你想要报仇，但自己没有足够的力量，就去警察局报了案。警察局随即派出大批警察进行搜索，根据你提供的线索，他们找到了木屋和仓库。你为了看我们落网，在警察到来之后来到木屋和仓库附近，却没料到我们的人在那里。当时乔赫他们发现事情有变，就躲在树林里观望事态的进展。说句实话，你们的确不够走运。但如果你没那迫切的复仇心和好奇心，想必也不会被我们逮到。"朴三轻蔑地说。

听完这些与真实情况一丝不差的描述后，王凯文如坠深渊，整个人活像丢掉了魂魄。

"这不是真的，这不是真的。"郭洪生突然恐慌地大喊。

这回，乔赫彻底恼怒了，直接拽住郭洪生的后脖领，扣上扳机，做出一副准备拉出去枪毙的架势。

"乔赫。"吴云龙见状，马上喊道。

乔赫愤愤地松开了郭洪生。

"少安毋躁。小子，这可是我从你们某人口中花了很久问出来的，所以就不要再用什么野游来蒙骗我们了。"朴三大声呵斥。

王凯文明白，眼前这伙狡猾的恶人不会被简单的谎话欺骗，所有的狡辩都是徒劳无用的。此时，他极想知道是谁出卖了自己。其实，要找出那个出卖者非常容易。首先，王凯文自己不会糊涂到因为受了威胁而说出实话。其次，郭洪生，王凯文从小到大的挚友，哪怕是死也不会将他推入不利之境。如此一想，那就只剩吉瑞了。

此刻，郭洪生也马上明白是谁出卖了他们，除了吉瑞没有别人。

几乎是同时，王凯文和郭洪生扭头看向目光低沉、垂头不语的吉瑞。

"哈，看来你们已经找到那个背叛者了。"吴云龙看见这幕后大笑一声。

"吉瑞。"郭洪生念着这个名字，语气里充满了恼恨。

吉瑞的脸顿时变得煞白，露出一副害怕的神色。

"吉瑞，你这个王八蛋。"紧接着，郭洪生大骂一声，霍然冲到吉瑞跟前，然后一把抓住对方脖领。

乔赫反应极快，一把按住郭洪生。但郭洪生此时力量大到惊人，很快挣脱了乔赫的控制，举起拳头抢向捂住脸的吉瑞。这时一只大手突然伸来，雷莽子，团伙中最强壮的男人一把抓住了郭洪生伸出的胳膊并扭到后背。

"雷莽子，按住他。"乔赫气急败坏地说。

雷莽子很快控制住了郭洪生。在强大的力量下，郭洪生只能老老实实地待着。

"别折腾了，现在就应该崩了你们。"朴三压着嗓音威胁道。

"你们不就是想要杀我们吗，有什么可装的？"王凯文讥讽地说。

"你，你可说过，如果我告诉你实话，你会放了我。"吉瑞慌张地对朴三说。

"嗯，我记得。"朴三冷淡地说，"我确实说过，只要你交代出所有人的身份和去那儿的目的，就会放你一马，还会给你一些金子……"

"是的，你答应过，你要信守承诺。"吉瑞激动地说，眼中放出得救般的光芒。

"你这个狗东西。"郭洪生忍不住又大骂了一声，但在雷莽子的威慑下，他还是不敢乱动。

"吉瑞，你是郭洪生的好朋友，从认识你以来，我也一直把你当成莫逆之交……"王凯文伤心欲绝地说。

一时间，吉瑞流下了泪水。

"吉瑞，我只想问你，你为什么出卖我们？"郭洪生压抑着心头的怒火，强做平静地问。

眼泪夺眶而出，吉瑞彻底崩溃了。

"郭洪生，有些事我是骗你的。"吉瑞忧伤地说。

郭洪生惊异地望着吉瑞。

"洪生哥，与你成为朋友到现在不过两年的时间，之后通过你我又结识了凯文哥，这期间是我人生中最快乐的时光。你误以为我是被一个好心人家收养，但是，我从没告诉过你，我真正的遭遇，其实我并没你想象中的那么幸福。那家人从孤儿院收养我后不到半个月，就让我做这做那，打扫地板、收拾房间、洗马桶、倒垃圾、搬重物，样样都由我干。他们不给我玩具，不让我读书，犯一点错就要挨骂，我有时甚至挨打。唯一允许我的，就是让我干完活后出去，这样他们能清静些。那家人曾说，等我有了工作，所有的收入都要交给他们。他们口口声声说这是为了防止我成为一个挥霍金钱的人。我还经常被他们关进一间漆黑的小屋。有一次我在里面待了足足十天，只因为我洗衣服时，不小心弄破了女主人漂亮的裙子。"吉瑞抽噎着说。

"喂，吉瑞，这些你可从没告诉过我。"郭洪生吃惊地说。

"是的，我没跟你说过，在孤儿院吃不饱穿不暖的处境已经让我不想再回忆和诉苦了。如果再被你知道我在被收养的人家当苦力，你会嘲笑我的。"吉瑞自卑地说。

"吉瑞，不会的，我怎么可能会嘲笑你。"郭洪生露出不可思议的神情。

王凯文不敢相信，吉瑞脆弱到了会因这些原因而出卖他和郭洪生。

"所以说，这小子在刚刚那屋子里重新感受到了地狱般的境遇。他害怕再次经历那些痛苦，要想逃避，就不得不这么做。"吴云龙看戏似的呵呵一笑。

"刚开始没能从你们口中得到真正的答案，老爹让我再对你们进行一次细致的盘问。我挑出了老爹认为最好盘问的人，也就是你们的这位朋友。这小子刚开始不配合，后来我用食物和金钱打动他，倒是起了几分奇效，他最后告诉了我不少事情。"朴三得意扬扬地说。

"对不起，对不起。"吉瑞哭泣得全身哆嗦着。

"吉瑞，你比那个叫涂长林的人还可恨。如果凯文一直碰到的都是你们这种胆小怯懦的人，那他根本避免不了任何厄运。"郭洪生怒气犹存。

"涂长林？这个混蛋，看来他们见过他！"乔赫大声嚷道。

"这就说得通了。看来是涂长林告诉了他们金子的位置，而涂长林知道这些应该是杜康之前泄露过。"朴三分析道，"老爹，杜康也未必像你认为的那样行事谨慎。"

"涂长林的事以后再说。"吴云龙心绪烦乱，已经无暇顾及那个祸根了。随即摆了下手，示意手下们把重点放在眼前这三个少年身上。

"我们已经掌握了所有细节，你们没什么可争辩的了吧。"吴云龙对王凯文他们说，"我想你们也应该为自己的鲁莽付出代价了。"

乔赫像是听到命令般，立刻用枪对着王凯文的脑袋："老爹，这小子必须马上除掉，他可是为了报仇而来的。这种人一旦给他机会，早晚会干出对咱们更加不利的事情。"

"老爹，既然我们已经知道了他们的身份和来的目的，那就赶快除掉吧。"朴三附和道。

乔赫、雷莽子、范大力跃跃欲试，摆出一副将要处刑的架势。吴云龙开始在地上踱步，陷入了思考。

十几秒过去了，吴云龙突然站住："你们谁还记得处置那几个人的具体时间？"

"我记得是三年前的夏天，好像是八月份，不过具体哪天记不得了。对了，印象中是在某天的下午。"乔赫极力回忆着。

"下午几点？"吴云龙心切地问。

问到处决具体在当天下午几点，乔赫四人皆现出一副努力回忆的表情。

"如果我没记错的话，应该是下午五点一刻。"朴三回答。

"你确定？"吴云龙严肃地问。

"当初我们处刑那五个……哦，不，准确说是四个人时，正好是夕阳未落，光线尚强的时候……"朴三回忆着说。

"你怎么就敢确定是下午五点一刻？朴三，我要的是准确时间。"吴云龙插言道，显得有些不耐烦，转而又问向其他人，"你们当时就没人带块表吗？"

乔赫、雷莽子、范大力纷纷摇头。

"老爹，我的话还没说完呢。"朴三小心翼翼地说。

"说。"吴云龙一声喝令。

"看来当时只有我戴着表，而我那表的指针恰巧就停在当天下午三点一刻。"朴三说，"不过，我确定整整过了两个小时后，我们开始处刑的。"

朴三接着又说："我曾跟你讲过，我的养父是开钟表铺的。他可以把时间精确到秒，而我至少有把握精确到分。"

"嗯，我想起来了，你那个养父后来抛弃了你。"吴云龙平淡地说，"这么一来就好说了……"

"老爹，难道我们要等到夏天才处决他们吗？"范大力问道。

"夏天？怎么可能等到夏天。"吴云龙说，"三天，让他们再活三天。乔赫，三天后下午五点一刻把他们带到前院解决掉，就像上次那样。让这小子和他爸一个时间里升天，这是对他应有的惩罚。"

听了这恐怖的决定，王凯文和郭洪生绝望地垂下了头，知道这次难逃一死了。而吉瑞反应十分激烈，他突然喊道："不，不，你们不能杀我，我可是告诉了你们实情。他答应过，只要我交代一切，就会饶了我……那，那些金子我不要了，我只求你们放我一命。"

"蠢货，吃了几口甜点就对别人的话深信不疑了？"朴三冷酷无情地说。

"你……你可是答应过我的。"吉瑞脸色苍白，大感惊愕。

"你当时答应他了？"吴云龙扭头问向朴三。

"为了问出点东西，我只能这么做。"朴三低声说。

"哦，这么说，我根本不知道这件事喽。"吴云龙阴阳怪气地说，"而你轻易答应了这个小子，这让我很难办啊！"

朴三低下了头，生怕受到吴云龙的惩罚。

"不要紧张，我们是一家人，我不会对你怎么样的，下次注意就好。"吴云龙轻松地说。

朴三长舒一口气。

"你们在说什么？那……那我呢？"吉瑞惶惑地问。

"年轻人，你也听到了，是他给了你承诺，而不是我。怎么处置你们是我说了算，所以他的承诺无效，并且我也从不会给家庭之外的人一分钱。"吴云龙傲慢地说。

"怎……怎么会这样？你……你不能杀我，你身为他们的老大，就应该为手下的话负责。"吉瑞极力争辩。

"臭小子，老爹说得还不够清楚吗？"乔赫呵斥道。

一时间，瘦小、羸弱的身躯迸发出了超出平常的力量，吉瑞忽然神经错乱似的大喊大叫起来，他用力推搡范大力，险些让后者翻倒在地。乔赫见状，一步冲上去砸倒了吉瑞。

"老爹，我实在不能忍了，能不能先干掉这小子。"乔赫气愤地说。

吴云龙不耐烦地说："我已经说过了，三天后下午五点一刻一并处决。赶紧带他们到那个地方。"

乔赫他们听从命令，押着王凯文三人立即去了一个无比黑暗的地方。

几分钟后，三个少年惊惧地看到，在前面十几米处，有一排像监狱牢房一样的房间，门是厚厚的铁皮做的。

"这是哪儿？"王凯文恐惧地问。

"嘿嘿，还想着那舒适的屋子吗？"范大力惬意地说，"这回有你们好受的。这儿是我们专为囚犯准备的牢房，你们可是这儿的第一批犯人。"

"混蛋，一群恶棍。"消沉已久的郭洪生此时突然用力，试图挣脱雷莽子的控制。

"小子，你给我老实点，否则我把你胳膊拧断。"雷莽子展现出了他那强大的肌肉。

力量悬殊下，郭洪生感觉手臂剧烈疼痛，他停止了反抗。

王凯文没有任何反抗，平静地向前走着。事情到了这一步，一切都完了，只能等待三天后的处决。

"乔赫，咱们用不用把他们分远点，省得互通逃跑。"范大力说。

"不用那么费心，这铁牢他们就是挖上一万年也逃不出去。"乔赫蛮有把握地说。

押解者们很快将三个少年分别扔进相连的三间漆黑牢房中。在关上铁门的一刹，王凯文眼前突然变得无比黑暗，看不到一缕光。

吉瑞体验过这种处境，被关进去的时候禁不住痛哭起来，悲痛欲绝的声音传遍了四周。在哭到无力时，吉瑞低声地喃喃道："凯文哥、洪生哥，对不起……"

此时，王凯文和郭洪生靠着冰冷的墙壁陷入了沉默。

　　赵友和陶善义出来已有十几天。在这期间，两人如鬼魂般在马岐山脉中徘徊，仍旧一无所获。

　　出门前，也就是自打从有棕熊的山洞归来后，两人便一直住在一间简陋的公寓里，过着食不果腹的日子。而当时他们剩的钱也顶多够支付五天的房费，如果要继续住下去，就必须将手头那唯一的金块换成银币。赵友深知，他们不能再这样浑浑噩噩地过朝不保夕的日子了，所以，他下决心无论如何都要再去马岐山脉，寻找梦寐以求的宝藏。在赵友的劝说下，本不想动身但又对眼下生活感到无望的陶善义只好听从了。两人用所剩无几的钱购置了两匹毛发粗糙的劣马，以及食物和水壶。置办完这些路上需要的东西后，他们退掉了公寓，当天上午就启程出发。

　　两个瘦弱不堪的人，穿着捡来的破旧衣服，骑着病态十足的马踏上了不归之路。

　　此时，赵友从脏兮兮的绒毛大衣内兜掏出两把短猎刀，这是十几天前他在一家刀具店偷的。当时店主应他需求正在身后的储备库里帮他找一把更长的猎刀，他便趁机偷走了挂在右侧墙上的这对东西。等店主好不容易找到长猎刀出来时，赵友早已无影无踪了。

"出门时忘给你了，拿着。"赵友将其中一把递给陶善义。

"拿这东西干什么？"陶善义奇怪地问。

"防身用啊。记不记得，当时你非要去附近商店看什么动物毛皮，我就在一家店买了这两把猎刀。"赵友撒了个小谎，转而又说，"上次我们遇到了熊，这次不知又要遇到什么。"

"如果又像上次遇到熊，恐怕这玩意帮不了我们什么忙。"陶善义怀疑地说，"你听过吧，有的熊被捅几十刀或挨数枪仍能搏斗。"

"我知道，但我根本弄不到枪。如果又遇到熊，咱们只能选择跑。"赵友说。

"所以说这东西根本没什么太大用处。"陶善义说。

"给你这个是让你有面对敌人的勇气。"赵友解释道。

"嗝，我认为运气最重要。"陶善义说，"譬如上次，如果没有那个冰道，咱们可能就被那该死的熊拍得血肉横飞了。现在雪已经融化了，熊随时都可能出现。"

"周围总会有些树的，咱们可以爬到树上消耗它的耐性。"赵友说。

"据说熊也会爬树。"陶善义说，"而且我认为，它的耐性要比咱们强。"

"若这样说的话，装死也是行不通的了。"赵友不耐烦地回嘴。

"当然……"陶善义说。

"不要再谈论熊了，到时候总会有办法的。"赵友打断道。

"不要问我总会有办法是什么办法。像我刚才说的，遇事不妙就跑，剩下的就听天由命了。"还未等陶善义张口说话，赵友便回答了对方想要问的问题。

"赵友，你是不是担心黄金猎手会出现？"陶善义换了个问题。

"什么情况都得考虑到。"赵友默认。

"你觉得这玩意对他有用吗？"陶善义问。

"我不知道。"赵友说。

"如果真遇到黄金猎手怎么办？"陶善义追问。

"那一个多月我可没闲着，你是知道的，垃圾桶里的报纸我每天都带回来。"赵友又有些不耐烦，但却认真地说，"每一条消息我都没漏看。我可以郑重地告诉你，黄金猎手已经从报纸上彻底消失了，也就是说他销声匿迹，停止作案了。"

"你怎么知道他没在作案？可能更隐秘了。"陶善义反驳说。

"镇子里若是死了人，警方一定会去调查，报纸也会登载的。"赵友说。

"可能他对镇外的人下手了。"陶善义说。

"那消息一定会传到塔河镇。"赵友说。

"嗯，这个说法合理。"陶善义想一下说。

好不容易把陶善义的问题止住，赵友感觉像是完成了一个艰巨的事情。

"你听说过吧，之前那些被害者大多是被绳子勒死的。"赵友倒是对刚刚这话题提起了兴致。

"这么说，他没有刀或枪这类武器。"陶善义若有所思。

"不一定，他可能有像咱们手上这种或是比这更厉害的利器，只是不轻易使用而已。"赵友似乎有了新发现，谨慎地说。

听了这话，陶善义害怕起来。

"嘿，有什么可怕的。即便遇到那家伙，咱们在人数上也是占优势的。"赵友连忙安慰道，"据说他只对独行者下手。"

"他可算是个职业杀手了，你敢保证咱们能制伏他？"陶善义胆战心惊地反问道。

赵友摊开两只手，表示无言可对。

"万一他还有枪呢？"陶善义越想越多。新的问题让赵友更加难以回答。

"我承认，你的考虑都有意义，指不定咱们就会遇上什么不可预测的事情。"赵友说，"但是，顾虑太多的话，咱们就什么都不敢做了。"

"你说的也对。"陶善义表示同意。

两人停止了所有话题，继续前行。

即便是两匹劣等马，也比人快，有时甚至可以跑上一段。事实上，赵友是在盲目地带着陶善义走，他打算搜遍整个马岐山脉。他认为，黄金即使被转移也不会远离马岐山脉，而且深信有一伙人为了避人耳目时不时将黄金运到一个更为隐秘的地方，同时他们还不想让金子暴露在某座镇子里，以防引来灾祸。赵友只猜中了一半，吴云龙手下的人将全部金子运往挪伊森林那片空地的场景他没能像肖朗那样看见，这个缺少的线索使得他寻找宝藏的旅程变得无比艰难。

马岐山脉距离塔河镇有三十里的路程，一直向西北方向延伸到挪伊森林的边界。淘金热潮掀起后，镇子里追逐这项事业的梦想者纷至沓来，挖土凿石，寻找金子。然而，他们终究不能寻遍马岐山脉的每一个角落。在广阔无垠的山脉中，塔河镇的淘金者们到达最远的地方不过是山脉的中心地界，几乎没人向更北的方向探索。实际上，从东往西平均横切山脉的话，南面蕴藏的黄金要远胜过北面。吴云龙为首的团伙起初也有过辛劳的淘金经历。但他们将北面的半个山脉寻觅差不多时，才意识到北面蕴藏的黄金极为稀少，此后便打起了南面的主意。按照黄金的分布，南面的确多于北面。在南面，淘金者们可以在一里之内挖到金子，而北面十里范围内找不到金子也属正常。

王怀礼所组建的淘金小队最早到达过马岐山脉的中心地带。那里仿佛是个聚宝盆，蕴藏着大量黄金。毫不夸张地说，山脉中央的几座山中几乎每隔十米就能挖出一口袋金子。当发现山脉中心是上天创造出的宝库后，他们便没日没夜地挖土凿石，疯狂到了不漏掉一块土壤、一块石头。所以，那十吨黄金并非从天而降，而是王怀礼小队辛辛苦苦，夜以继日，用汗水积累出来的财富。

王怀礼小队被吴云龙团伙劫掠时，吴云龙声称王怀礼等人越过了边界，进入了他们的领地，并以此为由将他们几乎全部杀害，夺走了那十吨黄金。其实，边界的说法纯属子虚乌有，是这群凶残的歹徒为了攫夺金子而编出的理由。即便有所谓的边界和领地之说，那至少也有一半的黄金属于王怀礼小队，因为他们淘金的范围既不完全属于北面，也不完全属于南面。

此时，赵友和陶善义正一路向北面行进。赵友决心没有收获绝不返回，那他们必定会在某个时候越过那无形的分界线，进入吴云龙的领地。如果他们早几年行动的话，倒能挖到很多金子，而如今，赵友和陶善义是去一个黄金资源几近枯竭的地带。当然，他们的目的并不是挖金子，而是要寻找那十吨黄金。另外，赵友提防人祸的警惕心是正确的，但他们既不会遇到黄金猎手，也不会碰到吴云龙团伙，因为这两方正上演着一场争斗。此时，挪伊森林那片空地上正发生着惨烈的激斗。这一天，袁守旺会死，高建明会死，鲁铁会死，而王凯文他们被乔赫等人抓住的事还没有发生。

赵友和陶善义盲目地在马岐山脉中行进。当太阳西沉，天色渐暗时，他们看到了一棵很粗的树。两人下了马，靠在树干上歇息了一阵，等稍微缓过来时，薄暮已经笼罩了整片天空。两人在附近搜集许多干燥的树权，堆到一起生起了火，坐在旁边的石头上取暖。饥饿的陶善义拿出一片干瘪的黑面包啃起来，时不时喝几口水。赵友也拿出两块快要发霉的肉干，自己嚼一块，把另一块递给陶善义。陶善义闻到那腐臭的味道，掩着鼻子拒绝了，赵友又将其重新放回袋子中。此刻，两人都十分疲倦。

"咱们带的干粮可能不够了。"陶善义瞧了瞧自己的袋子说。

"吃完这些东西前，咱们肯定能找到那些金子。"赵友笃定地说。

陶善义露出不敢苟同的表情。

"你那有没有新鲜点的肉。"陶善义贪涎地望了下赵友的袋子。

"刚才给你你不要。"赵友不高兴地说。

"那是块臭肉，你自己还吃了……"陶善义感到有点恶心。

"有肉就不错了，还挑上了。就你那干面包，根本不当事，路上还会饿的。"赵友不屑地说。

"臭肉会弄坏肚子的。"陶善义说。

赵友没去理睬他。

"咱们今晚在这儿过夜吗？"陶善义问。

"天色晚了，就在这儿过夜吧。放心，冻不死人的，咱们穿得挺厚。"赵友说。

"这一路没看见一个果子。"陶善义吃厌了手中的干面包。

"嗯，是没看到果子。如果馋野味了，等天亮咱们可以去打鱼，这一路可是碰到过好几条溪流。"赵友咽下最后一点肉干。

"嗯，这样一来，水倒是不缺了。"陶善义用水咽下去最后一块面包。

"那两匹马拴好了吧。"赵友疲惫地问。

"拴好了。"陶善义无精打采地回答。

赵友靠着石头闭上眼睛，像是在睡觉，其实只是养养神。

"你说那些金子会不会已经不在马岐山脉了？"陶善义担心地问。

"咱们连马岐山脉三分之一还没走完呢。"赵友闭着眼睛说。

"但不表示它一定就在马岐山脉，可能咱们又白忙一场了。"陶善义说。

"陶善义，我一直在说你要有耐心。"赵友皱着眉头说。

"我感觉咱们找不到那些金子了。"陶善义坚持自己的想法。

"你还在怀疑我的判断。"赵友有些不悦。

陶善义不回避，也不拐弯抹角，直截了当地说："抱歉，我这次是真的怀疑了。上次你说金子在山洞里，我跟你去了，最后扑了个空，还险些被那头棕熊干掉，现在……"

没等陶善义把话讲完，赵友睁开眼睛，蹙着眉头，有些生气地说："你是不是一直对我不满，弄得你好像很委屈的样子。你信不过我的话，为什么要跟我来？"

听了这刺耳的话，陶善义也有些生气，他大声说道："你要理解我的意思。我是说咱们不能盲目地做事，不能毫无根据和线索地白费力气乱找那些金子……"

"哼，怨起我来了。"赵友突然来了精神，"我当然没线索，我只能凭感觉和可能性带你找。反过来我想问问你，你那笨脑子能给我出什么奇招妙计？"

"你侮辱我，你始终都在侮辱我。"陶善义情绪有些激动。

"我可没侮辱你，这是事实，因为你老在思路上给我添乱。"赵友生气地说。

"我只是说咱们要谨慎行事。如果没有把握，可以暂停行动，直到遇到机缘。"陶善义控制着情绪说。

"机缘，好一个机缘，你好好动动你那榆木脑袋，哪来的什么机缘？如果上天真恩赐你我的话，咱们早就发大财了。"赵友说。

"你说得没错，但你的做法过于极端。"陶善义说。

"极端？"赵友哭笑不得，"你要知道，除了上次在洞口捡的那块金子外，咱们现在可以说是身无分文。若不是上次回来后，我在一家餐馆拿走一个女人落下的钱包，咱们哪能结得起房租，哪能买得起这些路上需要用的东西。"

"你自始至终都没明白我的意思。"陶善义放低了声音。

"是你不明白我的意思，你那简单的论调除了傻子谁都能听懂。只不过我想告诉你，有些事情并非你想象的那么美好。计划，对，行动之前要有计划，可咱们根本没有线索，所以只能以这种……这种较笨的方式去找。还有，你只会给我抛出一些问题，而自己没有任何主意。"赵友愤愤地说。

"咱们可以继续偷东西过活。"陶善义说。

"那叫拿。"赵友情绪激动地说，"况且光靠拿东西是不会让咱们发财致富的。"

"至少可以管一时之饥。"陶善义声音虽低，但仍在反驳。

"正是因为你有这样的想法，所以……"赵友激动得声音颤抖起来。

"所以什么？又想像以前那样说，'所以一直过着贫苦的日子'。"陶善义抬高嗓门说，"我看你想法很多，也没摆脱苦日子啊。"

"嗬，你是个连想法都没有的人。"赵友嘲笑道。

"我一直在强调理智。"陶善义说。

"理智？你这个傻瓜竟然跟我谈起了理智。"赵友对这样的对话已忍无可忍，"我告诉你什么才是最重要的，勇气。记得上次的事吧，虽然我当时挨了一棍，但至少吃了半个面包，而你，一直饿到了早上。"

"这跟勇气有什么关系？如果那晚你盯的是我那家店，你也会饿一宿肚子。"陶善义气得鼻孔一张一翕。

"你要是盯我那家店的话，我敢保证你都不敢用石头砸玻璃，到头来你还是饿肚子，蠢货。"赵友凶巴巴地说。

陶善义声音发颤地说："我警告你，以后不许再侮辱我，蠢货、傻瓜、笨蛋，这样的词永远都不要再对我说。"

一股滚热的血流涌到头顶，赵友怒火中烧，猛地蹦起来，大声喊道："滚，你给我滚，别让我再看见你这张蠢脸。"

"混蛋，我也不想再看到你这个蛮横无理的家伙了。"陶善义也蹦了起来，大声吼道。

两人喘着粗气，互相怒视着。几秒后，陶善义呼哧呼哧地离开了火堆，扭身向远处走去。

"好，走吧，走得越远越好，最好这一晚别让我看见你。明早你就会乖乖地来我面前道歉，你还会像个刚出生的雏鸟那样跟着我，跟我找那些金子。"赵友义愤填膺地暗想。

夜空明净，皎月高悬，时间已到了晚上九点钟。陶善义发怒离开后，赵友裹紧衣服，用装有食物和水壶的袋子当作枕头，气呼呼地躺了下去。

"蠢货，你如果因为所谓的自尊不来向我道歉，那我就再也不会带着你了，等着瞧吧。"赵友又气呼呼地思忖道，在摇曳的火光下，那双疲乏的眼皮因困倦而慢慢合拢。

赵友不敢确保陶善义这次会来向他道歉。通常出现一些小矛盾和纠葛，陶善义即便被训斥，也只会保持沉默，而这次他是出奇地进行了反抗。面对陶善义懦弱的天性，赵友总认为自己在道理上占了上风，也就饶过了他，不再追究一些微不足道的事情。多年以来，两人一同偷窃，一同过着贫苦的生活，情谊至深，平时倒不会因为一些口角弄得怒火中烧，分道扬镳。但这次不同，隐忍已久的陶善义一反脾性，对赵友突然发起火来，这让赵友难以接受，随即他也爆发出超过平时的火气。一旦两个情义深厚的朋友走到这步境地，那必然要有一人放下自尊向对方诚恳道歉，这样才能修复彼此的关系。当赵友看到陶善义离开时那个厌恶、痛恨、怨怪的表情，就断定这个唯一的朋友很难再迁就他了，而他那些抱怨之言，也不过是聊以自慰。

　　情绪如此恶劣，赵友竟然很快就入睡了，十几天的旅途令他感到身心疲惫，精力枯竭。而陶善义离开火堆后，带着郁闷、愤懑的心情朝着树林深处走去。即便怒气难消，陶善义还是意识到，夜晚不宜走得太远，但心中的愤怒让他决定至少要到一个看不见赵友和那堆火光的地方。不知走了多久，陶善义摸黑来到一棵树下。从那粗糙的表皮、树干的宽度，他判断出这是一棵陈年老树，明早倒是可以借着明亮的光线一睹其沧桑壮美的外观。

　　"嘿，真是一棵参天巨树。"陶善义舒心地想着，自然界里的植物会让情绪低落的人暂时产生一种美好的心境。

　　陶善义弯着身子，斜躺在树干下。他合拢衣服，闭上双眼，准备睡觉。随着时间的流逝，平静下来的他感到身躯乏累，也像赵友那样很快就沉睡了过去。

　　三月末的夜晚甚是寒凉，但只要使身体暖和，便不至于被冻醒。赵友和陶善义都裹着一身厚实的破衣服，头上戴着毡帽，脚上穿着鞋，这样一来，他们多少能够保持正常的睡眠状态。

　　然而，对于两个一心幻想发财致富的年轻人来说，有时他们会丧失必要的警觉性。其实，一切都是难料的，山洞中没有黄金是难料的，一路的艰苦是难料的，马岐山脉存在的危险也是难料的。

　　夜色渐浓，不知何时，陶善义在深睡中感到一股异样的气息在向自己逼近。起初，他在潜意识中认为这是由于寒冷带来的不适，但随后这种感觉令他感到非常不安，以致他无法再安稳地睡觉。他紧闭双眼，蹙着的眉毛一上一下跳动不停，似乎在噩梦里挣扎，有一种奇怪的力量促使他不得不从睡梦中醒来。他艰难地睁开睡眼，好似要验证噩梦和现实的差别，隐约间看到一个模糊的东西在不远处飘浮。待他完全睁开了眼睛，便惊奇地发现两个蓝色水晶般的光点停在数米之外，离地有一米左右。这一下，他彻底惊醒了，盯着那东西紧紧看着。几秒后，那两个光点徐徐地向他移来，借着澄澈的月光，他终于看清了那东西的轮廓和模样：一头周身黝黑、体型彪壮的恶狼出现在他的视线里。那头狼的半边脸被倾泻的月光照得清清楚楚，而另外半边脸则隐藏在黑暗之中。陶善义顿时惊出一身冷汗，无论如何他也没想到，在自己熟睡的时候，这匹狡猾的狼已经悄然摸到了近处。

此刻的陶善义神色惶遽，他立刻摸了摸身边，发现什么东西都没有。在离开火堆时，他一恼之下忘记带上装有食物和水壶的袋子，而赵友给他的那把短猎刀就放在里面。

"在赵友那儿，"陶善义惊恐地想，"我逃不掉了。"

陶善义的每根神经都绷得紧紧的，只要他轻举妄动，那头狼定会直接扑上来。但如果就这样听天由命一声不响地对峙，也不会有好结果，显然这头狼已经将他当作了今晚的猎物。

"死……死定了。"陶善义万念俱灰地暗想，断定自己将要死在这头狼的利爪下。

"我死了，他就没法再向我发脾气了。"陶善义回想起之前的争执，不禁苦笑一下。

"他……赵友！"

临近死亡的陶善义突然睁大眼睛，"他"和"赵友"这些字眼顿时闪入他脑海里。他清晰地意识到，眼前这头狼在干掉自己后，极有可能会对赵友下手。他虽然离那火堆有几百米的距离，但狼很快就能发觉赵友的存在。他判断狼是从西边来的，那势必会继续朝东边走，而赵友就在他的东侧，狼自然会先后碰上他们两人。

"这个蠢货，还在那儿睡觉呢吧。"陶善义担心地想。

在发生这些心理活动时，那头狼近在眼前了。在月光的照射下，陶善义甚至可以看清狼的毛发。

一团绝望的阴云笼罩在这个瘦削的人的头顶，血液开始冷却了。陶善义哆嗦着嘴唇，屏声敛气地望着狼。就在狼扑上来那一刹，他战胜了胆怯，边奋力搏斗边用尽全力大声呼叫："赵友，快跑，狼来了！"

声音如此之大，传遍了寂静的四周，"狼来了"的呼唤如空谷传音般回荡在突然惊醒的赵友耳际。他猛地睁开眼睛，侧耳倾听那道不知是梦中还是现实里传来的恐怖声。

仅仅过了五秒，赵友又听到西边传来阵阵惨叫。

"陶善义！"赵友惊恐地叫道，他立刻回想起陶善义离开时是朝西边走的。

意识到危险来临，赵友在暗淡的火堆旁摸出自己的短猎刀。他匆忙起身时，瞥见陶善义的袋子还留在石头旁。

赵友紧紧攥着猎刀，疯狂地朝发出惨叫的西边跑去。

借着清亮的月光，赵友看见陶善义躺在一棵巨大的树下，而一头黑黢黢的狼正在啃食着他的身体。

"我杀了你！"赵友怒火万丈地大喝道。

那狼闻声回顾，看到另一个猎物出现在它的视线中，它随即调转身子面向赵友，嘴部和牙齿上沾满了鲜血。

赵友颤抖着身躯，眼中迸射出愤怒的光色。

"我杀了你！"赵友颤着声音喊道。

那狼目光冷酷，凶厉异常，鼻孔中散发着团团热气，发出慑人的喘气声。

赵友紧紧握住猎刀，努力压制着胆怯，他从未面对过如此危险的对峙。他熟悉狼那凶狠的眼神，当时面包店里埋伏的男人就是这种眼神。他记得挨过一棍后，下意识地回头瞟了那壮硕男人一眼，由于恐惧，他早把这个细节忘了，而在这个明净的夜晚他因愤怒又回想起来。

赵友决意要拿出所有力量和狼做一场殊死搏斗，哪怕是死，也要鼓足勇气拼一次。

狼开始迈动脚步，凝视半勇半怯的赵友。

"只有一次，只有一次机会，如果我杀不死它，就会反过来被它杀死。"赵友紧张地想着。

赵友的精神高度集中，狼一时半会儿找不到破绽，画着圆弧不敢轻易冲上去。但狼不会一直观察，必然会在某刻采取行动，因为新的猎物对它构成了威胁。

"来吧，今晚不是你死就是我亡。"赵友咬着牙想。

狡猾的狼从稍亮的地方走到一个暗处，隐藏身影后，突然发起进攻。赵友感到一个庞然大物夹着一股腥风迎面扑来。虽然视线黯淡，但他早已算好了距离，根据狼奔跑的速度，估出了对方跳到面前的时间。

一秒、两秒，赵友心里数着时间，在狼腾空而起猛然扑来的瞬间，他果断举起猎刀，闪着银光的刀刃猛地砍在一个硬邦邦的东西上。当他觉出这一刀砍在了狼的面门上时，受伤的狼坠倒在了地上。他一步冲过去，朝着没来得及再次腾空而起的狼一阵乱砍，每一刀都砍在了狼的身上，没有一刀挥空。他难以抑制冲天的怒火，像疯了一样砍了数十刀，直至感觉在剁一具已无生命的死尸时才停手。

赵友呼哧呼哧地喘着粗气，感受着狼死后的寂静。遭到乱砍时，狼发出了凄惨的叫声，但这些声音已被赵友双耳屏蔽，他只能听到心中愤怒的咆哮。

"咳。"这时，陶善义那边传来一声轻微的咳声。

静立中的赵友听到这声音后跑过去："陶……陶善义。"

赵友跑到躺在树下的陶善义面前，看到的是一副血淋淋的躯体，腹部出现了一个窟窿，那是被狼掏吃的部位。陶善义双眼空洞，面色苍白，气息极其微弱。

"陶善义……"赵友极度痛苦，涕泪横流，"我，我不该凶你。"

"你说的没错……"陶善义嘴唇嗫嚅着，上面仅有一丝气息。

"你说的也没错。"赵友哭泣着说。

"咱们都没有错……"陶善义难掩心中的悲伤。

"赵友，不要伤心，我将离开这痛苦的生活了……"陶善义说出每一个字都非常吃力，"而你……还要忍受……咳……这……这苦难。"

"不要说了，我把你带回去，咱们不找那该死的金子了。"望着气息奄奄的陶善义，赵友伤心欲绝。

"不，我喜欢这里，你把我留在这棵树下……"陶善义努力地说。

"陶善义，我太过分了……"赵友对自己之前的行为极其悔疚和忏悔。如果不是他撵走陶善义，就不会发生这么悲惨的事情。

"赵友，一切都过去了……咱们是永远的朋友。"陶善义望着赵友说。

听了这话，赵友泪如雨下，情绪彻底失控。

"赵友……答应我……无论如何都要好好活下去，就算为了我……"陶善义露出忧郁的神情。

"我会……我会的。"赵友已然哭成了泪人，他明白面前的朋友正在慢慢走向死亡。

几秒后，空气变得异常宁静，陶善义，这个跟随赵友已久的可怜人，在这个皎洁的夜晚结束了生命。

确认陶善义已死时，赵友像个年迈无力的老人一样从上衣内兜掏出那唯一的一块金子，将其放入陶善义的双手中，并让那只苍白的手将金子捂在胸前。

"陶善义，抱歉，这是我能为你做的最后一点事了。"赵友悲恸地说。

赵友在陶善义尸体旁陪伴了一夜。清晨，他回到已经熄灭的火堆处，将两人的东西放在一匹马的背上。临走时，他抚摸了下两匹不知在夜晚受没受到惊吓的瘦马，随后骑上一匹来到陶善义躺着的那棵巨树下。他仰望眼前的巨树，不禁喟叹道："好美，真是一棵参天大树。"。说完这话，他望了眼朋友。此时，他看到的是一张平静、安详的面容。

赵友不禁露出忧伤的笑容。虽然他不知道自己今后该如何生存，但他下定决心从此将不再踏入马岐山脉。

第十八章

命运（二）

　　肖朗在农场之家度过了三个夜晚。在腊月的照顾下，他身体逐渐有了好转，伤口也在慢慢愈合。这段时间，肖朗和母女俩相处融洽，一直表现得彬彬有礼、温和谦恭。他怀着被救的感激之情对她们释放出了从未有过的温情，时时流露出亲切、柔和、感恩的神情，也因此获得了罗玉贞和腊月的信任。到了第三天，两个温良的女人已把他视同家人，继续无微不至地照顾他。

　　罗玉贞，身为人母，内心希望这个善良的人可以和腊月发生更为亲近的关系。而腊月也对这位仪表堂堂、礼节周到的风雅男人产生了好感，在救肖朗的过程中，她就有了这种感觉。肖朗心里清楚腊月对他的特殊感情，他便利用这种种美好的气氛，延续这个家庭对他的善待。肖朗年过四十，而俏美的腊月刚刚二十出头，跨越年龄上的障碍，破除观念上的桎梏，后者的爱慕之心尤为纯洁。不过，对肖朗而言，他始终没有忘记自己的身份和过往的行径，他是一个不亚于那个罪恶团伙的邪恶之人，知道自己根本不配在这个温暖祥和的家庭滞留。吃早饭时，肖朗表示出自己想要离开的打算。

"伯母、腊月，你们的恩情我一辈子都难忘。"肖朗放下正在吃的馒头和烤土豆，恳切地说道。

"救危扶难是上天的旨意，世人受其恩惠，我们应该感谢上天。"罗玉贞虔诚地说。

"心中不要有负担，你的健康是我们的祈福。"腊月也虔诚地说。

肖朗感激地望着母女俩，心中受到了前所未有的触动。

沉静片刻，肖朗还是下了决心："我在你们这儿已经住两天三夜了，伤也好多了，我希望今天能够离开。"

"哦，你不能这么快就离开，你的伤口还没完全愈合，受了这么重的伤起码要休养一个月。"罗玉贞马上说。

"按说你应该在床上多躺一段时间，但没想到你竟然能下床，而且还像没受过伤的人那样走动，这让我和妈妈都感到意外。"腊月惊异而担心地说。

"你们的确无法想象我的恢复能力。"肖朗微笑起来。

"肖朗，你不要总想着离开这里。等你伤势痊愈后，我还要看你身体状况恢复得如何，看究竟能不能完全自由走动。"罗玉贞视如己出地表示。

"我和妈妈知道你不愿麻烦别人，但考虑自己的身体，也应该听人劝告。"腊月插话道，"你伤口虽然好多了，但并没有痊愈，一旦骑上马在路上颠簸，伤口是很容易被撕裂的。那样的话就前功尽弃了，你也会辜负我们的好意。"

对于这番话，肖朗哑口无言。两天来，他感觉这里安闲、自在，但他终究没有忘记自己还有未完成的事情。在他神志不清地伏在马背上，任由马驮着他走，直到被这家好心人救下后，他仍然惦记着那间仓库里的黄金。肖朗当然无法知晓，他苏醒后的第二天，徐峰就带着二十名警察找到了那个地方，并且封锁了现场，而仓库里的黄金也早已被警方缴获。在农场之家留宿的这段时间，他还一直认为至少在二十天内不会有人去木屋和仓库那边，不会发现那儿发生过惨烈的厮杀。而在决定离开这家好心人的时候，肖朗为报答救命之恩，决意要将那满满一麻袋金子留给这家人。对于这种做法，他没有一丝犹豫和反悔，因为他在心灵上已经获得了与以往不同的东西。至于是什么，他还来不及去细想。

这两天里，肖朗也曾幻想与这家人缔结良好的关系，但黄金猎手的身份和他所做过的恶行让他自觉地放弃了这个不切实际的想法。

在餐桌上，肖朗被母女俩的善意束缚着。他决定吃完早饭，趁罗玉贞和腊月忙家务时，自己悄悄取出麻袋里的匕首和双筒手枪，然后留下那袋金子，不辞而别。

吃完早饭，肖朗借口需要休息，他回到了二楼的寝室中，躺在床上开始思索。被救的时候天色黯淡，再加上他神情恍惚，无法看清周围的景致。既然这是家农场，那就应该有马厩。他依稀记得在他气息奄奄时，这幢大房子的左后方不远处有一个很大的仓库，也就是罗玉贞所说的仓库。他久未出屋，不过还是可以判断出那儿有马，或许里面还豢养了其他牲畜。前两个早上，他躺在床上时，感觉屋里非常安静，由此他估摸母女俩一般会在这个时间一起去照料牲畜。但如果他那匹马也被放在仓库里怎么办？这两个好心人一定不会让他骑马走掉。

肖朗想起腊月的话，在伤口还没完全愈合的情况下骑马，即便是轻微的颠簸都可能让他的伤口再次撕裂。

"想不了那么多了，我必须走。"肖朗下定决心，"至于办法，只能放弃那匹马了，希望在徒步的过程中能找到一家客店。"

计划是可行的，而且这种分别方式也是最好不过了。肖朗想到这些，脸上不禁露出满意的神情。

然而，就在上午九点多钟，也就是母女俩清洗完碗碟，准备出门去照料牲畜时，腊月的哥哥突然回来了。

肖朗听到一楼传来了说话声，显然母女俩正要出门时碰巧遇到了什么人，并将那人引进了客厅。从声音中可以判断出，进来的人和母女俩非常熟悉。

"妈妈，腊月。"

肖朗听到一个年轻、富有活力的声音说。

"卫良。"

"哥哥。"

热烈的声音响起。

"卫良，这次怎么回来得这么早？"罗玉贞既欣喜又奇怪地问。

"工厂老板放了我几天假，所以我回来看看你们。"那声音说。

"哦，原来是这样。看来你在工厂表现得不错，这应该是老板对你的嘉奖。"罗玉贞欣慰地说，"你饿了吧，我去给你弄点吃的。"

"我得先把行李放到楼上去。"

听到这句话，肖朗不由得紧张起来，同时，一楼忽然变得安静了。肖朗能够猜测到，这是罗玉贞或腊月正在向卫良解释他屋子里正住着一个人。

五分钟后，肖朗听到三个人一起上楼的脚步声。此时，他不知该如何应对这种场面，考虑到自己正躺在腊月哥哥的床上，不免有些尴尬。

正当肖朗胡思乱想时，屋子的门被轻轻地敲了几下。

肖朗应声道："请进。"

罗玉贞推开门，身后跟着腊月和那个叫卫良的年轻人。卫良身材瘦高、肤色黝黑，留着一头短发，他两手拎着的包裹显得很沉重。当肖朗从床上坐起身看着他时，他便流露出礼貌的微笑，肖朗也礼节地报以微笑。

"大哥，你好。"卫良将手中的两个包裹放在地板上，走过去，伸手问候道。肖朗握了一下那只伸来的手。

"我刚听我妈说了你的事。希望你能在这儿安心养伤，有需要的地方尽管跟我说。"卫良诚恳地说。

"这是我哥马卫良。"腊月介绍说。

肖朗脸色通红，想从床上下来，以便郑重地感谢这个热情的年轻人，却被马卫良阻止了。

"不必多礼，你好好休息。"马卫良露出诚挚的笑容。

此时，肖朗感受到了这家人给予他的温暖，他认为这个家中的每个人都是那么友善和热忱。

肖朗微笑地听从了劝慰。

"你在这里好好休养，楼上有其他空房，不必担心我。"马卫良又说。

"非常感谢你的厚意。"肖朗说。

"妈，我带回来一些熏鱼肉和奶酪，还有妹妹爱吃的槽子糕，我先把这些东西放到厨室去。"马卫良抱起刚放在地板上的一个包裹说。

"哥，我来吧。"腊月说。

"不用了，我现在有点饿，我得下去吃点东西。"马卫良说。

"灶台上有烧饼和苹果，你先用它们填填肚子吧。中午我要炖只鸡，做个牛肉汤，再炒几个青菜。"罗玉贞朝着已经往楼下去的马卫良说。

"好的，妈。"马卫良大声应了一下。

罗玉贞转而又对肖朗说："给你也好好补补身子。"

"谢谢。"肖朗表示感谢道。

此刻的肖朗产生了一丝忧虑。两天来罗玉贞和腊月肯定没动过那袋金子，但这突然回到家的马卫良不知会不会好奇地打开麻袋瞧上一眼。肖朗希望这个比腊月大不了三四岁的年轻人别做出这种事情。他很想下去监视马卫良，但在罗玉贞和腊月面前他不好找理由离开，只能被动地躺在床上，期望情况不要太糟。

几分钟后，马卫良的脚步声再次出现在楼梯上。

肖朗看见进来的马卫良一手拿着啃了两口的苹果，嘴在咀嚼着。

房屋后的大片空地长着几棵苹果树已经结了果，只是味道还嫌酸涩。

马卫良咽下嘴里的食物后说："这苹果还没熟，有点酸，过几天才好吃。为了赶路，出发时我只吃了几口东西，旅途劳顿，很快又饿了。"

从那张真诚单纯的脸上，肖朗找不到一丝对方偷看过麻袋的迹象，随即他放了心。

"你别酸掉牙啦，中午还有顿饭等着你呢，等等吧。"

腊月笑道。

"腊月，即便我现在吞下整棵树的苹果，依然能吃下妈妈中午做的美味。"马卫良也笑道，"傻妹妹，你还是没咱妈了解我。"

"哥你不要这样对我讲话。"腊月拉着脸说。

"卫良，不要跟妹妹这样说话，她可是最在意你的话了。"罗玉贞说，"腊月，你也别太较真，你知道你哥一向是这种性格。"

"不，他得改变他说话的方式。如果总是这样，在外人面前会难堪的。"腊月赌气地说，这个外人其实指的就是肖朗。

马卫良朝床上的肖朗说："你别在意，我妹妹就是这样的人。对一位品德高尚的人她会细心对待，而对家里人就要据理力争。"

看到马卫良自然的微笑、腊月羞怒的面容和罗玉贞无奈的表情，肖朗感觉这个家有一种特殊的温暖。他们会因一些鸡毛蒜皮、无足轻重的小事而吵嘴，但这只是生活中微小的调味剂。

"妈，我爸还在那屋子里吧？"马卫良随后问母亲。

"还在那屋子里呢。平时我和腊月只敢进去送送饭，不敢多留。不知为什么，最近他总是发火。虽然说不出话，但他见到我俩，尤其是见到我就直晃动身子，好像要从轮椅上下来一样。那架势就像是我有什么事没做好，他要亲自去处理一样。"提到丈夫马百利，罗玉贞甚是忧郁，不知该如何减轻丈夫的痛苦。

"我在爸面前时，觉得他不只是愤怒。"腊月皱着眉头说，"起先他好像憋着股火，紧接着又会露出一副极度悲伤的表情，好像在痛惜、怜悯我似的。"

"爸为什么会这样？以前他可是很安静的。"马卫良困惑不解。

"可能是病情加重了吧。"罗玉贞说。

"可能是吧。"腊月说。

三人陷入了沉默。

"实在不应该在你面前说这些事情……"罗玉贞忽然想到屋子里还有肖朗，致歉地说。

"不必在意我。"肖朗客气地说。

罗玉贞微微笑了一下。

"时候不早了，我们下去准备午饭吧。"罗玉贞转而对女儿说。

腊月点了一下头。

"妈，我去仓库那边看看，我很久没打理那些牲畜了。"马卫良说。

"也好，回来就想着干活。"罗玉贞欣慰地看着儿子。

一家人走出了屋子，母女俩去楼下厨室准备午餐，马卫良去仓库打理牲畜。肖朗因此猜测到自己的马就在仓库里，而马厩和仓库是一体的。

此时是上午十点钟。

屋子再次变得安静起来。肖朗感到有些疲倦，这非睡眠不足引起，而是伤情未愈所致，他躺在床上过一会儿又睡了。

快到中午时，楼梯传来了脚步声，寝室的门被敲了几下。肖朗醒来，听到腊月在门口唤他下楼用餐，便起身下床整理一番后下了楼。将近两个钟头的沉睡，让他精神许多，但他奇怪的是，自己好像在这段时间里做过梦，做过一些混乱而又匪夷所思的梦，而且很难回忆起来。

肖朗来到一楼时，看见马卫良推着一个坐着轮椅的老男人从左侧一个房间里走出来。自他进入这个家以来，第一次看到罗玉贞的丈夫。轮椅上的马百利，面容苍白，眼睛凹陷，目光阴沉，仅剩的几缕头发偏向一侧。而那瘦削的身躯就像是一具干尸，衰弱、阴惨的模样仿佛刚从黑暗的牢房里出来一般。就连这个黄金猎手看到了都禁不住流露出害怕的神情。

这个怪异的老男人像皇帝般被推到饭桌前。显然，罗玉贞和腊月都不敢靠近他，与他保持着一定的距离。至于马卫良为什么能和父亲离得如此之近，肖朗感到有些蹊跷。

在共进午餐时，肖朗坐在自己经常坐的位置上。罗玉贞和腊月坐在他的左侧，马卫良坐在他的右侧，而马百利恰好坐在他对面。只要一抬头，他就能看到对面那个神情古怪的一家之主，却又不能表现出任何失礼，这令肖朗非常不舒服。

罗玉贞把食物放在丈夫面前，招呼大家吃饭。当罗玉贞和两个孩子边吃边聊时，肖朗只是低头吃饭，让自己像个局外人一样。不过，他感觉马百利不知从何时起一直盯着他，而且没移开过目光。肖朗为了确认这一点猛地抬起了头，只见马百利呆呆地坐在那里，仿佛忘记在吃饭似的，瘆人地凝视着他。马百利的眼睛里游移着难以言表的恐惧和愤怒，虽然隐藏在那副神经质般的神态中不易察觉。那一瞬，他被马百利惊到了，心脏猛地跳荡起来。

"这个人，哦，不，腊月和马卫良的父亲，到底是怎么回事？他为什么古怪吓人地瞅着我？"肖朗困惑不解。

这种奇怪的状态持续了很长时间。罗玉贞母子三人也很快注意到了这场景，不过，他们似乎见怪不怪了。

"马百利，怎么不吃饭呢？"过了一会儿，罗玉贞还是说了一嘴。

这话毫无效果，马百利还是阴森森地盯着肖朗。

顺着父亲的视线，腊月也看了一眼肖朗，然后马上将目光转到马百利这边，生气地说："爸，不要这样看着肖朗先生，很没礼貌的。"

女儿的话在呆滞的马百利耳边犹如一缕轻雾飘散了。

场面一时陷入了尴尬，母女俩有些不知所措。这时，马卫良解释一番，缓和场面："肖朗先生在我爸眼里毕竟是陌生人，况且他精神状态不好，没法控制表情，这样也是无奈的。"

马卫良转头说："爸，听我的话，把饭吃了，然后我带你回屋。"

奇怪的是，马百利仿佛只听儿子的话，听马卫良这样说，他竟然低头开始吃起罗玉贞早就夹到他碟中的一只鸡腿。看那样子，他还没到自己动不了饭菜的地步。

马卫良转过头，有些羞愧："真是抱歉，我爸的病已经很长时间了，希望没冒犯到您。"

肖朗马上回道："哦，没事，没事的。"

这本应该是愉快的聚餐，但是马百利的奇怪表现，使得整个午餐在沉寂中草草结束。饭后，肖朗心里对马百利令人发怵的神情仍然挥之不去，总觉得其中暗含着什么。虽然马卫良和缓而机智地圆了场面，不过从那以后，马卫良却变得阴沉起来。对于这样的变化，他也是难明其因。

临近一点钟时，罗玉贞和女儿打算洗完碗碟再去仓库那边看看，她们认为马卫良在打理牲畜方面不够细致。而马卫良则推着轮椅将父亲送回那间屋子里。至于肖朗，他本希望可以帮助母女俩干点什么，但在两人的劝说下，还是回房间休息去了。

"她们说的对，我得养好伤。对我来说，养好伤就不会再给她们添麻烦了，之后，我还得完成我的事情。"肖朗不再想着尽早离开，躺在床上时，又有一丝困意袭上了他的身体。

肖朗至此还不知道那近十吨的黄金早已被警察缴获，他还幻想着能够行动时，尽早把尚未被人发现的黄金转移走。他也未曾意识到，一旦他重新返回去，就会面临人财两空，警察局已经安排了几名警察埋伏在木屋和仓库附近，昼夜等着犯人回来取黄金。徐峰已经推断出，与鲁铁一同作案的就是酒保张永福所提的酒台前的第三者。虽然不知道黄金猎手的面貌，但他大胆地猜测，这个第三者应该就是令人闻风丧胆的黄金猎手。徐峰深知人性的贪婪，一直等着他自投罗网。

肖朗，这个自以为行事谨慎的男人认为，在报答完恩情和收获财富后可以自由自在地生活，却不知自己将面临近在咫尺的厄运。

肖朗这一觉睡到了下午四点多。

"这该死的枪伤，搞得我又睡了这么久。"醒来时，肖朗按着额头，感到有些心烦。

此时，那副画面又重新出现在肖朗头脑里：马百利阴暗的面孔，罗玉贞和腊月的无奈，以及马卫良的阴沉。对于午餐时的种种情景，肖朗索性仔细回忆一番。

"罗玉贞和腊月无疑是正常的，对亲人的病情可能无可奈何。"肖朗想道，"马百利的精神本来就不正常，有那种状态也说得过去。不过，马卫良为什么会有那种奇怪的表情？他应该像母亲和妹妹那样感到悲伤啊，可是他的阴沉中为什么又夹杂着恐惧呢？这有点不大对头。这肯定不是我多心，而是他看出了什么。"

肖朗在心里找了诸多理由解释马卫良的反常，不过最终他还是不得其解，索性也就不再去继续追究了。现在，他最担心的还是厨室里的那个麻袋，准确说是麻袋里的匕首和双筒手枪。为了解除顾虑，他准备马上下楼去厨室看看麻袋。他需要神不知鬼不觉地把那两个东西拿出来，藏在某个角落或者直接扔到外面不容易被发现的地方。

肖朗穿上拖鞋准备往屋外走时，一阵熟悉的脚步声传了上来，那是马卫良。

肖朗马上甩掉拖鞋，又回到床上。紧接着，屋门被敲了几下。

"进来吧。"肖朗说。

门被轻轻推开，马卫良面带微笑地走了进来。

"你的身体感觉怎么样了？"马卫良关心地问。

"哦，托你们的福，我的伤好多了。你看，我不知不觉地又睡了几个钟头。"肖朗说。

"睡眠是恢复元气的最好方法，你得多休息。"马卫良说。

"是的，但有时候也需要活动活动。"肖朗还是想找借口出去一下，了却他的心结。

"如果你身体允许的话，我陪你出去走走。"马卫良顺着对方的想法说。

肖朗欣然接受了这个邀请。三天来他不曾踏出房子一步，真想呼吸外面的新鲜空气了。

"好的，不过，我的衣服……"肖朗担心自己的衣服太脏，而且上装还沾有血迹。

"哦，你的衣服已经洗过了，现在干干净净地挂在门口的衣架上呢，我去帮你拿一下。"马卫良说。

两分钟后，马卫良将肖朗那身干净但仍有无法洗掉的血渍的衣服拿了上来。肖朗穿衣服时，马卫良下楼找了一件大衣披在身上，然后站在门廊处等肖朗。肖朗下楼后在门口穿上擦得干干净净的鞋，戴上矮筒短檐帽，便和马卫良一同出了门。

刚出门，就闻到久违的新鲜空气。肖朗猛力地吸着沁人心脾的空气，心情顿时变得惬意而舒畅。

"这个季节还是有点凉。"马卫良裹了裹大衣说，"实在抱歉，没考虑到温度，这可能会影响到你身体恢复。"

"没什么，我们穿的并不薄。"肖朗说。

"你看那边是我们的仓库，里面有很多牲畜。"马卫良指着房子左后方的仓库说。

"我知道。你母亲和妹妹救我时，我就看到了，只是当时昏昏沉沉的没看清楚。"肖朗对曾看过的仓库回忆道。

此时，养着牲畜的巨大仓库清晰地呈现在肖朗眼前。仓库的门开着，但里面显得很暗淡，肖朗看不见腊月和罗玉贞。

"她们还在忙吗？"肖朗问。

"忙着呢，午饭后到现在，妈妈和妹妹一直没回房子。女人照顾牲畜的细心程度可比男人强啊，就像抚育婴儿一样。"马卫良说。

肖朗转回头，微笑一下。

"等她们忙完了，我带你进去看一看。"马卫良说。

其实，马卫良此刻带肖朗去仓库那儿看牲畜也无妨。但出于礼貌，肖朗没问什么，只是和这个年轻人在麦地里一直

219

往前溜达。

"那天晚上的事我没亲眼看到。不过，我妈和妹妹说你是淘金者，在路上遇到了劫匪，然后受了枪伤。"马卫良说。

"是这样。"肖朗回答道，"那晚若不是你妹妹发现我，我可能就死在这片麦地里了。"

"嗯，她们都是善良的人，尤其是我妹妹腊月，她当时一定急坏了。"马卫良说。

"她们都是好人，我真不知该怎样报答你们一家。"肖朗没提起要留下那袋金子。

"你是个遭难者，理应得到帮助，这是上天的旨意。"马卫良说。

肖朗欣慰地笑了下，他忽然意识到这种举动是可以发生在每个人身上的，也包括他自己。

两人慢慢地往前走着，欣赏着临近傍晚时的美好景致。

静默了一阵。

两三分钟后，马卫良再次打开话题："大哥，我很好奇，你当时碰到了什么样的恶徒？"

肖朗不想说太多："一个劫匪而已。"

"会不会是黄金猎手？"马卫良猜测起来。

"我不知道那个人的身份。我骑马往回走的时候，树林里突然冒出一个蒙着面、持着手枪的劫匪，我仅仅能看到他的眼睛。"肖朗不想谈下去。

"那你真是不走运。"马卫良表示同情。

"是啊，太不走运了。"此时，肖朗脑海中竟浮现出了杜康。

"嗯，我想可能不是黄金猎手，据说黄金猎手一般用绳子或刀作案。"马卫良若有所思。

肖朗沉默。

"大哥，你听说过黄金猎手吧？"马卫良问。

"听说过。"肖朗回答道。

"听说那人是个绝对的恶徒，是个杀人的疯子。"马卫良说。

听到这些话，肖朗感觉有些不舒服，随即说："我们再走一会儿就回去吧。"

显然，肖朗是极不想谈论这个话题了。

"我们刚出来不到十分钟……"马卫良瞅着肖朗奇怪地说。

为了不引起对方怀疑，肖朗忍耐着，继续和马卫良走在麦地里。

"再过两个月，这片麦地就不是这种灰突突的颜色了。"马卫良说。

肖朗无心地望了一下灰蒙蒙的麦地。

"呃，这就奇怪了，不是黄金猎手，又会是什么人？"马卫良揪住这个话题不放，满脸疑惑。

"黄金猎手只是因为出了名，所以一旦发生这种事情人们就会往他身上想。但老实说这个世上还有其他恶人。"肖朗暗暗地维护自己。

"嗯，对，这个世界充满了邪恶，到处都有坏人。"马卫良赞同这种说法，转而更阴暗地说，"所以说我们生活在黑暗中，随时都可能面临生命危险。"

"年轻人，也不能这么悲观。你身边不是有善良温厚的人吗，比如说你的母亲和妹妹，你应该感到庆幸。"肖朗说。

"嗯，她们是温良的，但有时也会看走眼。"马卫良的话突然尖利起来。

对于这句话,肖朗感到很诧异,他似乎听出了另一番意思。他脚步放慢,表情变得严肃起来。

"我不太明白你这话的意思。"肖朗佯装镇定地说。

马卫良忽然停下脚步,表情也随之变得异常认真。

"嗬,其实我对你的话有些怀疑。"一抹狡黠的笑容浮现在马卫良脸上。

肖朗心里顿时布上了阴云,他感觉面前这个开朗的年轻人瞬间变成了一个狡猾之徒。他很快意识到自己的秘密可能被对方知道了,只是暂时不能确定是否如此。

"你对我的哪些话产生了怀疑?我们谈话一直都很投机的。"肖朗认真地问。

"我对你所有话都有怀疑。"马卫良轻巧地说。

"你要谨慎考虑你所说的话。"肖朗故作镇定,实则非常紧张。

"我说的都是真实想法。"倏然间,马卫良的目光像一把锋利的刀子,他直直地注视着对方,"我可以再说一遍,我对你全部话都有怀疑。"

空气仿佛停止了流动,两人之间的气氛变得格外紧张。

"怀疑?嗯,好吧,你倒是说来听听。"肖朗强迫自己保持镇静。

"你自称是淘金者,说路上遇到了劫匪,身上中了一发子弹,然后侥幸逃脱。这些话听上去合理,但存在漏洞。"马卫良不紧不慢地说,"我不敢想象一个慢悠悠骑着马的人在遭遇抢劫时,尤其对方持枪的情况下能顺利跑掉。想想看,劫匪突然出现在你面前,即使你策马就跑,也不会仅仅挨中一枪,除非那人是个新手。但我相信在那么近的距离,新手也不会笨到连面前的人都打不下来。通常人在遇到如此危险的情况下，会选择束手就擒，然后再想怎样逃跑。好，就算你胆子大，果断地选择了逃跑，而且当时跑得特别快，但在重新驱动马的时间里，那个劫匪肯定会朝你这个胆敢在他面前做出这种举动的人开枪。说到这儿，他怎么可能射到了你的腹部？按理应该是你的后背才对……"

肖朗忍不住打断，说："你不能通过这些臆测来断定我的遭遇。当时，我的马不仅驮着我，它还带着……带着整整一麻袋的金子，重新跑起来肯定会比什么都不驮、什么都不带的马要慢，所以那人打中的是我的腹部。他眼看我跑掉时，又慌忙地向我背后射了几枪，可惜一枪没打到，你要相信这种事是能够发生的。"

"哦，不，不，不，我没有臆测。"马卫良极不高兴地说，"你既然提到了你那个麻袋，那我就想问那里面的匕首和枪是怎么回事，你怎么解释？"

听到这些，肖朗瞬间感到彻骨的寒意。他万万没想到，他原以为马卫良没有窥探到自己的秘密，其实对方不仅发现了，而且还佯装着什么都不知道，他并不像看起来那么单纯。

肖朗猜对了。马卫良上午进厨室时，不经意地注意到地上放着一个装满东西的麻袋。他本以为里面装的是一些风干的食物，比如肉干之类的，却发现里面不仅装了满满的金子，而且上面还放着一把匕首和一把双筒手枪。起初，他认为这是肖朗的防身武器，因为淘金者在寻金路上必然要防范危险，所以会带上保命的武器。继而，他也朝另一个方向猜测，肖朗也可能是一个穷凶极恶的恶徒，干着不为人知的事情。在无法甄别对方身份的情形下，马卫良随手拿起灶台上的苹果，满腹狐疑地上了楼，在肖朗面前尽量保持下楼前的样子。至于什么原因让马卫良确认肖朗并非善类，在他没把话说完前，肖朗是无法猜透的。

肖朗只能认为对方是在臆测，便为自己辩白："你想错了，那匕首和枪并不能证明我是坏人。你要知道身为淘金者，随时都可能遇到危险，尤其是只身一人前去淘金时，更应该为自己的安全着想。说到这个，即便我带了枪，都没想着要对那个劫匪开枪，可他却……唉……"

肖朗用最后一句话堵住了马卫良有可能又要问的话。

"之前我也是这么想的。但你这套说辞只能骗别人，却骗不了我。"马卫良冷冰冰地说。

"你为什么不肯相信我呢？"肖朗皱着眉头问。

"我可以选择相信，也可以选择不信。"马卫良阴阳怪气地说。

"这么说你全凭感觉了？"肖朗带有几分讥讽地说。

"你要知道，这种感觉会出错的，会冤枉一个无辜的人。"肖朗紧接着又说。

"不，感觉这东西有时候像证据一样有力。"马卫良不同意地说。

"你太武断了。"肖朗摇着头说。

马卫良面容冰冷地说："在我无法分辨的时候，我在另一个人那儿得到了答案。"

"不会是罗玉贞，也不可能是腊月……另一个人是……"肖朗立刻思索道。

当肖朗突然想到一个人时，马卫良先说出了那个人的名字。

"我爸马百利。看得出你们今天是第一次见面。"马卫良说。

"是的，我是第一次见你爸，这与我们谈论的这件事有什么关系？"肖朗本能地不想面对事实。

"他告诉了我一切。"马卫良盯着肖朗说。

"你爸长期在那间屋子里待着，他不可能去厨室打开麻袋看里面的东西，即便看到了他也只能像你这样猜测。"肖朗倒是显得很平静。

"是的，他没看到麻袋里的金子和那些恶毒的工具，但他看似精神异常其实有着超常预知能力。"马卫良咬牙切齿地说，"他曾经在我耳边说，明天咱家会死一匹马和三头牛。你猜怎么着，第二天，仓库里的一匹老马和三头小牛真就莫名其妙地死了。后来我们找到了原因，是饲料出了问题，里面含有有毒物质，这是真事。之后，我对我妈和妹妹说，爸爸昨天就预言说将会发生这种不幸的事情，但她们说我爸只会低声嘀咕，不可能说清楚话的。我爸的话没一个人能听懂，任谁都认为他是在歇斯底里地发着神经。当然，这不能怪别人，我爸的咕哝一般人确实是听不清，也听不懂，但他的儿子，我能明白他的意思。"

肖朗惊愕地看着马卫良。

"你别不信，他不止做过一次预言，类似的事情发生了许多，他没有说错过一次。"马卫良回应着对方那副难以置信的眼神。

"仅凭这些？"肖朗表示质疑。

"仅凭这些就够了。"马卫良激动的眼睛泛红，怒火冲上了脑子。

短暂的寂静。

此时，傍晚美丽的霞光照耀着天空、大地，将麦地染成了殷红色。

"马卫良，我只能说你父亲虽然有不可思议的能力，但在我这件事上他猜错了。"肖朗十分坚定地说。

"哈，哈哈哈……"马卫良忽然捧腹大笑起来。

"哼，你这个恶人倒是真能狡辩。"马卫良尖锐地说。

"没什么可笑的，你没证据，你才是诡辩。"肖朗毫不客气地说。

"我已经说了，有时候直觉就等同于证据。"马卫良收起了笑容。

肖朗气愤得直摇头。

马卫良平复一下情绪，转而又恶狠狠地说："父亲说了，家里进了个恶魔，这个恶魔不能留在家中。"

肖朗憋着一肚子火气说："我明白了，你是要撵我走。你不信任我，包括你爸，他在饭桌上看我的眼神就非常不正常，我现在才明白其中的缘由。既然这样，那么我会马上离开。麻袋里的金子我不要了，当作是报恩的谢礼。我现在要回去取我的马，我答应你，我会在你面前永远消失。"

"哼！恶人，你真以为你有资格拥有那些东西吗？"马卫良恶狠狠地说，"金子我是绝对不会给你的。还有，我没告诉妈妈和妹妹，我这次回来是因为被老板开除了。现在我没有收入，还得肩负起养活家人的重担，所以你那不义之财就留在这儿吧。至于那匹马，那可是匹驯顺的好马，它不应该有一个邪恶的主人……"

肖朗这回彻底明白了，马卫良已然把他当成了杀人夺金之徒，想占有他所有的东西。

"你在想你那刀子和枪吧。"马卫良从肖朗的眼神中看出他在惦记余下的东西，"放心，我把它们扔到了一个你发现不了的地方。你这种人拿着那些东西会对别人有危险的。"

马卫良接着说："还有，不要想着去和我妈、我妹妹告别，不要玷污了她们的善良。腊月对你好像有一种特别的感情，我希望你能有自知之明，你根本不配接近她。"

肖朗望着马卫良那副凶狠、冷酷的表情，不禁想起了自己原来的模样。

在这样一个濒临黑暗的傍晚，肖朗不知该投宿何处。茫茫的麦地上，除了这家农场，四下杳无人烟。但他知道，他必须立刻离开这里，而且是越快越好。

肖朗微微地鞠了个躬，最后一次表达谢意，然后，扶了下头顶的帽子，转身便向远处走去。郁闷、难堪、忧伤、愤怒的情绪交织在他心中。此时，一缕清风拂面而过，他再次感受到恐怖的孤独。

"我就这样离开吧。不知我走后，马卫良会不会将这些事告诉罗玉贞和腊月……他一定会告诉她们的，他要把心中的怒气发泄出来。"一丝痛苦浮现在肖朗的脸上，他不由暗想到，"我确实在欺骗她们。"

然而，刚走出十几步，马卫良的声音从身后又传了过来。

"黄金猎手，有句话我忘记告诉你了。午饭后，我推父亲回屋，他贴着我的耳朵告诉我，一定要除掉那个恶魔，一定。"

听到这狠毒的话，肖朗突然有种不祥的预感。他猛地转回身，只见马卫良竟然离他不到五米的距离，而下一刻，对方像个野兽般疯狂地冲了过来。肖朗毫无防备地睁大了眼睛，霎时，一把刀子闪出，插入了他的腹部，一股鲜红的血液流

227

了出来。

肖朗清楚地看到，那把刀子正是他的匕首。马卫良不知把双筒手枪扔在了哪里，或许根本就没扔，而同时，这把匕首居然一直在他身上。看来，眼前的年轻人早已计划好，和他出来散步时就是要杀他，而他也给对方提供了这个机会。

肖朗自动自觉离开时，马卫良曾动过一丝恻隐之心，但脑子里马上又充满了父亲的命令，他随即以最快的速度赶上肖朗。当离得够近时，他紧握利器，卯足力气，径直地冲向目标。

刺中肖朗后，马卫良面色煞白地松开了手，显然他从未干过杀人越货的勾当。他慌慌张张看了一眼肖朗后，转身朝农场方向跑去。

肖朗感到双目晕眩，新的刀口带来的疼痛盖过了旧的枪伤。他抬起头望向形成星点的农场和跑远后身影逐渐缩小的马卫良，然后努力地转回身体慢慢向前走。几秒后，他停住脚步，双膝跪在了地上。迷离之中，他感觉麦地在即将消隐的光线下泛出了淡黄色，紧接着一根根金灿灿的麦穗拔地而起，开始茁壮生长，这些景象构成了一幅美妙的画面。肖朗看到自己正走在这片广阔的麦地中，不一会儿他来到一座孤零零的教堂前。走进去后，在一名神父的引导下，跪在地上做起了祷告，同现实中的姿势一样。肖朗的意识很快从虚幻回到了现实，他仰望了一眼天空，用尽最后一丝力气在胸前画了个十字，然后垂下头颅，缓缓地闭上了眼睛。随之整个身体倾倒在大地上，而那顶矮筒短檐帽竟在这个时候也像丧魂失魄般落在了地上。

第十九章　获救

时间一闪即逝。

王凯文、郭洪生和吉瑞在黑暗的牢房中整整度过了三天。在这三天里，每到饭点，范大力会准时将食物通过铁门下面的口子送进去，三个少年也仅能在这短暂的时间内见到外面的一丝光亮。除了范大力懒洋洋的送饭声外，王凯文和郭洪生时而听到吉瑞在轻声哭泣。三间牢房离得很近，郭洪生如若大声咒骂，责怪吉瑞的恶劣行为，吉瑞是能够听见的，然而，如此一来，便会招致雷莽子和范大力的严厉训斥。郭洪生明白这一点，也知道发泄式的谩骂毫无作用，所以一直保持着沉默。王凯文他们清楚，一旦到了处刑之日，他们就将告别这个世界，便如坠深渊般，感受着无限的恐怖与绝望。在这期间，他们不曾有过逃跑的想法。首先，铁牢十分严密，其次，外面有雷莽子和范大力轮流把守，乔赫时不时还会过来查看情况。被关进牢房后，三人无法隔着墙壁或铁门说话，都保持着一副死寂的状态。

三日后的下午五点钟，吴云龙命令手下将三个少年从牢房中带出来。处刑前，王凯文、郭洪生和吉瑞第三次站在大厅里，面对着吴云龙，他们如囚犯般垂着头，低沉地望着地面。

"抬头。"吴云龙冷冰冰地说。

三个少年顺从地抬起头，望着那张冷酷无情的面孔。

"王凯文，我知道你现在非常痛苦和愤恨。但我告诉你，这都是你自找的，你在九泉下记恨我们也没用。你要明白，你们被抓是因为行事不谨慎，是你太想看到我们被捕的场面，以泄心中之愤，是你连累了两个伙伴。你要明白一点，有时报复心会让你身陷囹圄，反而遭遇不幸。"吴云龙说。

"你们有什么话要说吗？"吴云龙随后问。

王凯文和郭洪生阴沉着脸，知道临死前的话毫无意义，无法拯救他们的性命，索性顺其自然平静地等待死亡。而吉瑞，在走出漆黑的牢房后，精神变得异常，一直在歇斯底里地嘟囔着什么。当听到吴云龙问有什么话要说时，吉瑞突然神经质地大喊道："你们说会放过我的，你们说会放过我的，你们要遵守承诺。"

"臭小子，给我闭嘴。"乔赫紧紧抓住吉瑞的后脖颈，凶狠地说。

"老爹，时间差不多了。"朴三提醒道。

吴云龙瞟了一眼大厅中一座华丽的落地钟，分针准确地指在十的位置。

"把他们带出去。"吴云龙命令道。

乔赫、雷莽子、范大力押着三个少年走出了别墅，来到宽敞的院前，强迫受刑者跪在青绿色的草地上。

"不，不要，我不想死，我为什么这么倒霉。早知这样，我就不跟来了。"跪在最左侧的吉瑞突然哭喊起来。

"小子，你给我闭嘴，现在说什么都晚了。因为你们，我们损失了十吨黄金，你们就算是死十次也抵消不了这个债。"乔赫恶毒地说。

"乔赫，不要跟他们废话，处刑时间马上到了。"朴三提醒道。

此时，距离处刑时间仅剩一分钟。

"朴三，这回你戴的表不会出问题吧。给我看好时间，到五点一刻，我准时毙了这三个混账东西。"乔赫扣动扳机，将手枪指在最右侧的王凯文的脑袋上。

处刑的顺序一目了然，王凯文将是第一个受刑的，郭洪生是第二个，而陷入极度恐惧的吉瑞在数秒后也将结束生命。

吴云龙激动地望着这幅场景，目光锁定在王凯文身上，他像一头凶残的野兽般要亲眼看见子弹射穿王凯文的脑袋。他选择了这个行刑时间，就是让王凯文他们死前明白，谁反抗他谁就必须得死。吴云龙双目炯炯有神，心脏也扑通扑通地跳着。若是处决一个与他毫无瓜葛的人，他只会冷漠地看一眼，但对于这个一心想为父亲报仇，却不幸让自己陷入不利境地的可怜少年，吴云龙极想欣赏这种滑稽，又带有几分讽刺意味的场面。

就在吴云龙全神贯注面对即将发生的一幕时，他突然怔了一下。

"等等。"吴云龙突然叫停，转而问向乔赫，"喂，乔赫，你手上的那枚戒指呢？"

乔赫惊住了。因为在他瞧向右手，也就是持枪的那只手时，发现拇指上的戒指不见了。那枚戒指，那枚用金子打造的戒指，具有非凡意义的象征物竟莫名地从拇指上消失了。

朴三、范大力、雷莽子也都惊诧地看着乔赫的右手。

"戒……戒指没了。"雷莽子不敢相信地说。

"乔赫，你的戒指哪儿去了？"朴三紧张地问。

"一定是丢了。"范大力肯定地说。

乔赫艰难地咽了一下口水，难以相信眼前的事实。

"这么长时间你竟然没发现戒指丢了？"吴云龙恼怒起来，"你回忆一下，戒指到底是什么时候丢的。"

"老爹，我也不知道戒指是什么时候丢的。"乔赫情知惹了不小的祸，声音颤抖起来。

"可能已经丢了几天了，只是他一直没注意到。"朴三判断道。

"几天！混蛋，丢了这么久，你竟然意识不到？"吴云龙暴跳如雷地怒吼。

乔赫吓得险些抖落掉手中的枪。

"朴三，你不要瞎说。"乔赫反驳道。

"我们都知道你手上的那枚戒指从来没有摘下过。既然现在没了，那就像范大力说的，一定是丢了，而且我敢保证是在几天前。"朴三毫无根据但却极为自信地说。

"哼，荒谬。"乔赫干笑了一声，随即转移话题，"老爹，处刑的时间已经过了，我得马上执行枪决了。"

吴云龙虎视眈眈地看着乔赫。相比于处决，此时他更重视的是那枚丢失的戒指。

场面异常紧张。

"不会是那天掉到灌木丛里了吧。"范大力想起什么，立刻说出了吴云龙不愿相信但也能猜到的情况。

"老爹，我们得尽快处理掉这三个小子，然后再去追究这事。"朴三预感事情不妙，神情严峻地说。

"对，对，老爹，当务之急是先毙了他们。"乔赫紧张地附和道。

陷入恐慌的吴云龙正处在半发呆的状态中。

乔赫重新将枪指在王凯文的脑袋上，同时回忆起那枚极为重要的戒指的往事。

乔赫记得，两年前一个晴朗的早晨，就在这宽阔的院子里，杜康和他一起散步、畅谈。期间，杜康对他说："咱们跟随老爹已经很长时间了，也为组织做了很多事，老爹也从未亏待过咱们。老爹十分信任我，关键事情都交给我去做。你看我手上这枚戒指，他将这枚精心打造的戒指赐予我，以此物来表示我在组织中的地位和能力……"

"你是老爹的心腹，他当然最信任你。你现在是组织中的二把手，希望你能协助老爹带领好这帮人。"乔赫羡慕地说。

"嘿，你要知道，二把手是最容易丧命的。因为他要干很多危险的事，指不定哪天就会死掉。"杜康倒是显得有心理准备。

"怎么可能，你会长命百岁的。"乔赫连忙安慰道。

"但愿如此。不过，干我们这种事情面临的风险是不可测的。"杜康说。

"确实。"乔赫说。

"我今天是要告诉你，老爹说组织中至少要有两个能干的人，一个是我，另一个他选定了你。"杜康说。

"老爹真这么说的？"乔赫显得半信半疑。

"我怎么可能对家人说谎。"杜康不高兴了。

"嗯，也是。"乔赫马上回答。

"你要知道，当初咱们六个人在无依无靠的时候是老爹收留了咱们。既然他养育了咱们，那咱们的命就是他的，也就是说不论他让咱们做什么事，咱们都不能质疑，要绝对服从。"杜康说。

"这个我知道，其他四个人也是这么想的。"乔赫说。

乔赫回想，杜康说完这些话后，便将拇指上那枚雕刻精细的戒指突然摘了下来，然后让他伸出手来。乔赫曾拒绝接受那枚具有非凡意义的金戒指，知道自己没资格享有，但在杜康的执意和坚决下，他最后还是接受了这个贵重的赠物。他将戒指戴到右手拇指上后，杜康面带微笑地向他击了个拳。从那以后，他一直戴着那枚金光闪闪的戒指，不论是吃饭还是睡觉，始终没摘下过。吴云龙默许副手间自行传递与接受这枚戒指，因为这代表着相互间的信任。但如果这枚对他来说极为重要的戒指出现了不好的事情，他就会变得异常愤怒。

这些记忆迅速从乔赫脑海中掠过，当他恍惚地回过神时，看见朴三正用奇怪和责备的目光望着自己。

"乔赫，你发什么呆，老爹让你马上执行枪决，戒指的事稍后再说。"朴三说。

"哦，遵命，遵命。"乔赫哆嗦的右手握紧手枪，指着王凯文的脑袋。

王凯文感觉到枪口又一次按在头顶上，他体验到了父亲王怀礼临死前的恐惧。

"混账东西，去死吧。"临开枪前，乔赫恶狠狠地说。

王凯文紧闭双目。

"砰。"空气中传出一声重浊的枪响。

一瞬间，王凯文觉得灵魂离开了肉体，生命彻底终结了。

然而，现实中的一声惨叫让他立刻意识到，自己还活着。

"啊……"

乔赫突然发出一声痛苦的叫声。吴云龙他们惊恐地看到乔赫的右臂迸出了鲜血，血顺着胳膊滴到了王凯文的头发上，还有些溅到了郭洪生的脸上。

"老爹，快隐蔽。"看到血淋淋的一幕，朴三反应极快，大声喊道。

吴云龙从惊愕中清醒过来，立刻朝府邸跑去。朴三则用自己的身体掩护吴云龙逃跑。

乔赫随即大声喊道："警察，是警察。雷莽子、范大力，掩护老爹。"

雷莽子和范大力已经反应过来，他们判断子弹是从别墅正前方的树丛里射出来的，便掏出手枪朝树丛那边开枪。然而，这两人刚打了几枪，就被对面飞来的子弹精准地射穿了身体，相继倒了下去。

若能开枪，乔赫恨不得冒着被警察打死的风险也要崩了眼前这三个少年，但右臂的枪伤导致他无法将枪换到左手，何况对方也不会给他开枪的机会。混乱当中，树丛里突然冒出十几名警察，带头的是徐峰探长，他身边紧随着猎犬伊勒。

警察们蜂拥而上，控制住了乔赫。几分钟后，钻进宅邸想从暗道逃跑的吴云龙和朴三被隐藏在别墅后面的警察截了个正着。这两人万万没想到，巨大的房子后面还埋伏着另外十几名警察。

吴云龙和朴三毫无抵抗力量，只能束手就擒。

除了这个团伙大感惊异外，王凯文、郭洪生和吉瑞也非常震惊，他们从未想过在危急关头会有警察出现。

　　吴云龙注意到乔赫手上那枚金戒指不见时，虽然有种极度惶恐的不祥预感，深知一旦警察发现戒指，定会顺藤摸瓜找到他们的老巢，但他没想到事态发展得如此迅速。在处刑三个少年之前，警察们早已隐藏在别墅附近的树丛里。射中乔赫右臂的是一名狙击手，他透过瞄准镜已经盯了很久，等待出手的时机。

　　乔赫被一群警察带走后，徐峰来到三个惊魂未定的少年面前。

　　"小伙子们，没事了。"徐峰说。

　　惶惧的王凯文被这熟悉的声音惊醒，他抬起头，苍白的面孔转向徐峰。

　　徐峰虽未说话，但眼中充满了责备。

　　"徐……徐探长，"郭洪生从恐惧中稍微恢复一些神志，"我们犯了天大的错误，我们不应该来这儿。"

　　面对深深懊悔的郭洪生，徐峰没有发出责难，而是让手下将三个受惊不小的少年安抚一下。王凯文和郭洪生腿脚僵硬地站了起来，可是吉瑞已经吓瘫了，面色惨白，如同僵尸。两名警察不得不将他搀扶起来，像是拎着轻盈而又立不稳的软胶物。

　　这次抓捕行动的成功要归功于徐峰探长的敏锐和伊勒的嗅觉。发现戒指的事要从这天早晨说起。

　　早晨八点多钟，徐峰愁闷地坐在办公室的椅子上，苦思冥想此次案件的来龙去脉。如果抓不到与此案有关的鲁铁的那个同伙，一切都会是雾里云间，很难弄清楚事情的全过程。正当他愁眉不展时，一名警探敲门进了办公室，向他汇报近几天的调查情况。警探说，两天来警察搜遍了木屋和仓库附近，没有发现任何新线索。此外，警察全力搜查了整个马岐山脉，虽未能搜遍每一座山、每一片树林，但他们在很远的地方发现了一棵巨树下的尸体。尸体的腹部有一个大窟窿，部分内脏显然是被狼掏吃了，因为离尸体不远有一具狼的尸体。经过核实，他们确认尸体是陶善义。

警探向徐峰报告道："陶善义，晨星孤儿院的一名孤儿，一直以来是个无业游民，长期跟随同一孤儿院名叫赵友的人干偷窃的勾当。"

"偷鸡摸狗的人命总归是不好的。"警探汇报时没忘了讽刺一句。

"万事皆有因。我们在他那种处境，可能也会干出你所嗤之以鼻的事。"徐峰有些不快。

"好了，没别的事的话，让我一个人待会儿，我要思考一下这个案件。"徐峰随后说。

"思考没有线索的案件是很费神的。探长，你需要注意身体。"看到徐峰疲劳不堪的状态，警探关心地补充一句。

徐峰摆了摆手。警探退出办公室后，他又陷入了思索。

"一定要找到证据和线索。如果能逮到鲁铁的同伙，就好办多了。希望那家伙对现在的情况一无所知，回来取他的宝贝。如果他不回来的话，那就糟透了……"徐峰暗自思忖着。

徐峰眼前一片迷茫。他点燃一支烟后猛力地吸起来，口中吞吐的烟雾蒙住了他的视线，他的思路重新回到刚发现木屋和仓库的时候。冥冥中，他隐约想起一个细节，当时他好像听见二三百米之外的灌木丛里发出了奇怪而短暂的动静，现在他努力回想，那声音很像是谁在呼救。因为那声音很快消失了，再没有重现过，所以，他当时以为自己是因高建明的死而产生了幻觉。想到这里，他猛然一惊，当时他虽然悲伤过度，但头脑还是清晰的，那声音未必是幻觉。他把未抽完的烟掐灭后，做出了返回木屋和仓库重新勘查的决定。

徐峰马上走出办公室，下了楼，来到警局正门前，此时，猎犬伊勒像平时那样正趴在地上晒太阳。徐峰俯下身，抚摸了几下它，然后说："伊勒，你得帮我个忙了。"

过了一会儿，徐峰骑上马，搂着伊勒一路狂奔，两个钟头后，他来到木屋和仓库那里。埋伏在四周的警察们见到探长突然出现，都很惊奇，因为他指示部下们接下来完成的任务，是等待犯人自投罗网。经过他们身边时，徐峰只是向几个警察低声打了个招呼，然后不道缘由地带着猎犬开始工作。徐峰站在他上次站过的位置，还原当时的场景。几分钟后，他找到了疑点重重的那片灌木丛，紧接着带上伊勒朝那里慢慢走去。

"真是个容易隐藏的好地方。"进入那片周围遍布树木的灌木丛后，徐峰不禁喟叹。而他当下所站的位置恰巧是王凯文他们隐藏过的地方，四下的树木和阔叶可以完美地掩蔽身影，并且观察者可以窥探到木屋和仓库那边发生的一切。

正当徐峰苦苦思索时，伊勒突然低下头，仔细地嗅着地面。徐峰预感到了什么，便一路跟随着它。不出所料，一分钟后，猎犬伊勒展现出了它超强的嗅觉本领，离刚刚那个位置不到五十米的地方，有一枚金光闪闪的戒指挂在一根灌木枝杈上。

"哈，伊勒，上次找到了金牙，这回你又立了大功。"徐峰惊喜地说。

徐峰马上戴上手套将那枚金戒指取下来。伊勒凑到跟前，闻了闻那上面的气味，然后露出一副极想寻找猎物的神情。

"哦，你不能着急，我自己可完成不了这个任务。"徐峰明白伊勒想要带他去找疑犯，但他十分清楚，如果他和猎犬单独行动，很可能会遭遇无法预测的危险。高建明的死让他铭记一点，不论什么时候，都不能贸然独自行动。徐峰安抚了躁动不安的伊勒，然后迅速返回警察局。

到了警察局后，徐峰立刻向上级汇报了这条新线索。而同时，警察局刚得到一个消息，那就是白山镇有一伙人可能正在参与一起重大事件。至于这个消息的来源，恐怕吴云龙那伙人根本猜不到究竟是谁报的案，可能是涂长林，也可能是其他什么人。

世上没有不透风的墙。其实，白山镇的居民不可能永远不知道吴云龙等人的勾当。近几年，镇民们渐渐发现，当地一些社会渣滓、败类突然变得富裕阔绰起来，有几个原本一穷二白的人开始花天酒地、挥霍无度，手中的钱仿佛是大风吹来一般。后来，镇民们更进一步了解到，这几个人似乎拥有大量黄金。除了傻子，任何人都不难想到，在这个并不富足的镇子里，没有哪个人能单纯靠辛勤劳动发家致富。如果说这些人是凭借淘金而一夜暴富的，也会让人产生疑问。首先白山镇离马岐山脉十分遥远，去一趟要消耗大量的人力物力。其次，即便有人确实去了山脉中淘金，但大多数人也都知道北面蕴藏的黄金极为稀少，那么，除了使用见不得人的手段，没人会相信镇里的这几个人是通过双手一点一点挖金子的。出于好奇和嫉妒，陆续有人把这件事报到当地警察局。随着报案人数的增多，镇警察局也开始重视了这件事。

由于马岐山脉离塔河镇非常近，所以白山镇警察局就向塔河镇警察局告知，说本镇有一个可疑团伙极可能在马岐山脉作过案，希望贵局能够配合参与调查。而此时，徐峰正好带着那枚戒指归来。在此情形下，塔河镇警察局便利用这个线索和其他的证物开始了新一轮搜查。徐峰大胆猜测，他所捡到的金戒指大概和可疑团伙有关联。紧接着，塔河镇警察局将此情况又迅速告知白山镇警察局。就此，两方警局达成协作，将根据徐峰探长那头爱犬，也就是伊勒所提供的线索和路线，当日下午分别派警力火速前往目标地点进行暗中包围，并随时展开抓捕行动。

　　两个镇的警察局确定了刻不容缓的联合行动。下午四点多钟，猎犬伊勒带着塔河镇的警察找到了隐藏在密林中的别墅，同时赶来的白山镇警察在得到准确位置后，也迅速抵达现场，并悄悄藏在别墅后面。吴云龙府邸前后埋伏了三十多名警察。

　　徐峰在树丛里亲眼看见三个少年被带到别墅院子里，看见他们跪在地上等待被命运的那只手拨弄。当时，所有警察严阵以待，一旦目标对王凯文他们做出不利的举动，便会及时出击。

　　有那么一瞬间，徐峰以为那个持枪的刽子手，也就是乔赫即将动手时，目标却突然停了手。那会儿吴云龙正注意着乔赫右手拇指丢失的戒指。即便距离有些远，徐峰还是判断出这个老大在对什么事情发泄不满，而且在急切地追问，之后，他又隐约地听到了"戒指"两个字。

　　"没错，就是他们。"徐峰脑子里立刻闪出这个念头。

　　随后便发生了枪战。乔赫朝王凯文开枪前被狙击手射中了右臂，鲜血直流。紧接着，朴三保护着吴云龙一同逃跑。而雷莽子和范大力在乔赫的命令下向树林射击。两人打了几枪后，被对面密集的子弹穿透身体，纷纷倒下去，即便是身躯强壮、体型硕大的雷莽子也难以抵抗围剿。吴云龙和朴三仓皇逃进别墅，找到内部暗道向后院逃窜。他们刚从地面露出头，就看见十几个埋伏的警察围了上来。两人知道若是往回跑，面对的将是前院的警察，他们只得束手就擒。

这次抓捕行动顺利完成，三个少年成功获救。而蹲守在木屋和仓库附近，等待猎物出现的警察将永远等不到肖朗回来。

当警察押着杀人夺金团伙，带着王凯文三人一起回到塔河镇时，刘秀兰、王小燕，还有郭洪生的父母早已在警察局等候多时。两家人坐在一起，一直焦虑万分地等待着消息。在得知他们的孩子平安回来后，刘秀兰搂着女儿哭成了泪人。

王凯文没回来的第一个晚上，刘秀兰就开始忧虑不安起来。王小燕费了好大劲儿才稳住母亲，她谎称哥哥去郭洪生家过夜了，临走时让她不要告诉母亲。刘秀兰并不相信女儿的解释，几次追问到底什么事能让王凯文一夜不归，王小燕只好说出他和郭洪生商量淘金的事情。她想让母亲相信这个看上去真实的理由，但哪里料到，脆弱的刘秀兰到了第二天傍晚就扛不住了。第三天早上，刘秀兰匆匆忙忙去警察局报了案。可惜的是，接案的不是徐峰，否则他会第一时间将王凯文的失踪和这起大案联系在一起。接待刘秀兰的是位年轻警探，他先是安慰她，然后带着一帮警察在小镇里寻找，但花了一天时间也没找到王凯文。那一宿，刘秀兰彻夜未眠、抑郁万分。到了第四天早上，刘秀兰和也担心起来的王小燕一同来到警察局，准备向徐峰探长报案，但此时，徐峰已经带着猎犬去了木屋和仓库那边，刘秀兰即便心急如焚，也只能等待探长回来。在等待的期间，她遇到了郭洪生的父母，得知他们也来找过好几次，糟糕的是警察一直没发现他们儿子的踪迹。而王小燕的谎话也在刘秀兰和郭洪生父母的交谈中被戳破，她疚悔得哭起来。这时的刘秀兰并没有力气责备女儿，她整个人已经陷入了麻木。四个人在警察局焦虑地等待着，三个钟头后，得知徐峰回来了，他们想冲进探长办公室诉说孩子失踪的事情，却被一个警察拦了下来。这名警察说探长有重大案件正在处理，暂不接受其他案子。四个人只好继续等候，希望探长能够尽快解决眼下的案子，然后马上着手他们孩子失踪的事情。下午，四个人看到十多个警察从警察局楼里出来，好像是要展开一次大规模的行动。刘秀兰拦住一个年轻警察询问究竟发生了什么事，警察匆匆说是要抓捕一个犯罪团伙后就走了。刘秀兰立刻将此次行动联系到儿子身上，猜测王凯文会不会与这件事有关。母亲的直觉是准确的，事实正是如此。

刘秀兰带着一丝希望等待重大案件的结果。直到晚上，她惊喜地看见王凯文他们走进了警察局。虽然王凯文神态呆滞，尚在余悸之中，但整个人看上去安然无恙，刘秀兰激动地一个劲儿地擦拭眼泪。郭洪生见到父母后，一下子扑了过去，在两人的怀抱中哭诉懊悔，他的父母在沉默中接受了孩子的道歉。吉瑞则低着头坐在一个长条椅子上，精神萎靡颓丧。

晚些时候，警察从三个少年口中了解到这次事件的详细过程，整个警察局加班工作到了半夜十二点多钟。

警察们对这次案件有了初步了解后，便允许他们暂时回家。如果之后还有其他需要询问的，会将他传唤到警察局。郭洪生一家离开时，郭洪生愤恨地瞟了眼孤独地坐在大厅长条椅上的吉瑞，仿佛在说我们之间的友情就此一刀两断。而王凯文离开时，心情异常复杂，经过吉瑞时，他望了下对方。他知道吉瑞出卖过他和郭洪生，但他也知道即便吉瑞当时不说出他们的目的，恐怕也要遭到吴云龙一伙人的杀害，就像父亲那样遭遇毫无道理的杀害一样。此刻的王凯文清楚地意识到，吉瑞是个无家可归的人。不知是什么触动了他的天性，他开始怜悯、忧伤地看着垂头丧气的吉瑞。

"哥哥，该走了。"王小燕见王凯文瞅着她不认识的男孩一动不动，便提醒道。

王凯文踌躇了一下，然后跟着母亲和妹妹走出警察局大楼。

时间嘀嗒嘀嗒地走着。徐峰在办公室休息一会儿后，便下了楼，准备离开警察局。在经过一楼大厅时，他看见一个男孩正坐在长条椅上，他知道这是此次案件里三个少年中的一人。他走过去弯下腰，望着吉瑞奇怪地说："嘿，怎么不回家呢，你的父母没来接你吗？"

吉瑞低着头，缄默不语。

"嘿，我知道你当时的处境……我听他们……呃……还是不说了。"看着痛苦的吉瑞，徐峰立刻意识到有些事不能谈。

"你……"瞅着一言不发的吉瑞，徐峰也不知该怎么问吉瑞的情况。

"我原来是个孤儿，现在被一户人家收养着。"沉默的吉瑞突然说。

徐峰微笑着说："看来他们还不知道发生了什么事。呃，如果可以的话，我带你回家好不好。"

实际上，徐峰能猜到，收养这个男孩的那家人这么长时间没来报案，也没来接他，一定是根本不在乎他的生死。对吉瑞来说，他生活在一个不幸福的家庭里。

吉瑞有些犹豫，但对漆黑的夜晚的恐惧迫使他答应了徐峰的好意。

凌晨一点多的时候，徐峰带着吉瑞去了他家。来到房子前，徐峰敲了几下门。约莫两分钟后，门开了，一个体态臃肿、睡眼惺忪的妇人出现在门口。当她看到吉瑞时，漫不经心地回头喊了声：“喂，快过来，那小子回来了。”

片刻，一个满脸留着浅褐色胡须，穿着大号睡衣的胖男人来到了门前，他也是一副十分困倦的状态。

“发生什么事了，吉瑞，你怎么这么晚才回来？”胖男人抵御着睡意，故意装出关心和惊讶的样子，但情绪中夹杂的些许不耐烦，徐峰是能看得出来的。而那个妇人也不装模作样，在胖男人身后哈欠连天，满脸的厌烦，因为美梦被打搅了。同时，她发出这声音是想提醒丈夫赶快处理这事，以便她能尽快回到温暖舒服的床上睡觉。

“先生，你的孩子已经好几天没回来了……”徐峰看出夫妇二人对这可怜男孩漠不关心的态度，随即试探地说。

“哦，我都不知道发生了什么。不过，他能回来就好。”胖男人有点羞愧地说，“你是徐峰探长吧，大家都知道你……”

胖男人还想谄媚两句，但看到徐峰冷淡的表情，他只好接着说：“究竟出了什么事？这几天我和我老婆正在筹备搬家……这小子整天撒丫子疯跑，真是管不住他……呃，不过，还是感谢你把他送回来。”

胖男人将吉瑞几天未归的责任推卸给了这个十几岁的男孩。

对于这些不负责任的回答，徐峰本想当面辩明，但看到胖男人和妇人满脸冷漠、毫不关心的架势，他抑制住想要教训对方的冲动，用恼火和不可思议的眼神瞅了两人几眼。

此刻，徐峰在心中下了一个这辈子都不会后悔的决定。他蹲下身子，注视着吉瑞的双眼说："吉瑞，先进屋吧，今晚好好睡一觉。相信我，我还会再来，到时候我希望你能跟我走。吉瑞，你会跟我走吧。"

望着徐峰那十分认真的表情，吉瑞显得有些害怕，在不知探长用意的情形下，他不免有些畏缩。但当那双大手摸了摸他小脑袋瓜时，他感受到了从未有过的温暖。吉瑞慢慢露出笑容，紧接着高兴地点了下头。

"呃，探长，他是不是犯了什么错？"听到徐峰说不知什么时候还要来把吉瑞带走，胖男人困惑地问。

"他没有犯任何错误。先生，对我来说，别人厌弃的东西我会视为珍宝。"徐峰微笑着说。

听完这话，胖男人还是感到有些困惑。在他一脸蒙的时候，徐峰已经从门前离开，消失在夜晚的街道上。吉瑞进屋后，胖男人生气地问妻子："喂，老婆，我觉得怪怪的。你说这探长到底是什么意思？我可是不喜欢他说话的模样。"

"哎呀，你看看现在都几点了，不要为这些鸡毛蒜皮的小事烦心了，我快困死了。"妇人怨愤地说，"这个不省心的孩子，就没消停过。如果再出现这种事情，我看直接给他送回孤儿院算了。"

"行了，行了，都快点睡觉吧，这一晚真是糟透了。"没得到妻子的回答，反而挨了一顿训斥，胖男人拉着脸，抱怨地走回了卧室。

　　五年后的一天上午，王凯文和王小燕在一幢别墅前的一张桌子旁喝着醇浓的牛奶。此时是春季，院子里绿草如茵，鲜花茂盛，树木葱茏，鸟儿在空中欢快地鸣叫。

　　五年前，那个案子结束后，按照法律规定，被警方缴获的近十吨黄金的十分之一平均分给了王凯文、郭洪生和吉瑞。郭洪生一家用这笔巨大的财富常年外出旅行，享受世间的美好景致。而吉瑞，准确地说是徐峰一家，在徐峰通过法律途径从那对夫妇那儿争得吉瑞的收养权后，他便将这笔钱花在了吉瑞和自己孩子的学业上，希望能培养出两个人才。

　　刘秀兰的病并没因家庭突然变得富裕而有所好转，王凯文还没来得及带她四海寻医，她就因病情积重难返而去世。刘秀兰过世后，王凯文和王小燕共同生活。他们将原来的房子卖掉后，买了一幢崭新的别墅。别墅大厅中的一面墙壁上醒目地安放着一幅巨大的画像，里面画着四个人：一对站在草坪上的父母和他们中间坐在凳子上的一个男孩与一个女孩，他们都面带笑容，无比幸福。每当傍晚时分，从窗户透进来的光线洒在这幅巨画上，会映出一抹金灿灿的光芒。